日本古代文学における
女性像の研究

斉藤 麻子
著

제이앤씨
Publishing Corporation

머리말

〜〜〜〜〜〜〜〜〜〜〜〜〜〜〜〜〜〜〜〜〜〜〜〜〜〜〜〜〜〜〜〜〜〜〜〜

　일본 고대문학에 나타난 여성상에 대한 선행연구는, 여성의 영적 우위성(靈的優位性)에 주목한 무녀적 측면(巫女的側面)으로 부터의 접근이었다. 그러나, 본고에서는 『古事記』와 『万葉集』에 나타난 여성상을 母子関係의 시점에서 조명하고자 하였다.

　먼저, 「妻問い婚」이 「呼ばふ」에서 「妻問ふ」로 이행된 것을 밝혔다. 이와 같은 혼인에 의해 이루어진 가족은 부·모·자식의 동거라기보다는 현재의 개념으로 비추어 본다면 「모자(母子)+부(父)」라고 하는 母子 중심의 동거였다고 말할 수 있다. 그리고, 머리모양과 복장이 자식의 성장과정을 나타내는 하나의 척도였다. 이것은 공동체 안에서 엄격한 世代 구분을 요구한 것을 나타내고 있는 것이다.

　『古事記』의 「御祖(みおや-어머니)」에 의하면, 자식에 대한 어머니의 역할은, 통과의식(通過儀式) 특히 혼인의 전제로 한 「成人儀礼」에 있어서 지대했던 것이다. 『万葉集』의 母(おも-어머니)는 相聞歌·挽歌·防人歌에 나타난다. 이러한 용례에 의하면 어머니로서의 여성은 자식의 혼인·이별·죽음에 깊이 관여하고 있었던 것을 보여주고 있다.

　亡母에 대한 唯一한 挽歌라고 할 中大兄의 哀母歌(紀歌謡·123)는 母子間의 政治的葛藤이 있었음에도 不拘하고 亡母에 対한 仏教的追善意識이 엿보인다. 다음으로 柿本人麻呂의 『泣血哀慟歌』에 처음 나오는 「緑児」의 시적 배경은 『沙本毘売와 本牟智和気御子』의 「어머니의 죽음과 자식의 탄생」이라고 하는 모티프에 의거한 것이다.

　고대인에게 있어서는 죽음과 마찬가지로 여행도 가족과의 이별을 의

미하고 있었다. 『遣新羅使歌』는 『防人歌』와는 대조적으로 어머니를 노래하고 있지는 않지만 해변에서 일하는 「海処女」의 모습을 통하여 고향에 있는 어머니에 대한 그리움을 표출하고 있는 것이다.

山과 母性과의 関聯은 雄略天皇의 「山讚歌」에서 볼 수 있는 바 古代人에게 있어서 山은 곧 母性으로 母胎回帰를 의미하는 공간이었다 하겠다. 老嫗置目와 顯宗에 얽힌 이야기에서 老嫗置目의 「老」는 知慧를 상징하며, 그녀가 天皇의 眷顧에도불구하고 종당에 「本っ国」(浅茅原) 즉 山으로 돌아가는 데서 山에서 와서 山으로 回帰하는 山姥의 古形을 볼 수 있다. 老嫗의 이미지는 山과 母性이 重畳된 것으로, 이와 같은 老女는 자식을 길러 가르치는 知慧있는 女性으로 口碑伝承을 통해 共同体안에서 길이 生命을 이어왔다.

相聞歌에 보이는 「白玉」, 「繭」은 한결같이 生命을 안에 간직한 受胎심볼로, 復活을 의미한다. 防人歌, 行路死人歌 등에 곧잘 나타나는 「斎瓮」는 女体=容器로, 아이를 자신의 안에서 가꾸고, 性行為를 통해 그 「안」에 들어가는 人間経験의 表現으로도 되고 있다. 玉을 비롯한 일련의 이미지는 母性이 담당한 生来의 本業과 결부되면서 母性의 生 그것을 反映함으로써 母性된 象徵이 될 수 있었다고 하겠다.

이상 일본고대문학속의 여성상을 고찰하였으나, 아직 여러부분에서 미흡한점이 많으리라 생각된다. 여러분의 기탄없는 충고를 기대하는 바이다.

끝으로 이 책이 나오기까지 많은 가르침과 지도를 해주신 분 들게 감사드린다.

2005. 8
저자 씀

目　次

第1章　序　論 ……………………………………………………………… 9

　第1節　研究の目的及び方法 …………………………………………… 9
　第2節　先行研究概観 …………………………………………………… 11

第2章　婚姻形態と家族の絆 …………………………………………… 19

　第1節　妻問いの形態と古事記・万葉集の親子 …………………… 19
　　1. 妻問い婚と家族 ………………………………………………… 19
　　2. 古事記の「母と子」 ……………………………………………… 32
　　3. 万葉集の「父と母」 ……………………………………………… 39

　第2節　母の死を通してみる母子の絆 ……………………………… 54
　　1. 母への挽歌 ………………………………………………………… 56
　　2. 口をきかない御子の誕生 ……………………………………… 73
　　3. 泣血哀慟歌の緑児 ……………………………………………… 84

　第3節　子の死と親の思い ……………………………………………… 99
　　1. 死を見守る母 …………………………………………………… 99
　　2. 愛子古日の死 ……………………………………………………107

第4節　旅にみる家族の絆 ………………………………………… 112
　　1. 旅の郷愁と海処女 ……………………………………… 113
　　2. 防人と家族 ………………………………………………… 119
　　3. 行路死人と家 ……………………………………………… 125

第3章　母なるものの象徴 ………………………………………… 131

第1節　神話に現れた母 …………………………………………… 131
　　1. 母神信仰と子 ……………………………………………… 131
　　2. 山の内包する母なるもの ……………………………… 135

第2節　万葉集に見る母性の詩的表現 ………………………… 155
　　1. はぐくみの「鶴」と「手」 ……………………………… 155
　　2. 命を隠める白玉と繭玉 ………………………………… 161
　　3. 母胎としての「斎瓮」 …………………………………… 168

第4章　日韓古代文学の女性像の比較 ………………………… 177

第5章　結　論 ……………………………………………………… 195

● 参考文献 ……………………………………………………………… 203

【凡例】

1. 資料の引用に際して参照した主な文献は『古事記』『日本書紀』『風土記』は日本古典文学大系、『万葉集』は日本古典文学全集、『律令』は、日本思想体系、『続日本記』は、新日本古典文学大系などである。なお、武田祐吉校註『万葉集』上・下(角川書店、1973年)、佐佐木信綱編『新訓 万葉集』上・下(岩波書店・1973・1974年)なども参照した。

2. 本文において、例えば「垂仁記」「応神紀」という省略を用いるが、それぞれ『古事記』垂仁天皇条、『日本書紀』応神紀を指す。また「万1・1」は、『万葉集』の巻数と旧国歌大観番号である。

3. 引用資料は、ほとんどを現代語に訳した。要約した場合には、「……」を用いた。歌の場合も長歌などは省略部分を同様に現した。

4. 神名の一部を本文ではカタカナを用いて表記する場合もあるが、旧仮名遣いとした。

5. 韓国資料は金富軾著、金思燁訳『完訳三国史記』、一然著、金思燁訳『三国遺事』などを参照した。

日本古代文学における女性像の研究

第1章　序　論

第1節　研究の目的及び方法

　ことばによって構築され、文章というものによって表現される文学には、曖昧さ、多義性がつきまとっている。文学を読むというのがいかなることであるかは、文学研究の根底に関わる問題であり、近年活発な論議が続けられているものの、20世紀の学問では、まだ十分な解明は出来ていないと言わざるを得ない。

　文学としての読みは、綿密な注釈研究の助けを借りて正しい解釈を得ることが出来ればそれで終わるというものではない。一つの古典をめぐって何世紀にも亙る注釈研究が積み重ねられても、適切な解釈の模索は終わることはない。文学作品を文学として読み研究するということは、読者が作品の世界を体験することであり、読むという体験を通じて読者自身が変っていくことになる。

　古代の文学作品に描かれた女性文化の場合には他の時代のそれとは異なった独自の課題が存し、そこから現代を再照明することは可能であると思う。

　古代の女性の神秘的力・霊力への注目は、今やある意味では一種の常識ですらある。柳田も含め、その後の様々な優れた「妹の力」論が、女性の祭祀の伝統を明らかにし、政治・社会の表面上に現れることの少ない女性の働きに光りをあて、その意味を探りだそうとしたことの

意味は疑いもなく大きい。しかし、女の霊能・霊力を重視し、もっぱらその角度から女の働きを位置づけることが、果たして女性の姿を真に明らかにすることにつながっていくのだろうか。一般的に古代の女性が論議される場合、例えば、女性の巫女性や家刀自の祭祀、在地の女祝など、ややもすると、当時の社会における女性の役割や地位の重要性を全般的に低いとみなした上で、それでは説明できない事実を「宗教的役割」＝巫女性を持ち出すことで済ませている、という傾向はないだろうか。古代女性文学および女性史研究の近年の進展はめざましく、そこでは女性の日常生活上の様々な働きや権能・地位が具体的に明らかにされてきた。そうした成果の上に立って考えてみると、「妹の力」を強調し、その原点を古代に求める「常識的見方」は今やどうしても納得しにくいものとなりつつある。

　生命自体を生み出しそれを哺育する女性の特性たる母性が、原始・古代では生活物資の生産をはじめとする社会的諸活動とどのような関連のもとに保証され、かつ女性差別の理由とされていなかったのか。本論文はこのような点への一つのアプローチとして、古代文学作品に現れたところの女性・母・子を模索しようとするものである。

　本論文における古代という時代範囲は8世紀半までを指す1)。日本史においては、7世紀とは律令体制のもたらした急激な変動の時代であり、それはまた家族や親子の関係にも大きな変化をもたらした時期であると言える。7世紀以前と以後のこのような時代背景の相違に注目し、『古事記』と『万葉集』に現れた家族の絆を、その用語の分析と「別れ」の場に表出された母子の想いの分析により古代の親子の絆の特殊性を探る。次ぎに、母子信仰の視点により「山」に内包された母性性を考察し、母のイメージの詩語を分析する。8世紀初頭に成立した『古事記』『日本書紀』『風土記』や『万葉集』の古い部分2)が直接に覆えるのはこの6,7世紀であるといえる。8世紀の重要資料としては、『日本霊異記』や歴

---

1) 文学史では中古として平安時代を区別する。
　歴史学における古代10世紀の律令解体である平安時代までを指す。
2) 万葉第一期から第二期

史的資料である『続日本紀』なども挙げられるが、本論文ではこれらは一部分のみ補助資料として用い『万葉集』の第三期、第四期の作品を主とする。

　なお、文化の伝播過程として、朝鮮半島との関わりの考察も欠かせないので、韓国側資料としては『三国遺事』『三国史記』を中心に、女性・母・子の視点よりの比較再考を試みるものである。編纂年代的には、日本のそれらは7,8世紀、後者は13世紀という隔たりがあるものの、韓国における文献資料の欠落によりこれらに基づかざるを得ない。なお一部現代の巫歌3)も引用した。

第2節　先行研究概観

　1981年『日本女性研究基礎文献目録4)』が文学、民俗学、歴史学という広い分野からの資料集として出され、日本文学研究において、女性という観点からの研究が必ずしも十分でないことに留意し、1988年『日本文学における女性研究文献(稿)15)』が刊行された。女性の観点からの研究は正に80年代に入り盛んになってきた。

　このような「母と子」の視点による民俗学・歴史学からの接近に比べ、文学研究、ことに古代文学研究からの「家族」に関する試みがほとんどない点への挑戦的試みとして、三浦佑之は『万葉人の「家族」誌ー律令国家成立の衝撃』(講談社、1996年)において、神話や説話や歌の予想以上に多様なかたちで描かれた家族や親子が、事実とは言えなくとも、その中から事実を越えた古代を描き出されていると述べている。最近では、柳田の昔話や伝説の基底に母子神信仰を想定した解釈が、説話や物語、芸能を分析する視点に読みかえられるかたちで継承され、島

---

3) 韓国における神話研究では現在の伝承神話が不可欠である。玄容駿「日本神話と韓国神話」大林太良『日本神話の比較研究』法政大学、1974年、70頁。
4) 内野久美子編、学陽書房
5) お茶の水女子大学女性研究センター

内景二は『源氏物語の話型学』(1989年、ペリカン社)で「母と子」「地母神」という話型を立てて物語分析を行っている。脇田晴子編『母性を問う一歴史的変遷 上・下』(人文書院1985年)は、母性観の変遷を追求し、男が「母性」をどの様に見ていたか、女自身がどう見ていたかを幅広く民俗学・文化人類学・考古学を含めてそれぞれの視角からの分析を行った。服部早苗は「古代の母と子」(『日本の古代5―女の力』中央公論社、1987年)において、古代における母と子の関わりの歴史的変遷を墓誌・戸籍・万葉集・日本霊異記の考証を通じ母性の歴史的変質の結果として母子関係も変化することを明らかにした。

　文学に現れた女性像が本論文のテーマであるが、副テーマ「母と子」が婚姻や家族構造と深く結びついて規定されることを考えるとき、近代以降における女性に視点を向けた研究動向の史的考察は不可欠である。まず、古代史研究のなかで女性の生活がどの様に解明されてきたかを一瞥する。

　日本の近代は、啓蒙思想の元で出発するが、帝国大学の成立と共に資料批判を重視する実証主義的個別研究が主流となった。こうした中において、庶民の日常生活や男性と個別の立場にある女性の研究に眼を向けるようになるのは、1910年代末～20年代である。古代日本の婚姻形態に関する研究は民俗学では折口信夫「最古日本の女性生活の根底」(『女性改造』3・9、1928年)がある。1930年代後半以降柳田国男の影響を受けた和歌森太郎の村落祭祀と共同体・家族の研究も始まった。北山茂夫「律令制と女性―万葉集に現れたる恋愛と生活」(『女性史研究』・1937年)は、万葉集などから生きた女性の姿を探ろうとしているが、彼が最も重視したのは女性に対する国家支配の体制である。高群逸枝『招婚婚の研究』(講談社・1953年)は、多彩な資料により古代における女性の財産所有のあり方を明らかにし、家永三郎「万葉時代の家族生活」(『万葉集大成』5・平凡社・1954年)もこれに続く。また、婚姻についてはこれまでの夫の妻家への訪婚が、結婚初期に見られる現象として処理され、何年か後には夫は、妻子を自分の家に連れて帰るという定説を家族形態の場合と同じく高群の説が全面的に否定した。高群の母系家族

説とは、客観的にはその初期に母系的紐帯を持ちつつ、最後には双系
的核家族にまで分解するものであり、このような母系紐帯を持つ家族
→核家族のサイクルを繰り返す家族の実態であるといえる。

　叙情詩としての挽歌の形成に関する論として、青木生子「挽歌の誕生」
(『日本女子大学国語国文学論究1』1967年・2)がある。なお谷川健一『南
島文学発生論』(思潮社・1991年)は挽歌の起源を有間皇子においている
ことにより、挽歌が一般的な死の歌ではなく、特殊な死の歌であるこ
とを示していることを、沖縄宮古の事例を引きながら指摘している。

　斉明女帝は上田正昭『日本の女帝』(講談社・1989年)や倉塚曄子「斉明
女帝論ーその実像」(『文京女子短期大学英語英文学科紀要』15号・1982年
・10)「斉明女帝論ー日本書紀を通してみた虚像」(『古事記年報』25号1983
年・1)により女帝の内面性からの再考が、秋間俊夫「死者の書ー斉明天
皇の歌謡と遊部」(日本文学研究資料叢書『古代歌謡』有精堂・1985年)は、
孫への挽歌　がなぜ女帝の作とされているのかという点を遊部との関わ
りから試みた。別所孝子「万葉挽歌の発生ー愛をめぐる一形式ー」(『上
代文学』第24号・1979年)は、母の死によって個人的死を発見したのは中
大兄であり、個人的愛の挽歌の中に人麻呂は、嘆きと喪失の美を創造
していったとする。なお西郷信綱『壬申紀を読むー歴史と文化と言語』
(平凡社1993年)は、「応仁の乱」という皇位継承を家族間における心の葛
藤として捉え、歴史的事件を人間的な面から捉える試みを行った。大
浜厳比古「志貴皇子」(『万葉集講座』5、有精堂1973年)は御子達といい
う捉え方から独立して、単独の作家論としてその内面に迫ったが、志
貴皇子の生涯と作品のかかわりを如何に捉えるかが今後の課題である。

　倉塚曄子「兄と妹の物語」(『文学』1971年・1)は、オナリ神的な「兄妹の
古代的紐帯」を強調し、ホムチワケが言問うことができないのかという
ことを考えるとき、母であるサホヒメの同母兄サホヒコへの禁忌を犯
した愛のゆえだという新しい観点による接近を行った。小倉義孝「沙本
姫物語論ーヒメヒコの回帰の罪と祓いと鎮魂と」(『日本文学』1979・9)
も、この物語りを、ヒメヒコ制の観点より述べている。

　なお、物を言わないホムチワケを船に乗せることを池田弥三郎「鎮魂

のあそび(『日本文学の歴史』1神と神を祭る者、角川、1967年)は「霊魂の付着しない子に霊魂を付けさせよう」とする「招魂」の儀式であるとみ、西村亮「船のあそび考ーー古代鎮魂に関する一考察」(『慶応義塾大学言語文化研究所紀要』第二号1971年・2)は、ホムチワケを乗せる「二俣小舟」は神聖なる乗り物である理「船の動揺によって肉体に霊魂を鎮定する」為の呪的行為だとする。一方、三浦佑之「話型と話型を越え表現ーーホムチワケとサホヒメ』『古代叙事伝承の研究』1992年)は、鎮魂の儀礼には、タマシヅメとタマフリとの二種の側面があり、ここでは遊離した魂を元の体に戻そうとするタマシヅメではなく、物言わぬ状態が内在する魂の衰亡によると考えられたために、タマフリによって活性化しようと試みられたとする。

　万葉第二期を代表する歌人柿本人麻呂の挽歌「泣血哀慟歌」は、まず橋本達雄「めおとの嘆きー万葉悼亡歌と人麻呂」(「万葉の挽歌」『解釈と鑑賞』至文堂1970年)に代表される如く、中国の漢詞文との関連性の問題が論じられたが、伊藤博『万葉集の歌人と作品 上』(塙書店・1975年)が享受されることを予想しつつ歌を作る宮廷サロンへの提供という視角を提示し、渡辺護「泣血愛慟歌二首」(『万葉』77・1971年・9)は「軽の妻」の虚構性を論じている。亡妻挽歌に登場する「緑児」は、桜田和子「人麻呂における「形見」意識」(『明治大学日本文学』17号)、奈良公俊「「形見」の論ーー万葉和歌における方法と表現」(『成蹊国文』29号)が「形見」意識の特徴を述べているが、何故形見が「緑児」であるのかについては、伊藤延子「泣血哀慟歌＜緑児＞の文芸性」(『日本文学論究』国学院大学56号1997年)が、人麻呂の「春」という季節観との関わりよりの視点で考察を行っている。

　山上憶良の作品論として吉永登『万葉ー文学と歴史のあいだ』(草原社・1967年)は山上憶良の長歌や連作短歌に認められる三人称の表現に始まって一人称の表現に転ずる特徴的な手法に着目し、他人の気持ちになり代わる代作論を展開し、井村哲夫『憶良と虫麻呂』(桜風社1973年)は、仏教とのかかわりや教理が苦悩を生の意味であると解くなら、その苦悩をこそ生の証とするという主題と思想の面から接近した。一方、

中西進『山上憶良』(河出書房新社1973年)は井村が思想を作品自体の構造として把握したのに対して、中西は憶良の時代の思想状況を考察し、貴族仏教と民衆仏教との交差の中に育まれた精神構造に思想のあり方を見る。土井清民「憶良の家」は、律令制度の歪みによる庶民性活の古代的共同体としての崩壊の中で「家」を捉えた。

　伊藤博「伝統歌の源流」(『国語国文』1964・3)(『万葉集の歌人と作品上』1975年)が「を見る」「を過ぐ」という題詞をもつ旅の歌について、土地ぼめ歌、家郷を偲ぶ歌、亡き者を見て哀傷する歌の三つのタイプを捉え、それをタマフリという古代的信仰との関わりで理解した。神野志隆光「柿本人麻呂羈旅の歌八首」(『万葉集を学ぶ』有斐閣、三集、1978年)は、旅する土地へ向かうものと家・妻の方へ向かうものとの二つのタイプを捉え、前者は地名のもつ古代的な重みから理解されるべきであり、後者は旅人と家・妻との呪術的共感関係を基底においてみられねばならぬという、古代性を基盤とする把握の方向を提示した。

　防人歌の研究はその歌われた場、表現形態、さらには防人歌と家持との関わりの三点を中心に検討されてきた。今日の研究は全て吉野裕『防人歌の基礎構造』(伊藤書店・1943年)から始まると言っても過言ではない。防人歌を場において捉えようとする視点は、従来なかったものである。叙情の質的解明は中西進『万葉の詩と詩人』(弥生書房1972年)が意志に反して共同体との離別を強いられた孤独感に発想の基点を見る。

　行路死人歌の性格については従来様々な角度から論究されているが、佐竹昭広「調史首見屍作歌一首」(『万葉集抜粋』)神野志隆光「行路死人歌の周辺」(『論集上代文学』4)古橋信孝「万葉短歌の表現構造ー行路死人の場合ー」(『国語と国文学』1982年・9)など、その主題は概して鎮魂を目的とするものと捉えられている

　柳田国男が母子神を正面から論じたのは「雷神信仰の変遷ー母の神と子の神ー」(1927年)である。母子神とは母と子が神として祀られたものを言い、これは昔話の分析へと向けられる(『桃太郎の誕生』)。なお民族学者の石田英一郎は「桃太郎の母ー母子神信仰の比較民族学的研究序説ー」(『桃太郎の母』1948年)で、母子神信仰を世界的な視野へと展開さ

せた。一方、折口信夫は「妣が国へ・常世へ」(『国学院雑誌』1920年・5)の中で、恋しく慕わしい異郷を妣が国と呼んだのは、古代の結婚制度に理由があるとした。古代の異族間の結婚はしばしば妻が本つ国へ去るという悲劇的な結末に終わり、その間に生まれた子は母が帰っていった異族の村を慕わしく思った。そういう経験が積み重なって、どうしても行かれにくい空想上の国を会い難い母(妣)の名を冠せて呼んだとする。そして、「貴種誕生と産湯の信仰と」(『国学院雑誌』1927年・10)において、天子となる貴人の、生誕と即位という二度の「みあれ」における聖水の信仰を論じ、御子をはぐくみ育てる者という視点を持った。更に「文学と饗宴と」(1943年)の中で次のように述べている。

　　　古代の結婚生活は地域によって様々の形式があったが、伝承や書物の上に強い印象を残したのは、子を生んだ母が行く年か後、夫婦別れして故郷の人となる形であった、これは古代の女が「神の嫁」であることに理由があった。幼くして母と別れた子は成人後も母を慕う心が強く、それが文学の上に強い印象を残している。この「貴種流離譚」の中心になっている流離の苦しみは、古代文学全体に通じる理論である。

　吉田敦彦「縄文の神話と昔話および民俗」(『東アジアの古代文化』66号・1991年・1)は、神話の女神の二面性として、咲く花のような絶世の美女であったとされるコノハナノサクヤビメと彼女とは正反対の磐のようにひどい醜女だった姉のいたことになっている点に注目し、女神イザナミと山姥との共通性を指摘している。
　「母なるものの象徴」の「山」の象徴性として国魂が籠もると信じられていた。そこでは様々な信仰行事が展開されたが、宮田登「霊山信仰と縁起」(『日本思想体系』20、岩波書店、1978年)堀田吉雄『山の神信仰の研究』(伊勢民族学会、1966年)柳田国男『山の人生』(岩波書店、1976年)今日では女人禁制となった山も、古代においては、山の神と女性との関わりの深かったことに言及している。一方韓国においても「山の神」が元

来は女性であったことを、孫晋泰「朝鮮古代山神の性について」(『民族文化論叢』第二冊、民族文化社、1981年)洪淳昶「新羅三山・五岳について」(『新羅民俗の新研究』4，書景文化社(ソウル)1991年)金映遂「智異山聖母祠について」(『韓国民族研究論文選』1、一潮閣(ソウル)19)依田千代子「朝鮮の山神信仰1ーー狩猟民の神及び朝鮮の狩猟文化」(『一然と三国遺事』16、中央僧伽大学仏教史学研究所)などの民俗学的研究の成果がある。折口信夫「国文学の発生」(折口信夫全集一巻)小畑喜一『古代文学序説』(桜風社、1968年)は、山の神としての女性はやがてそこに住む「山姥」として文学に登場し、谷川健一『日本の地名』(岩波新書、1997年)は母子神信仰とも重なり合い、日本の各地に「嫗山姥(子持山姥)」の地名が残っているという。韓国においても姜英卿「新羅伝統信仰の政治・社会的機能研究」は、「老嫗」と御子との関わりについて考察している。しかし、これらの日韓の比較的考察は行われてはいない。

　万葉集には、鳥は38種類、544首の歌に詠まれているという。これは他の動物に比して格段に多い。それだけ古代人は鳥に対して特別な関心を持っていたのである[6]。鈴木日出男「記紀万葉と万葉和歌の叙情ー鳥の歌をめぐって」(日本文学研究資料叢書『古代歌謡』有精堂1960年)高野正美「憶良と鳥」(『万葉の発想』桜風社、1997年)犬養孝「万葉の鶴ーしほひ・しほみち」(『関西大学国文学』52号)なお、高崎正秀「日本武尊の話」(『古典と民俗学下』講談社)は、ヤマトタケルの霊魂が死後白智鳥として飛び立った、霊魂鳥としての鳥に注目した。また、折口信夫「霊魂」(『折口信夫全集』草稿1951年)は　霊魂はタマであり、いわゆるタマシヒは霊魂の作用であるとし、海の彼方から寄り来るタマは、呪術宗教上の呪具であり、タマと神は不可分のものであった。エリアーデ『イメージとシンボル』(せりか書房、1971年)は、真珠のもつ母性的側面に注目している。しかし「鳥」に内包された母子の絆や、隠るものを象徴している女性の労働である「業」を母子の関わりの視点からはみてはいない。

　これまで『古事記』『万葉集』研究においては、女流作家や女性の霊能

---

6) 稲岡耕二編『万葉集必携』学灯社、1979年

的側面から接近が為された。倉塚曄子(『巫女の文化』平凡社、1977年。
『古代の女』平凡社、1986年)は、女性が社会を再生・活性化させる呪的
霊能を担っていたことを論じ、それを女性が失っていく過程を、伊勢
神宮・斎宮・采女・女帝などの諸制確立に見る古代史の上に一貫して
追い続けた。女性の精神史に深く共感する『古事記』の特異性は、稗田
阿礼が巫女であったことと、『古事記』の成立に関わったのが阻害され
たシャーマン的巫女であるところの女帝ー持統・元明であったことに
よってもたらされたものであるとし皇祖神アマテラスの確立も持統に
よってなされものであるとした。倉塚の主たる関心は、「権力」との関
係性に重点を置く従来の女性史の見直しにあった。その倉塚の重視し
たのが、権力とは第一義的に関わらない「女の霊能」であり、それが社
会や文化と関わる様を女性の歴史として見定めようとした[7]。しかし、
古代以前の女たちをもっぱら呪的霊能に封じて行く「女の霊能」に対す
る疑念が出てきている。とりわけ女性により強調されるシャーマン的
資質の是非をめぐっての論議が多くなりつつある。その中で注目され
るのは義江明子の見解である(『日本古代の祭祀と女性』吉川弘文館、
1996年)。それは折口に代表されるような女性の巫女性による宗教的役
割に対して距離を置くべきだと見ることである。つまり必要以上に「女
性の神秘化」の言説が横行していることに問題点がある[8]と見ている。
このような女性の霊力からの接近を越える、母子を中心とした家族の
絆の視点による女性像の研究はなされていないと言える。

---

7) 萩原千鶴「文学の中の女性、女性による文学」『日本文学史第一巻』岩波、1995
  年、200頁。
8) 宮田登「宗教民俗論(王権論)を中心に」『国文学』学灯社1997年・1

第2章　婚姻形態と家族の絆

第1節　妻問いの形態と古事記・万葉集の親子

1. 妻問い婚と家族

1)ヨバフ・ツマドフ

　古代の共同体において最も重要なことは「子の誕生」である。女性が男性との差別を受け、また女性としての独自性を持つのもその出産による。古代の婚姻は夫婦別居の妻問婚で開始される。「ツマドヒ」のツマは本来、一対の男女の片方を指す称であり、妻問婚の本質は、後世の家父長婚とは異なり、男女当事者本人が相互に求婚し逢う(問フ・呼バフ)点にある

　古代の結婚に関する用語としては、ヨバフ・マグハフ・ツマドフがある。まず「ヨバフ」は

　・松風に池波立ち辺つ辺にはあぢ群騒き沖辺には　鴨妻呼ばふ

(万3・260)

　・宇治川は淀瀬なからし網代人舟呼ばふ声をちこち聞こゆ

(万7・1135)

・宇治川を舟渡せをと呼ばへども聞こえずあらし楫の音もせず
（万7・1138）

のように大きな声を出して呼び続ける、呼ぶことを強調する言葉であり

・見菟原処女墓歌一首并短歌（万・16・1809）
葦屋の　菟原娘子の　八年子の　片生ひの時ゆ　小放りに　髪たく
ま　でに並び居る　家にも見えず　虚木綿の　隠りて居れば　見て
しかと　……相よばひ　しける時は　焼太刀の　手かみ押しねり
白真弓……
・他国によばひに行きて大刀が緒もいまだ解かねばさ夜ぞ明けにける
（万・12・2906）
・こもりくの　泊瀬小国に　よばひせす　我がすめろきよ　奥床に
母　は寐たり…（万・13・3312）

「呼ぶ」ことが妻問うことをも意味するようになったと考えられる。
次ぎに「結婚」という文字をヨバフと訓んだ例として

・隠口の泊瀬の国に「左結婚丹」わが来たれば……（万・13・3310）

という長歌がある。この長歌が訪れる男のものであるのに対し、それ
に応えているとみなしてよい3312番の長歌には

・隠口の泊瀬小国に「夜延為」わが天皇よ……

とあり、「左結婚丹」と「夜延為」が同語であるとわかる。「夜延為」はヨ
バヒナスと訓めるのは確実なので、左はいわゆる接頭語のサ、丹は助
詞のニとすれば、「左結婚丹」もサヨバヒニと訓むことができる。
ヨバフといえば、むしろ夜這いとしてつい最近まで民俗に残されて
いた習俗だが、本来は求婚（求愛）することだった。語義としては「呼び
合う」より「呼バ＋フ（反復・継続の接尾語）」だろう。どれも男が女に呼

び掛けている例だからそうとるべきである。相手の名を呼び続けるの
である。そうすることで、相手の気持ちをこちら側に向かせることが
できる。だから求婚(求愛)の意になった。

　「ツマドフ」が「ヨバヒ」と異なることを示す例が『古事記』雄略天皇条
にある。雄略が河内にいる后若日下部王のもとを訪れる時に、ツマド
ヒの物(婚資)を持っていく。安康天皇条に、皇太子だった雄略と若日
下部王との婚姻が進められた記事があり、雄略天皇条で雄略が河内に
通う記事があるから、二人の婚姻は既に成立している。その上でツマ
ドヒの物が后に与えられる。従ってツマドヒとはヨバヒが求婚(求愛)
であるのに対し、婚姻が成立した後、男が別居している女のもとに通
うことになる。

　　・わが背子が形見の衣妻問ひにわが身は離れじ言問はずとも

　　　　　　　　　　　　　　　　　　　　　　　　　　　(万4・637)

実際には訪れてこなくても、恋人が残していった衣をツマドヒを受け
て供寝するように、例えば袖を交わすようにしよう、衣は何もいわな
くても、というもの。「形見の衣」とあるから、このツマドヒは男と共
寝した以後のことである。

　　・古にありけむ人の　倭文幡の　帯解きかへて　伏屋立て　妻問ひし
　　　けむ　葛飾の真間の手児名が……　(万・3・431)

とあるようにツマドヒは、伏屋を建ててそこでしていたようである。
伏屋はふすための建物だろう。ということは、結婚すれば新たに二人
が夜を過ごすための建物を建てたことになる。妻ドヒはそういう伏屋
(妻屋)に通い共寝することだった。

　ツマドフは原則的に男が女のもとへ通うことを意味し、しかし、ヨ
バフと重なる内容の場合もありうるとしかいえないことになる。そこ
で考え得るのは、ヨバフ→ツマドフという進行の過程での区別があっ

たが、ツマドフがヨバフの内容も含むようになったか、或いはもとも
と別系統の言葉で、重なり合う内容があったのかどちらかである。ど
ちらかといえば後者のように思える。ヨバフは

　　・宇治川は淀瀬なからし網代人舟呼ばふ声をちこち聞こゆ(万・1135)

などであり、急流で船の配置が難しく、声をかけ続けているのが聞こ
えるというのだから、大声で呼び続けることらしい。大声とは普通の
声ではないということ。大声であることによって部外者にも何をして
いるのかが明瞭に判断できるということである。従って求婚のヨバフ
も、公然とした求婚を本来意味していると考えられる。普通の声で話
し合うのはその場だけのことであるが、ヨバフということは大声がそ
うであるようにその声によってその場を越えて公然となってしまう特
殊な行為をあらわしているのである。

　ヨバフが呼び続ける事によって相手を此方に引き寄せてしまうとい
う、声に関わる表現であることによって、公式の求婚(求愛)をあらわ
すのに対し、ツマドフは妻が対の一方をあらわすから、対の一方が一
方を訪う意であり、逢い引き自体を指すと考えられる。つまりヨバフ
に対して、より継続的な言い方のようだ。

　なお『古事記』には＜マグアフ＞という言葉がある。

　　・吾与汝行廻逢是天之御柱而、為美斗能麻具波比

日本神話の最初の婚姻であるイザナキ・イザナミ神話で、イザナキが
イザナミに語った場面である。「美斗能麻具波比」は音仮名であるから
この訓み方が古くあったことが確認される。この「ミト」の用例として

　　・其八上比売者、如先期美刀阿多波志都[1]

_____

1) 『古事記』神代記

ミトは接頭語のミと門又は所を現すトで、性器をさすとされ、「ミトノマグハヒ」で性交を意味するとされている[2]。しかしミトは御所でかならずしも性交ととる必要もなく、マグハヒをする神聖な場所と考えられる。

　　・参到須佐之男命之御所者、其女須世理毘売出見、為目合而、相婚還入[3]
　　・豊玉毘売命、思奇、出見、乃見感、目合而、白其父曰[4]

「目合」は目と目を交わすことで、心を通じ合わせること、つまり結婚の了解とみなしうる。神聖な神婚すべき場所で目と目を見交わすことがミトマグハイで、当然その後の共寝を含んだ[5]。

2)家族の概念

　古代に於いては「家族」という言葉は存在していない。現代の我々が用いている「家族」という言葉に近い概念を持つ古代の言葉をあえてさがすとすれば、「ウカラ」「ヤカラ」があり、普通「族」という漢字が当てられているが、そのウカラ・ヤカラは建物(屋)を共有する血縁集団を指すことになり、「家族」という概念にもっとも近い言葉だと見ることができる。又ウカラの「ウ」が「うぢ(氏)」に繋がる語で広く血縁を有する一族(氏族)をいうのだとすれば、ウカラとヤカラの違いは一応説明できるが、高群逸枝は「最古の集団単位」として母系的な「腹族(ハラカラ)」を置き、その「各腹を総括した」氏の全員を「氏族(ウカラ)」、「全同居の総称」を「家族(ヤカラ)[6]」と認識している。その「全同居者」を、高村がどの程度の範囲と見ているかは定かではないが、血縁・非血縁者

2)『時代別国語大辞典』三省堂、1983年。
3) 前掲1
4) 前掲1
5) 古橋信孝『古代の恋愛生活』、日本放送出版協会、1990年、21頁。
6) 高群逸枝『高群逸枝全集第一巻ー母系制の研究』、理論社、1996、270頁。

を含めて、一つの「家(屋)」に居住する単位をヤカラとみなしている。

　ここで使用する「家族」という概念は、そうした古代におけるヤカラ或いはウカラという語を踏まえてはいない。ウカラ・ヤカラに拘っている限り、議論は展開しないからである。ここでは極めて単純に、現代の我々がよんでいるのと同様の意味で「家族」という語を用いる。もう少し厳密にいえば、一組の性的な関係を持つ男女(いわゆる夫婦)と、その間に生まれた(或いは養子として迎えられた)一人以上の子どもを成員とする集団を指している。人類学や社会学で用いられている「核家族[7]」という概念を当てはめてもかまわない。

　「核家族」という概念は「一人の配偶者を共同に持つことによって結ばれた」一夫多妻型(或いは一妻多夫型)の「複婚家族」や、現在にも多い三世代家族、つまり親夫婦と息子(或いは娘)夫婦と其の子(親夫婦から見れば孫)とによって構成された「拡大家族」が含まれるのは当然だが、その基本にある、性的な関係を持つ一組の男女(夫婦)と其の子によって構成された「核家族」という概念は、古代日本の「家族」を考える場合にも有効である。なお、性的な関係を持つ男女(夫婦)の内の片方が存在しない(或いは描かれていない)事例も、本論文では「家族」として扱う。この核家族を基本とする「家族」という概念が古代に於いても有効なのは、そこでは一組の男女の性的な関係と親子間に孕まれる世代的な関係とが、その他の夾雑物を排して純粋に取り出せるからである。つまり、ウカラ・ヤカラという概念では抽出できない規範的な「家族」や「親子」の像が見えてくるからである。

3)世代による区分

　以上のような「家族」とは、その移行が自然現象でありながらも協調と対立を含む年齢層により構成されている。

　人生には様々な時間があった。いわば物理的な時間もあるが、個体

---

7) G・P・マードック、『社会構造─核家族の社会人類学』内藤莞爾監訳、新泉社、1978、第一章「核家族」

史としての時間(個人の固有の人生)、共同体の時間などがある。個体史の時間は扱いようがないが、人の人生を共同体の時間、つまり共同体の世代構成を個人の成長においてみることである。そして、誕生から死に至るまで、個体を共同体に抱え込む様々な場面があった。通過儀礼である。それは基本的に、世代という共同体の静止している時間と、個体はどんどん変化していくという連続している時間の矛盾の問題でもある8)。

　共同体は三代の世代に分けられる。上の世代は老人の世代で、それまで共同体を具体的に維持してきた蓄積と知恵によって共同体の位置を占めている。中の世代は大人の世代で、共同体を具体的に維持する生産を担っている。下の世代は子どもの世代で、共同体の未来を担う役割を持っている。共同体はこの三世代が相互に協調して成り立っている。しかし世代の異なることは存在の相違でもあるから世代間の対立を持つ。この対立と強調の緊張関係が共同体の持つ矛盾(例えば個人はあくまで個人だが、個人では存在できないから共同体を営むという矛盾、自然を恐れながら自然を征服しなければ存続できないという矛盾など)をある程度克服し、共同体を活性化している。更にこの世代の区分は、下の世代から上の世代まで自然過程として移行して行かざるを得ないという矛盾を孕んでもいる。共同体は基本的に維持されなければならないという意味に於いて保守的だから、一方でこの自然過程としての時間を停止させねばならない。そこでこの世代間の異同に厳しい試練を課すことになる9)。

　下の世代から中の世代への直前の段階として思春期があげられる。思春期とは、しばしば個人社会における最も微妙で不安定な時期と考えられている。それは子供期と成人期の<境界的>・<敷居的>つまり過渡的時期ということである。その為に人生の通過儀礼の中で誕生と死を除き、最も危険な時期と考えられている。

　社会的未熟としての少年期以前から、社会的成熟期としての成人期

---

8) 古橋信孝編『ことばの古代生活誌』、河出書房新社、1989年、83頁。
9) 前掲5、25頁。

へ生まれ変わる。子供期以前を社会的・文化的に＜未熟＞カテゴリー、成人期を＜成熟＞カテゴリーとすれば、思春期の諸個人は、社会的・文化的に＜半成熟＞のカテゴリーとして位置づけられる。この＜成熟＞と＜未熟＞という概念は二つの意味を含む。一つは＜身体的＞なものであり、他は＜社会的・文化的＞なものである。しかし、両者の関係が一致するとは限らない。この時期の諸個人の取り扱いは極めて入念で、一人前の成人に育てるために、社会を挙げての共同体儀礼が重々しく実行されている。それは彼らは、成熟し、安定した社会の担い手である成人達から見れば、共同体の存立に対して極めて危険な＜半野生・半社会＞的存在であるからである[10]。

　あらゆる生産を担う、つまり結婚によって子を生産し新しい家族を構成し、その社会の基本的な社会構造を構成している中の世代、つまり大人の仲間入りをするのは、同時に結婚することを意味している。この例としては、『古事記』安康天皇条で、天皇が皇太子の大長谷皇子(雄略天皇)と若日下部王を結婚させようとした話の中で、この時大長谷皇子は「童男(をぐな)」[11]とされている。つまり少年は結婚することによって大人になるのである。結婚することと成人することとが同値であることを示している。また、女性の場合は初経を機に成女の祝いをなす習俗が日本の各地の民俗から推して古くから行われていたと見られる。「はね縵」、つまり鳥の毛もしくは菖蒲の葉や根で頭部を飾る縵そが、娘が一人前の女性となったことを示す標だった。成女となることは結婚資格を意味していたから、はね縵を頭にかざせば男の求婚を受け得たのであろう[12]。『万葉集』には「はね縵」を詠んだ歌が四首載せられている。

　　　　大伴宿祢家持、童女に贈れる歌一首
　　　・葉根縵今する妹を夢に見て情の内に恋ひ渡るかも　(万4・705)

---

10) 村武精一『家と女性の民俗誌』、新曜社、1992年、216-219頁。
11) 「爾大長谷皇子、当時童男」
12) 折口信夫「花の話」『折口信夫全集』第二巻、中央公論社、1966年、479頁。

　　童女の来り報ふる歌一首
　・葉根縵今する妹は無かりしをいづれの妹ぞ幾許恋ひたる（万4・706）
　・葉根縵今する妹をうら若みいざ率川の音の清けさ（万7・1112）
　・はね縵今する妹がうら若み笑みみいかりみ着けし紐解く

（万11・2627）

　男はそのうら若い女性を「いざいざ」と誘いかけたくもなるし、初経験
の乙女たちは微笑みつつ、亦怒りつつ紐を解いて応ずることともなる。
　大人は共同体においてあらゆる生産を担う世代である。あらゆる生
産とは、衣食住全てと子の生産である。それによって現在の共同体は
成り立っているのだから、共同体を代表するのはこの大人の世代であ
る。大人は子の生産を義務とするが、その生産の場が家である。子の
生産が出きる大人の世代は、生産のできない年齢を超えると老人の範
疇に入ると考えられる。老人は共同体において知恵によってその位置
を占めていた。知恵とは、自然の運行や共同体の成り立ちを知ってい
ることである。つまり老人は神の意志を解する特殊な能力を持ってい
る。それは、それまで生きてきた体験の蓄積といってもいいが、個体
の問題に解消するより、共同体のレベルで考えるべきである。蓄積は
時間的なものだから、共同体の中で最も時間の蓄積を持っている老人
の世代に、知恵が集中させられて幻想されたのである[13]。
　大人の世代を子の生産の観点より見るならば、未開、伝統的社会で
は、母になれない女やなれなかった女の生涯は誠に惨めであった。子
を生まない女は女とみなされなかったといっても過言ではないだろう。
子を生めない「石女」（うまずめ）は社会的に無価値なのであった。一方、
人間はもともと起源的に同時に男でもあり女でもある半陰陽であると
する伝統的な社会に広く認められている観念が、意外にしっかりと底
流にある。未開社会の女子の割礼は、女性性器の中の男性部分を切り
取ること（陰核の切除）により、完全な女性に生まれ変わることを目的
とするものである。一方、閉経期を迎えた、もう子どもを生むことが

13) 前掲8、93頁。

できなくなった女はどうであろうか。彼女たちも同じ理論で男になる。しかし、石女とはかなり位相が異なる。石女はどのような社会でも一様にさげすまれ、極めて低い地位に甘んじなければならないが、閉経後の女は男と共に長老会議に加わり、政治的な発言権を持つようになるのである。彼女たちは、男性化するというより中性化し、男並みになるのである。我が国でもいわゆる＜あがった＞女達はある種のパワーを認められている。

　アイヌでは神に憑かれて占いをするのは多く老婆であった。伊豆の新島では隠居したおばあさん達で作る「ウンバー仲間」というのがあり、神祭りを主な役目とし、海に向かい鉢巻きを締めて太鼓を叩くと報告されている。このような宗教機能が第一ではあるが、村のもめ事の調停役としてもしばしば登場し、世俗的政治力も一部に持つことが指摘できる。また、沖縄本島南部の東方の海上に浮かぶセジ(霊能)たかき久高島のイザホー神事では、30歳から40歳までの女性はナンチュという女神役の地位につかなければならず、42歳から53歳までのヤクジ、54歳から60歳までのウンシャク、および61歳から70歳までのタモト、という年齢階層的な女性祭祀組織が構成されている。このイザホーは、島の女たちが聖なる力を身につけるための祭りである。それは、女たちにとっては女性から神女への生まれ変わり、変身を意味する。そしてこのような女性祭祀者たちによって、家や共同体の活性化が与えられてきたのである。また、月経の有無によって家の中の女性を二つに分類し、閉経後の老女と初潮前の少女とを同一カテゴリーとして扱い、彼女たちが死などの危機的状況を克服する資格や霊能の所有者とみなされることも注目される[14]。ところで、多くの未開、伝統的な社会では不妊娠の女や閉経後の女は魔法使いであるともいわれ、恐れられ危険視されている。彼女たちに対する恐怖感は、言い換えれば、女でも男でもない中途半端な曖昧な存在に対する不安感でもある[15]と言え

---

14) 村武精一「家の中の女性原理」『日本民俗文化大系第十巻ー家と女性』小学館、1985年、332頁。
15) 鍵谷明子「母性の多義性」脇田晴子編『母性を問うー歴史的変遷(上)』人文書

る。このように、「母になれない女」たちは、共同体においては特別な
霊力の所有者とみなされていたことが言える。

　以上のような世代構成は『万葉集』の竹取翁の歌(16・3791～3)におい
て、幼児から成人までの男の子の成長として歌われている。

　　・みどり子の　若子髪には　たらちし　母に抱かえ　ひむ襁の　平生
　　が髪には　木綿肩衣　純裏に縫ひ着　頚つきの　童髪には　結ひは
　　たの　袖つけ衣　着し我れを　にほひよる　子らがよちには　蜷の
　　腸　か黒し髪を　ま櫛持ち　ここにかき垂れ　取り束ね　上げても
　　巻きみ　解き乱り　童になしみ　さ丹つかふ　色になつかしき　紫
　　の　大綾の衣　住吉の　遠里小野の　ま榛持ち　にほはしし衣に
　　高麗錦　紐に縫ひつけ　刺部重部　なみ重ね着て　打麻やし　麻続
　　の子ら　あり衣の　財の子らが　打栲は　へて織る布　日ざらし
　　の　麻手作りを　信巾裳なす　脛裳に取らし　友屋所経　稲置娘子
　　が　妻どふと　我れにおこせし　彼方の　二綾下沓　飛ぶ鳥　明日
　　香壮士が　長雨禁へ　縫ひし黒沓　さし履きて　庭にたたずめ　退
　　りな立ちと　禁め娘子が　ほの聞きて　我れにおこせし　水縹の
　　絹の帯を　引き帯なす　韓帯に取らし　わたつみの　殿の蓋に　飛
　　び翔ける　すがるのごとき　腰細に　取り飾らひ　まそ鏡　取り並
　　め　懸けて　おのが顔　かへらひ見つつ　春さりて　野辺を廻れば
　　おもしろみ　我れを思へか　さ野つ鳥　来鳴　き翔らふ ……

　　　　　　　　　　　　　　　　　　　　　　　　　　　（万16・3791）

竹取翁が若い頃を振り返って歌う部分である。乳幼児は緑子・若子と
呼ばれている。母に抱かれ、乳を飲んでいる年齢がそう呼ばれたこと
がわかる。平生(はふこ)が次の年齢である。

　這う頃である。次は童児。髪が首に着くと詠まれている。いわばオ
カッパである。幼児の年齢である。童になると袖付き衣を着たという
のは、母に抱かれる年齢とは異なる。一人で動き回れる服装になった
ことを示す。これがだいたい7, 8歳ぐらいまでである。此の童の年齢の

──────────────
　　院、1985年、26頁。

範囲は広い。基本的に12, 3歳ぐらいまでが子供で、13, 4歳から20歳くらいから大人との境界の年齢があるが、それを含めて童といっているようである。ただし、17, 8歳の者を童と呼んでいるかどうかはよくわからない16)。

この時代には階級や官位を制定する際に冠、衣帯、色彩などで尊卑貴賤が区別されていた。よく知られているのは十七条憲法の冠位十二階である。

日本の古代においては、童の髪型は放髪(はなり)と呼ばれる。髪を結うことなく振り分け髪にすることで、又はその髪をした童女を指す17)。

・をとめらが放の髪を木綿の山雲なたなびき家のあたり見む

(万7・1244)

允恭紀7年冬十二月壬戌朔年の条に、皇后が天皇に奏した言に「妾初自結髪、陪於後宮、既経多年」と見え、既婚の女性は結髪していた。天武紀11年夏四月二十二日に新制の漆紗官を採用すべく男女共に結髪させる詔が出たが、朱鳥元年秋七月に「‥‥婦女垂髪于背猶如故」と前の詔を不問にしている。すなわち婦女の間に垂髪を好む風潮があったものと思われる。また、

・葦屋の　うなひ処女の　八年児の　片生の時ゆ　小放に　髪たくまでに　並び居る　家にも見えず　虚木綿の　隠りてませば……

(万9・1809)

七歳まではオカッパにしている、少女期は髪上げするに充分な長さがあるが、のばし垂らしたままにしている。これも幼女と成女の中間の状態を表している。「並び居る家にも見えず」は普通の家にいない。特殊な女性を示している。

---

16) 前掲8、88頁。
17) 前掲2

更に椎野連長年の歌では

・橘の寺の長屋に　わが率寝し童女放髪は髪上げつらむか

(万16・3822)

　　　右歌、椎野連長年脉曰、夫寺家之屋者不有俗人寝処。亦称若冠女曰
　　　放髪卯矣。
　　　然則腹句已云放髪卯者、尾句不可重云著冠之辞哉
　　　決曰
・橘の照れる長屋に我が率ねし童女放髪に髪上げつらむか

(万16・3823)

　放髪にしている童女と共寝した。寺の長屋に住むものは僧か見習いの僧だから、女と共寝するのは禁忌だった。しかし、放髪にした童女は抱いてもいいことになる。

　女子の成長段階は3-5歳の袴着、7才で身を入れて学ぶ習い事をはじめ、12, 3歳で裳着、17, 8歳からが成人で、24, 5歳あたりまでが結婚適齢期。これを過ぎると家刀自として子女の教育に腐心する。つまり、女性達は、12, 3歳から16, 7歳までは、様々の面での大人の見習い期間だった[18]。大宝律令には、緑子(女)、小子(女)、小丁(女)、正丁(女)老丁(女)、耆老(女)などの年齢により区分が課口(課役負担)のためではあるが、定められていた[19]。

　世代とは社会の成員を年齢により階梯的に序列づけたもので、これは通過儀礼に対応しこれを経ることによって次の世代に上がり古代ではその世代により社会的地位や職掌が限定されていた。

---

18) 三角洋一「歌まなびと歌物語」『国語と国文学』1983・5
19) 『日本思想大系』岩波書店、226頁。「凡男女。三歳以下為黄。十六以下為小。
　　廿以下為中。其男廿一為丁。六十一為老。六十六為耆。無夫者。為寡妻妾。」

2. 古事記の「母と子」

1)母としての「御祖」

　記紀の中での「親」についてみるならば『古事記』では父母を「親」と書いた例はなく「父・父母・母」と具体的であり、全体で「父」18例、「父母」3例、「母」15例である[20]。但し、「御祖」とある全ては母親を指し『日本書紀』では多く皇室の意味で用いられている。また、7世紀以降の特定個人の呼び名としては嶋の皇母命(舒明母の田村皇女)、吉備嶋の皇祖母命(斉明母)など、天皇の母や祖母や女親に称号的に使われている例あるこれは一族の長を産んだ母の権力や地位の高さを推察させる。

　ここでは古事記における「御祖」は「みおや」と訓まれ次の用例が挙げられる。

　　　①、故是神産巣日御祖命、令取茲、成種（上巻）
　　　②、爾其御祖命、哭患而、参上干天、（上巻）
　　　②'爾亦其御祖命、哭乍求者、得見（上巻）
　　　①'故爾白上於神産巣御祖命者、（上巻）
　　　③　次大土神、亦名、土之御祖神。（上巻）
　　　①''於高天原者、神産巣日御祖命之（上巻）
　　　④　其御祖伊須気余理比売患苦而（中巻）
　　　⑤　爾其力士等、取其御子、即握其御祖。（中巻）
　　　⑤'是以取獲其御子、不得其御祖。（中巻）
　　　⑤''亦所纏御手玉緒便絶。故、不獲御祖、取得御子。（中巻）
　　　⑥　故、此之大中比売命者、香坂王、忍熊王之御祖也。（中巻）
　　　⑦　其御祖息長帯比売命、醸待酒以献。（中巻）
　　　⑦'爾其御祖御歌曰、（中巻）
　　　⑧　成子、葛城之高額比売命。
　　　⑨　白其母之時、御祖答曰、（中巻）

---

20) 毛利正守「古事記に於ける＜御祖＞と＜祖＞について」芸林、1968年、2。

⑨′ 請其御祖者、即令返其詛戸。(中巻)

全部で16例であるが、「御祖」の実際に示す対象は九例である。これら
の中で明確に「母」と「子」の関係として認められるものは1と3を除いた2
・4・5・6・7・8・9である。②・②′は大穴牟遅の母の師国若比売、
④神武天皇の御子「日子八井命」「神八井耳命」「神沼河耳命」の母「伊須気
余理比売」⑤⑤′⑤″垂仁天皇の御子「本牟智和気御子」の母「沙本毘売
命」⑥は仲哀天皇の御子香坂王、忍熊王の母、⑦⑦′仲哀天皇の皇后息
長帯比売命⑧息長帯比売命の母⑨⑨′「秋山之下氷壮夫・春山之霞壮夫
兄弟の母である。(上巻に亡き母を示す語「妣」が二例ある。)母に「御祖」
があるのに対して、父は「父」の語のみで、「御祖」「祖」がない。また、
「御祖」と「祖」の書き分けは、単に「祖」と記されている場合にもそれが
「母」を示しているとされる。17例の「祖」は母ではなくて「母祖」(母系の
方の先祖)を示している。現在の「親」とは其の概概念異にする。子と父
ではなく、いずれも子と母の関係で記されている。

　次に、「御祖」が「母」であることが明示されていない用例についてみ
てみる。

　①①′①″は何れも「神産巣日御祖命」である。①は須佐之男命の追
放と五穀の起源の条で大宜津比売神が須佐之男命に殺されて、その身
に蚕・稲種・栗・小豆・麦・大豆が生じ、この穀物を取って神産巣日
御祖命が種とした。①′は、大国主神の国作りの条で、少名毘古那神
が国作りに協力するが、この神について久延毘古が、「此者神産巣日神
御子少名毘古那神」と知らせ、また大国主神が「白上於神産巣日御祖命」
げると、神産巣日神が、「此者実我子也」云々と答えた。此により、神
産巣日神は母神のことであることが認められる。①″は大国主神の国
譲りの条で、信濃の諏訪から出雲に帰ってきた建雷神は、最期に残さ
れた大国主神に其の本心を問いただす。大国主神は二人の子と同様に
国譲りを受諾するが、其の条件として自分の住まいを天津神の御子の
ように壮大な神殿として作ってくれと要求する。高天原側は、此の要
求に応じて、神殿を造り、神饌を供え「是我所燧火者於高天原者、神産

巣日御祖命之登陀流天之新巣之凝烟…」と献饌の寿詞を唱える。ここでも①と同じく子との関係では示されていない。

　③は大年神の系譜の条である。天知迦流美豆比売との間に生まれた九神のひとりで、単に名称を改めているのみであり母と子の関係として示されてはいない。しかし、「大土神」の名称の示す如くこの神は「大地の母」の意味である。この神の母天知迦流美豆比売の名義は未詳であるが、父神の名義の「年」は、「年穀、穀物」の意味を持つ。

　次に『古事記』の母神として神功皇后と並ぶ「豊玉比売」が充分に「御祖」としての資格を有しながら「御祖」と呼ばれていない点を考える。

　次の図は倉野憲司が掲げた神系(統)図で[21]日本神話(古事記神代巻から歴代天皇巻に至る)を形成する基本的神統図である。

```
                  ┌─ 高御産巣日神 ── 天照大御神（天照大御神）
天之御中主神 ──┤
                  └─ 神産巣日神　 ── 須佐之男命一大国主神
```

古事記の女神の系列は次のように、高御産巣日神系と神産巣日神系に分けられる[22]。

---

21) 倉野憲司『日本神話』日本文学大系第七巻、河出書房、1952年、74頁。
22) 川副武胤『古事記考証』至文堂、1994年、221頁。

【表1　古事記の女神の系列】

高御産巣日神系(カゲ系)	神産巣日神系(ソトモ系)＊
	大気都比売神
	櫛名田比売
	須勢理毘売命
	沼河比売
	八上比売
	多紀理毘売命
	高比売命(下光毘売命)
	刺国若比売　＊②
天宇受売神	
高幡豊秋津市比売神	
石長比売	
木花之佐久夜毘売命	
豊玉毘売命	
玉依毘売命	
	伊須気余理比売命　＊④
	沙本毘売命　＊⑤
	肥長比売
	氷羽州比売命
倭比売命	
	前津見
弟橘比売命	当芸麻　斐一宮　由良度美
	葛城之高額比売命
美夜受比売	息長帯比売命
	阿迦流比売命神
	赤猪子

この中で「御祖」と呼ばれているものは＊である[23]。上例の③、⑧、⑨

---

23)　＊印論者記入

は、ここには含まれてはいないものの③の父大年神は櫛名田比売の子である。また⑧は⑦の母である。⑨は明確ではない。

このように「御祖」は「神産巣日神」系にのみ用いられていることが明らかとなり、「御祖」とは神産巣日神系であることが明らかとされた。先行研究においては「御祖」とは「母神」としてのみ規定されているが、当然御祖と呼ばれるはずのトヨタマビメやコノハナノサクヤビメなどの母神はここには含まれていない。「御祖」とは、「神産巣日神」系の母神が子の通過儀礼、特に成人儀礼に関わる際に用いられた表現であると言える。

2)「御祖」の役割

次にこの御祖はどのような役割を持って子である御子達と関わっているのであろうか。

火の中からの復活新生後大穴牟遅神が「成麗壮夫<訓壮夫云袁等古>而出遊行」したことは、この火難が成人式のための火による試練であると見ることができる。「壮夫」をわざわざ「袁等古」(オトコ)と訓ましめているのは「若変子すなわち青年として変態をとげたものを意味する」と解するように一人前の男として成人したということである。<壮夫>となる、それは「子供として死んで若者として甦って男になる」ということであり、成年式が母からの分離であり、母がそれを悲しむことと関連している[24]。

このような母と成年式のかかわりとして皇位継承と母のかかわり方の例をあげる。神武天皇の御子日子八井命、神八井耳命、神沼河耳命の母伊須気余理比売は歌により御子達に危機を知らせる。ここにおいても、御子は母により危機を脱し、当芸志美美命を殺した弟御子は「故亦称其御名謂建沼河耳命」と名前を改め即位するのである。大穴牟遅神の場合と同じく、御子が新しく成人として生まれ変わるのを助けるの

---

24) 西郷信綱『古事記の世界』岩波新書、1995年、96頁。

が母である「御祖」であると言える。

　この他にも、応神天皇と母である神功皇后が「御祖」として記されている場面は、御子が角鹿から都に帰るとき、御子の無事を祈って待酒を作って御子を迎えるのだが、これは忍熊王の反逆から御子を救い、応神天皇の再生であり成人式と見られるかとも考え得る。

　しかし、必ずしも其の母は、子の成長を見守れるわけではなく、ある場合には其の死により子と母の絆は離れざるを得なくなるのである。本牟智和気御子と母沙本毘売命である。御子が稲城から救い出される場面に於いてのみ「御祖」が用いられている。ここで注目されるのは、火の中からの誕生には成功したものの、御子の成年式が母の力の欠如により完全には行われ得ない為、それを補うものを必要とした。御子の名を付けた後、更に垂仁天皇が沙本毘売に次のように尋ねる。「又命詔、何為日足奉。」すると皇后は答えて「取御母定大湯坐、若湯坐、宜日足奉」と言い、天皇はその言葉に従って大湯坐と若湯坐を定めた。

　日は霊で、日霊を足し加えるということである。そして大湯坐、若湯坐の女性は「日足」の儀礼を行う女性としてタラシヒメと呼ばれ、御子に御湯殿で斎水を供奉して養す役目のようで、この日霊の御タマフリを通じて成長した人をタラシヒコ(足彦、帯彦)と呼ぶという。つまり、タラシヒメとはタラシヒの呪儀を行う湯坐的巫女で、貴子出誕に深く関わり、天皇の＜みずのひもを解き又結ぶ＞最高の女神ー皇后と見てよかろう。この湯坐のタラシヒの呪儀は、御子出誕ー即位と連なることは容易に察しのつくところで、その意味で三品彰英氏がタラシヒの呪儀の原現象を天皇の即位とみたのは誤りなきことといってよい。即位式の一環たる八十島祭の四坐に垂水命があるが、この垂水はたらしみず(垂水)の神格化であろう。タラシー即位の線を首肯せしめる資料である[25]。

　前述の如く、我々人間の営みは、誕生、成長、結婚、死、というサイクルの中にある。このいわゆる年齢階級は、人が生まれてから死ぬ

---

25) 萩野恕三郎『古代日本の遊びの研究』南窓社、1982年、266頁。

までの間に行われる通過儀礼と対応し、これを経ることによって次の
階級に上がってゆくという性格のものである。ところで、一般に一人
前の人間となるためには二度の通過儀礼が行われたと考えられている。
つまり、赤子から子供になるときの袴着(男子)・裳着(女子)と、子供か
ら成人になるときの成年戒(男子)・成女戒(女子)。子の袴着・裳着の期
間の謹慎生活を経て一人前の人間になるために行われる儀礼が成年
戒・成女戒である。この厳重な資格審査を通過することによって、男
女は一人前の大人となることができる。いわば人間として「誕生」する
のである。同時に男女は神役としての資格を得て「をとこ」「をとめ」と
して神祭りの場で神となり巫女となることができる。またそれは結婚
の資格を得ることでもある[26]。

　成人式には必ず「御祖」が立ち会わなければならないが、母の不在は
彼を成人とならしめられないため、更に「妣の国」の「水の女」との結合
が行われなければならないのである。このように「御祖」は「生成の母」「
穀物神」であり、子の「成年式」に立ち会う母を現していることが明らか
にされた。これは御子が「男」として成人となり得るために其の母の力
と母からの離脱が行われなければならないことと重なるのである。男
性的なものにとって、原初の状態、すなわち母親との、女性という他
者との同一化は、自己ならざるものとの一体化としか思われないから、
この原初の関係に対決することによって成り立つ男性の自己発見は、
更に後の発展段階に委ねられることになる。この原初の関係から身を
引き離してそれに客観的になるに及んで、初めて男性的なものは自己
発見と自己確立を達成するのである。これがうまく行かないと、男性
的なものはウロボロス的で母権的な近親相姦の段階で去勢されたまま
自己疎外を生じ、本来の自己に到達できなくなる[27]。その神話の示す
ところに依れば、意識の発達における最初の段階というものはそもそ
も女性的なものから男性的なものが、母から息子が離脱することに他
ならない。これを成功させる為には母の存在が不可欠であった。

---

26) 西村亮編『折口信夫事典』大修館書店、1988年、369頁。
27) ノイマン『女性の深層』松代洋一訳、人文書院、1966年、17頁。

3. 万葉集の「父と母」

前述の如く、古代の「家族」は短期から長期にわたる通い婚の広範な存在と、離婚、再婚の容易な流動性とから具体的には「母子十夫」という形が想定される。この「家族」は婚姻と育児と同居の不一致を含み込んだ全体が、人間関係の再生産に関わる古代の家族であり「経営単位としての家族」の形成以前には、諸個人は「家族」の諸側面に中層的に関わりつつ親族関係と共同体に直接に支えられて存在したものと考えられる[28]。例えば歌語としての「母」は『万葉集』以降、自由に詠歌の対象を選ぶことの出来る近・現代の歌人により絶唱される迄和歌の世界からは遠い存在であった。『古今集』との比較よりして『万葉集』にみられる母への帰属感、親愛感はまたこの時代独特のものであるといえる。万葉人達の心の中の"親子の絆"とはいかなるものであったであり、それはいかに歌われているのかを「母」「父」の語と作者及び作歌事情によりみてゆく。

1)親

『万葉集』では「オヤ」という語が使われている歌は14首あり、内4首は「祖先」の意味で使われている。この万葉の中での「オヤ」という語に関して高群逸枝は「オヤ」という語は母のみに使われ、それは最初男女の差別なく、祖先もしくは族中の年長層のことを言ったのであるが、変化して母のみを「オヤ」と言うようになったとし、それがまた次第に変化して『古今集』以後になると父も含まれるようになり、現在の意味での「親」になったとし、母が「オヤ」とされる過程を次のように述べている。

　　　母は氏族時代からあるばあいにはミオヤであり、そうでなくても必ずオヤの一人ではあったが、別に実母を意味するイロハ(親母)という

---

28) 義江明子「イへの重層性と"家族"－万葉集にみる帰属性、親愛感をめぐって－」『家族と女性の歴史』古代・中世編、吉川弘文館、49頁。

呼称で呼ばれていた。この"イロハ"の子等は"イロモ""イロセ"
といい。白川大家族での「親子マツイ」「兄弟マツイ」－いいかえれば母
子小家族をなしていたが氏族制の崩壊につれて、この小家族がまず最
初に露出してくる。そして、この頃からオヤという語が母のみにいわ
れだしてくることとなる[29]。

「オヤ」の用例は次のようである。

①みさご居る磯廻に生ふるなのりその名は告らしてよ親者知友(親は
　知るとも) (万3・362)
②みさご居る荒磯に生ふるなのりそのよし名は告らせ父母者知友(親
　は知るとも) (万3・363)
③朝霧の消易きわが身他国に過ぎかてぬかも意夜(親)の目を欲り
　　　　　　　　　　　　　　　　　　　　　　　　　　　　(万5・885)
④人祖(人の親)の少女児据へて守る山辺から朝な朝な通ひしきみが来
　ねばかなしも (万11・2360)
⑤駿河の海おしへに生ふる浜つづら汝をたのみ母に違ひぬ(一に曰く、
　於夜爾多我奴) (万14・3359)
⑥上野の佐野の舟橋とり放し於也(親)は離くれど吾は離るがへ
　　　　　　　　　　　　　　　　　　　　　　　　　　　(万14・3420)
⑦霍公鳥　来鳴く五月に　咲きにほふ　花橘の　香ぐはしき　於夜(親)
　の御言朝暮れに　聞かぬ日まねく…… (万19・4161)
⑧大君の　任けのまにまに　島守に　我が立ち来れば　ははそ葉の
　母の命は　み裳の裾　摘み上げ掻き撫で　ちちの実の　父の命は
　栲づのの　白ひげの上ゆ　涙垂り　嘆きのたばく　鹿子じもの　た
　だひとりして　朝戸出の　愛しき我が子……我が来るまでに　平け
　く　於夜(親)はいまさね　つつみなく…… (万20・4408)
⑨家人の斎へにかあらむ平けく船出はしぬと於夜(親)に申さね
　　　　　　　　　　　　　　　　　　　　　　　　　　　(万20・4409)

これらの歌の「オヤ」が、現代語の「父母」を指しているのか、或いは高

---

[29] 高群逸枝『招婿婚の研究』講談社.

群説の如く「母」のみを現しているのかを考えてみる。

　①は当時結婚に対する権限を持っていたのは子と同居していた母親で結婚の承認は母親にそれがあり、一方母親に隠れての恋愛も存在したものと考えられるが、恋愛の監督者として「親」は母のことを指していると言える。一方②は表記において「父母」と書き現し両親を明示しているが前述の如く母である可能性は強いと思われる。③は大田麻田陽春の作で「大伴君熊凝の歌」と題され熊凝が死ぬ前に、父と母をこの世に残していくことを嘆いているということが憶良により唱和されていることから「親の目を欲り」の親は父と母とみることができる。④は娘を守る「人の親」(親たるもの)であるから娘と同居しているはずであり、母親を指すものと考えられる。⑤⑥も④と同様に恋愛を妨げる障害、監督者を親と表現しており、やはり母を指すものであろう。⑦は坂上大嬢が「京にいる尊母(坂上郎女)に贈らむが為に誂へられて作る歌」で「於夜」は母親である。⑧は二月二十三日に兵部少輔大伴宿人家持が「防人の別を悲しぶる情を陳ぶる歌」であるが、「於夜はいまさね」の「親」は前に母と父が出ているので明らかにこの二人を指している。⑨は⑧の長歌に伴う短歌であるから、やはり「父と母」を指すこととなる。

　以上をまとめると恋愛関係の歌にあらわれてくる「親」は「母」であるが「行路死人歌」や「防人歌」は必ずしも母のみを指しているとは言いきれない。或いは貴族階級の意識の中では親は「父と母」であり、庶民階級のそれは「母」であったかもしれないが、「親」という語が万葉集中14首にしか使われていないということから、当時は余り使われていなかったことがわかるのではないだろうか。

2)父母、父、母

　「父母」・「父」・「母」が登場する歌は『万葉集』中85首を数える。この中で「父母」(「母父」も含む)28首「父」と「母」が同時にあられるのは7首「父」のみが1首、「母」のみが47首となる。これらを巻別に示すと次のようになる。

【表2　万葉の父母・父・母の巻別の用例】

巻	歌　番　号	計	巻	歌　番　号	計
1		0	巻11	2364・2368・2407・2495 2517・2527・2557・2537 2570・2687・2760	11
2		0	12	2991・3000・3077・3102	4
3	337・443	2	13	3239・3258・3285・3289 3295・3296・3312・3314 3336・3337・3339・3340	12
4		0	14	3359・3393・3519・3529	4
5	886・887・889 890・891・892 904	7	15	3688・3691	
6	1022	1	16	3791・3811・3880	3
7	1209・1357	2	17	3962	1
8		0	18	4106	1
9	1740・1755 1774・1800 1804・1809	6	19	4164・4211・4214	3
10		0	20	4323・4325・4326・4328 4330・4331・4337・4338 4340・4341・4342・4344 4346・4348・4356・4376 4377・4378・4383・4386 4392・4393・4398・4401 4402・4408	26

巻により歌数が偏っているが

> (1)巻十までの歌数が18首、巻十一以降の歌数が67首と大きく開きが
> あり、巻四までは僅か2首あるにすぎない。
> (2)巻一・二・四・八・十には見出されない。
> (3)巻十一・十三・二十に集中し、特に巻二十の防人歌の中に全体の
> 三割に当たる26首がある。

と言える。次に各巻ごとの考察を行う。

　巻一・二は『万葉集』の母体をなす中核的古撰集ともいうべき性格を
貫き、姉妹篇をなす。両巻は白鳳期の歌、いわゆる万葉第一・二期(舒
明－文武朝)の歌の集合で、当代の最も本格的な歌を「雑歌」(巻一)「相聞
」・「挽歌」(巻二)の三大部位ごとに時間の順序によって配例し30)宮廷歌
関連歌、即ち天皇皇女の作、宮廷歌人の従駕の歌、貴顕の人の相聞歌、
柿本人麻呂の宮挽歌などが主で「母」などの語の登場する場が全く用意
されていないと言える。

　巻三の二首は山上憶良の宴を罷る歌と大伴宿禰三中が自殺した文部
竜麻呂を傷んだ歌である。

> (1)憶良らは今は罷らむ子泣くらむそを負ふ母も吾を待つらむそ
>
> (万3・337)
> (2)天雲の　向伏す国の　武士と　いはゆる人は　皇祖の　神の御門に
> 外の重に　立ち候ひ　内の重に　仕へ奉り　玉葛　いや遠長く　祖
> (親)の名も　継ぎゆくものと　母父に　妻に子等に　語らひて　立
> ちにし日より　垂乳根の　母の命は　斎戸を　前にすゑ置きて……
>
> (万3・443)

(1)は有名な大伴旅人の「酒を讃むる歌十三首」と並び多くの争点の中心
となっている。この「子」は果たして誰の子であるのか。当時憶良は70

---

30) 伊藤博校注『万葉集下巻』角川書店、1985年。

歳近くであり、この泣く子が旅人をはじめ60歳を過ぎた老人たちの子
であれば憶良ならずとも酔って泣いたろうか。白楽天は50歳にして初
めて一子を得た時「自嘲」と題する律詩を制作している[31]しかし、少な
くともこの歌－即ち宴席を退出する口実として子や母を歌う－を許容
する世界が、太宰府にあったことは確かであるし、又それが許される
と憶良は考えたことも注目されるのではないだろうか。(2)の三中の歌
は竜麻呂の家族に思いを馳せて歌ったもので、母が息子の旅の無事を
天神地祇に祈る様子を歌っている。

　巻四は全歌が相聞歌であるが、巻十一・十二の相聞歌と比較すると
「母」が登場しないことは巻一・二を古歌巻と考えるならば、巻三・四
は今歌巻として据えられていたものであることにより[32]、奈良朝の都
会風な新しい歌・家持周辺の世界に「母」が歌われていないことは「恋愛
世界」の新しい展開とも言えるのではないか。

　巻五は前述の麻田陽春の歌に続く山上憶良の「敬みて熊凝のためにそ
の志を述ぶる歌に和する六首并せて序」の六首と同じく憶良の「男子名
は古日に恋ふる歌三首」の長歌であり、共に「挽歌」の中で歌われる「母」
である。

　巻六は石上乙麻呂が土佐の国に配されてゆく時の歌である。

　　　(3)父君に我れは愛子ぞ妣刀自(母刀自)にわれは愛子ぞ……　(万6・1022)

乙麻呂は藤原宇合の未亡人久米若売に通じた罪で土佐に配流されるので
あるが、ここでの「妣」は「亡き母」の意味の字である。『礼記』『典礼下』に
「生曰父曰母、死曰考曰妣」とあり『古事記』に於いても速須佐之男命が
姉の天照大神の「何故上り来つる」と問うのに対し「妣の国に往かむと欲
ひて哭くなり」と答えている場面がある。乙麻呂にとっては「亡くなった
母」のその愛する子としての自負が強く歌いあげられているといえる。

31) 原田貞義「酒と子等と－大伴旅人の「讃酒十三首」めぐって－」『国語国文』199
　　2年・2
32) 前掲30

　巻七は三部立(雑歌・比喩歌・挽歌)で「旅にして作る」の中の一首と「木に寄する」の中の一首である。

　　(4)人ならば母が最愛子ぞあさもよし紀の川の辺の妹と背の山
　　　　　　　　　　　　　　　　　　　　　　　　　　(万7・1209)
　　(5)たらちねの母が園なす桑すらに願えば衣に着るとふものを
　　　　　　　　　　　　　　　　　　　　　　　　　　(万7・1357)

(4)は紀の川のほとりに並ぶ山の姿を最愛の子と母親のようだと旅の途中で詠んだものであり、(5)は当時の養蚕に携わった女性の姿が現れていると言える。
　巻八・十は歌を四季で分類し、更にその各季を雑歌と相聞に分けるが、歌も天平期の新しいもので上品・流麗で風流志向の歌が収められている。ここにも「母」は全く詠まれていない。
　巻九は第一期から第四期の天平15,6年ごろまでの歌の集であり、巻一・二や巻三に対して拾遺的存在である。旅と伝説とに関する歌が多いことは注目されている。

　　(6)春の日の　霞める時に　墨吉の　岸に出でて　釣船の　とをらふ
　　　見れば　古の事そ　思ほゆる　水江の　浦島の子が……愚人の
　　　吾妹子に　告げて語らく　しましくは　家に帰りて　父母に　事
　　　も告らひ　明日のごと　われは来なむと……　(万9・1790)
　　(7)鶯の生卵の中に霍公鳥独り生れて己が父に似ては鳴かず己が母に
　　　似ては鳴かず……　(万9・1755)
　　(8)たらちねの母の命の言にあれば年の緒長く憑み過ぐさむ
　　　　　　　　　　　　　　　　　　　　　　　　　　(万9・1774)
　　(9)小垣内の麻を引き干し妹なねが作り着せけむ白たへの紐をも解か
　　　ず一重結ふ……今だにも国に罷りて父母も妻をも見むと思ひつつ
　　　行きけむ君は　(万9・1800)
　　(10)父母が成しのまにまに箸向ふ弟の命は朝露の消やすき命神の共争
　　　ひかねて……　(万9・1804)

(11)葦屋の菟原処女の八年児の片生の時ゆ……吾妹子が母に語らく倭
　文手纏賤しきわがゆゑ丈夫の争ふ見れば……（万9・1809）

(6)(11)は高橋虫麻呂歌集の「水江の浦の島子を詠む」と「原娘子が墓を見
る歌」の一部であり、(7)は鶯などの巣に卵を生み落として雛を育てさせ
る時鳥の習性を歌い、(9)(10)は共に田辺福麻呂歌集の「足柄の坂を過ぐ
るに死人を見て作る歌」と「弟の死去を哀しびて作る歌」であり「挽歌」で
ある。(8)は恋愛における「母」の強い影響を示していると思われる。
　巻十一・十二は目録に「古今相聞往来歌類之上・同下」とあるように
人麻呂歌集略体歌と出典不明歌からなり両巻の類似性は出典不明歌が
人麻呂歌集を作歌参考書として迎いだ結果であり、出典不明歌も近畿
一帯の口誦的な歌に手を加えたものの他に宮廷のみやびにかかわる階
層の様々な男女の多くの歌が含まれていると考えられ[33]、坂上郎女や
家持を中心とする人々の作に、両巻との類歌が多い。彼等の作が伝誦
されたのではなく彼等が両巻の影響を受けて作歌したのであり、天平
の歌人により作歌参考書として用いられていたことを知り得る[34]と言
われているが、ここで歌われている母をみてみる。

(12)玉垂の小簾のすけきに入り通ひ来ねたらちねの母が問はさば風と
　申さむ（万11・2364）
(13)たらちねの母が手離れかくばかりすべなきことはいまだせなくに
　　　　　　　　　　　　　　　　　　　　　　　　　　（万11・2368）
(14)百積の船隠り入る八占さし母は問ふともその名は告らじ
　　　　　　　　　　　　　　　　　　　　　　　　　　（万11・2407）
(15)たらつねの母が養ふ蚕の繭隠り隠れる妹を見むよしもがも
　　　　　　　　　　　　　　　　　　　　　　　　　　（万11・2495）
(16)たらちねの母に障らばいたづらに汝も我れも事のなるべき
　　　　　　　　　　　　　　　　　　　　　　　　　　（万11・2517）

---

33) 伊藤博『万葉集の構造と成立 上』塙書房、1983年、204頁。
34) 日本古典文学大系『万葉集 三』各巻の解説.

　巻十一・十二の14首は(12)(14)(16)のように娘の所へ通う男の関所となる、つまり母は子の恋愛に対して実権を握っていたことを示す歌が10首(2527・2537・2557・2570・2687・2760・3000)(13)の娘を養育する母2首(3102)(15)の蚕を養って業を計る母2首(2991)となっている。両巻の歌人の階層が知識人・貴族・中・下級官人と広く厚く層を成し総じて巻十一・十二はそのような彼らの生活の部分のアンソロジーであるということができよう。そしてこの両巻の歌が非個人的・類型的であるということはこの両巻の作者たちが有名歌人を生みだす厚い基盤の部分を成す階層の人たちを含んでいるからであり[35](12)〜(16)の歌からもわかるように「母」を詠んだ歌は貴族性や晴の世界と対立する所に生まれたと言えるのである。

　巻十三は長歌集であり、長歌には反歌を伴わないものがある一方、短歌旋頭歌はすべて反歌であり独立したものはない。題詞もほとんど無く歌の制作年代も明記されたものはなく内容が記紀歌謡に似たものがあるなどの諸点からしてこの巻が古い歌謡の流れを伝えていることは間違いないと思われる[36]が巻二十に次いで多くの「母」が詠まれている。

(17)近江の海　泊り八十あり　八十島の　島の崎々　あり立てる　花橘を……汝が母を　取らくを知らに　汝が父を　取らくを知らに　いそばひ居るよ　斑鳩と比米と（万13・3239）

(18)あらたまの　年は来さりて　玉梓の　使の来ねば……天地に　思ひ足らはし　たらちねの　母が飼ふ蚕の　繭隠り…（万13・3258）

(19)たらちねの母にも言はずつつめりし心はよしゑ君がまにまに
（万13・3285）

(20)み佩かしを　剣の池の　蓮葉に　溜まれる水の　ゆくへなみ　我がする時に　逢ふべしと　逢ひたる君を　な寐ねそと　母聞こせども……（万13・3289）

(21)うちひさつ　三宅の原ゆ　直土に　足踏み貫き　夏草を　腰にな

づみ　いかなるや　人の子ゆゑぞ　通はすも我子　うべなうべな　母は知らじ　うべなうべな　父は知らじ　蜷の腸　か黒き髪に　真木綿もち　あざさ結ひ垂れ　大和の　黄楊の小櫛を押へ刺す　さすたへの子は　それぞ我が妻　（万13・3369）

(22)鳥が音の　聞ゆる海に　高山を　隔てになして　沖つ藻を　枕になし　蛾羽の　衣だに着ずに　鯨魚取り　海の浜辺に　うらもなく　臥やせる人は　母父に　愛子にかあらむ　若草の　妻かありけむ……（万13・3336）

(23)母父も妻も子どもも高々に来むと待ちけむ人の悲しさ（万13・3337）

(17)は近江朝廷を風刺した童謡と考えられている。(18)～(21)は相聞歌であるが、庶民の母が歌われている。このような恋愛に関する歌の中で父がともに歌われているのは、3295・3296・3312番歌のみで総てがこの巻十三にあり、また男性の歌と明らかにみられるものは3295・3296番歌である。(21)は両親と息子が結婚について問答をしている珍しい例である。(22)(23)は挽歌ではあるが、「備後国神島の浜にて調使首の屍を見て作る歌」とあり故郷で待つ「行路死人の母」である。

　巻十四は巻頭に東歌と題し、この巻の作者や作歌年代がはっきりしないのは、たまたまそれが逸せられたというのではなくこの巻の歌の大部分が元来口誦の世界のもので民衆の共有に属するという性格によるのであり、多くの歌の生で粗野で力強い詠み振りは異彩である[37]。尚用字も一字一音の表音文字を主としている。

(24)駿河の海磯辺に生ふる浜つづら汝を頼み波播(母)に違ひぬ
（万14・3359）

(25)筑波嶺のをてもこのもに守部据ゑ母い守れども魂ぞ合ひにける
（万14・3393）

(26)汝が母に噴られ我は行く青雲の出で来我妹子相見て行かむ
（万14・3519）

37）前掲30

(27)等夜の野に兎ねらはりをさをさも寝なへ子ゆゑに母に嘖はえ

(万14・3529)

　(24)～(27)はすべて恋愛の関所となる母であり、巻十一・十二との類似がある。ここでは父が出てきておらず、実質的に恋愛の歌での父の役割が全く歌われていない。

　巻十五には遣新羅使の歌群があるが使節の往復途上の作歌・出発の際や出先で贈られた歌及び旅中で誦詠した古歌などから成るが、巻二十の防人歌とは全く逆に「母」への想いを歌っている作品が全く無い。これは遣新羅使の歌が晴であれば防人歌はこれに対立するの世界の歌なのであろうか。

(28)天皇の　遠の朝廷と　韓国に　渡る我が背は　家人の　斎ひ待た
　　　ねか　正身かも　過ちしけむ　秋去らば　帰りまさむと　たらち
　　　ねの　母に申して　時も過ぎ……（万15・3688)
(29)天地と　ともにもがもと　思ひつつ　ありけむものを　はしけやし
　　　家を離れて……たらちねの　母も妻らも　朝露に　裳の裾ひづ
　　　ち……（万15・3691)

　(28)は題詞に「到壱岐嶋雪連宅万忽遇鬼病死去之時作歌一首」とあり、(29)は葛井連子老作の挽歌ではあるが、やはり「行路死人」的な死人への悲しみと家で待つ母の想いを歌っていると思われる。

　巻十六は「有由縁雑歌」とある。後の歌物語の濫觴をなし、民謡や芸人の唄の露頭があるなどいわゆる名歌はないが、の歌の世界の一端をかなり生々と窺い得る[38]。

(30)みどり子の　若子髪には　たらちし　母に抱かえ　襁の　稚児が
　　　髪には……（万16・3791)
(31)さ丹つらふ　君がみ言と　玉梓の　使も来ねば　思ひ病む　我が

---

38) 日本古典文学大系『万葉集 四』各巻の解説

> 身ひとつぞ……たらちねの　母のみ言か　百足らず　八十の衢に
> 夕占にも　占にもぞ問ふ　死ぬべき我がゆゑ (万16・3811)
> (32)鹿島嶺の　机の島の　しただみを　い拾ひ持ち来て　石もち　つ
> つき破り　早川に　洗ひ濯ぎ　辛塩に　こごと揉み　高坏に盛り
> 机に立てて　母にあへつや　目豆児の刀自　父にあへつや　身女
> 児の刀自 (万16・3880)

(30)は竹取翁が乙女に馴れ馴れしくしすぎた罪を償うために歌を詠む
際、自分の成長を語っている部分であり緑子を抱く母の姿である。(31)
は夫の久しく往来しないことを苦に病に倒れた娘の歌で自分の恋愛の
往方を母が占っているのである。(32)は能登国の民謡で小螺(しただみ)
を両親に奉げる主婦が歌われている。

　巻十七・十八・十九・二十は家持の歌日記と言われる部分であり、
家持越中赴任以前・越中在任時代・少納言選任・帰京までが巻十九ま
でに収められている。

> (33)大君の　任けのまにまに　ますらをの　心振り起し　あしひきの
> 山坂越えて　天離る　鄙に下り来……床に臥い伏し痛けくし　日
> に異　に増さる　たらちねの　母の命の　大船の　ゆくらゆくら
> に下恋に　いつかも来むと　待たすらむ (万17・3692)
> (34)大汝　少彦名の　神代より　言ひ継ぎけらく　父母を　見れば貴
> く　妻子見れば　愛しくめぐし　うつせみの　世のことわりと……
> (万18・4106)
> (35)ちちの実の　父の命　ははそ葉の　母の命　おほろかに　心尽し
> て　思ふらむ　その子なれやも　ますらをや…… (万19・4164)
> (36)いにしへに　ありけるわざの　くすばしき……ますらをの　言い
> たはしみ　父母に申し別れて　家離り…… (万19・4211)
> (37)天地の　初めの時ゆ　うつそみの　八十伴の男は　大君に　まつ
> ろふものと　定まれる……垂乳根の　御母の命　何しかも　時し
> はあらむを　まそ鏡　見れども飽かず　玉の緒の　惜しき盛りに
> …… (万19・4214)

(33)は任地での急の病に倒れ京の母が自分のことを心配しているであろうと歌っているが、異郷で病に倒れ母を偲ぶ心の現れであろう。(34)は史生尾張少昨に教え諭す歌に続き、彼が家族を棄てることのないようにと説得するが、「父母を見れば貴し、妻子見ればめぐし愛し」は巻五・800の憶良の「惑へる感情を反さしむる歌」と同じである。(35)は「勇士の名を振はむことを慕ふ歌」で、「追ひて山上憶良の作れる歌に和ふ」とあり巻六・978の歌によるものとみられる。(36)は巻九(1801・1809)にも歌われている菟原処女の墓を見ての歌である。(37)は藤原二郎の母の死を弔う歌である。家持の娘は二郎に嫁していると考えられている。

　巻二十の「母」は全て防人歌の中に出る。天平勝宝七歳(755年)難波から筑紫に出発した防人達の限界状況での作であるだけに切々として胸を打つ。国作者名が明らかであるだけに巻十四の東歌以上に生の息吹きの伝わる作品である全防人歌92首中22首という約24%の中に母が歌われている。

　　(38)時々の花は咲けども何すれぞ母とふ花の咲き出来ずけむ

　　　　　　　　　　　　　　　　　　　　　　　　　　　　(万20・4323)
　　(39)母刀自も玉にもがもや戴きてみづらの中に合へ巻かまくも

　　　　　　　　　　　　　　　　　　　　　　　　　　　　(万20・4377)
　　(40)ちはやふる神のみ坂に幣奉り斎ふ命は母父がため　(万20・4402)
　　(41)天地のいづれの神を祈らばか愛し母にまた言とはむ　(万20・4392)
　　(42)橘の美袁利の里に父を置きて道の長道は行きかてぬかも

　　　　　　　　　　　　　　　　　　　　　　　　　　　　(万20・4341)

(40)では「オモチチ」と表現されているが父母が同時に出る場合「中央語では父と母をいう場合常にチチハハといい、ハハチチとは言わない。東国の歌にチチハハの語も使われているがアモ・オモと複合するときはアモシシ、オモチチで、シシアモ、チチオモとはいわない。この現象を古い母系制の反映と見る説もある」[39]がこれら極限状態の歌の中で

───────────────────

39) 前掲2

(43)ただ一首が父のみを歌っていることを考えると子と母の絆の深さが
覗われるのではないだろうか。
　これら防人の歌の中でも、特に旅立ちに際しては

　　(43)父母が頭掻き撫で幸くあれて言ひし言葉ぜ忘れかねつる
　　　　　　　　　　　　　　　　　　　　　　　　　　（万20・4346）
　　(44)我が母の袖もち撫でて我がからに泣きし心を忘らえぬかも
　　　　　　　　　　　　　　　　　　　　　　　　　　（万20・4356）
　　(45)大君の　任のまにまに　島守に　我が立ち来れば　ははそ葉の
　　　　母の命は　み裳の裾　摘み上げ掻き撫で……（万20・4408）

いずれも、母または父母が「なづ」行為をすると歌うのである。そして、
(44)では「袖」、(45)では「裳の裾」で「なづ」とする。このように裳の裾を
摘み上げて「なづ」のは入唐使に賜える歌の反歌で

　　・四の船はや環り来と白髪著け朕が裳の裾に鎮ひて待たむ
　　　　　　　　　　　　　　　　　　　　　　　　　　（万20・4265）

と歌われていたり、巻5の813番歌の題詞に「往者息長足日女命、征討新
羅国之時、用茲両石、挿著御袖之中、以為鎮懐。＜実是御裳中矣＞」と
みられ裳の裾は呪術にかかわる特別な部分であった。そして「なづ」こ
とは(43)の「幸くあれ」とあるように、旅の無事への祈願に関わることで
あった。この際注目されるのは、これらの例の多くが「なづ」主体を「母」
とすることである。「母」が身につけた霊力が「なづ」ことにより子に授
けられ、旅の安全を祈るのである。母が呪的行為の主体となるという
ことが、防人の歌に多くの「母」を詠み込ませたのである。また、(38)(3
9)においては、母が花や玉に譬えられ、ともに親子の繋がりの強さを
もあらわし、肉親の愛情の深さをもいうと解される。
　各巻ごとの特徴と合わせて「母」関係歌を探ってきたが歌の場とテー
マから大きく結婚と母・挽歌と母・防人歌と母・その他とに分けるこ

とが出来る。

　結婚の歌の中では、愛する女性を訪れる男性が恐れる対象は常に相手の母である。この時代の養蚕や水田耕作などの生産的労働力の担い手は女性で、娘は労働力の一部としても母に固く守られ、またそれが故に恋愛での監視役としての母の姿が浮かびあがってきている。「…奥床に母は寝たり　外床に父は寝たり　起き立たば　母知りぬべし　出で行かば　父知りぬべし……」(万13・3312)のように父母が同居している状態であるにも拘わらず男が父親を恐れていないのは、この時代の婚姻形態とも関わるものと言える。

　次ぎに挽歌に現れている母は、別れた時家で待つ妻子とともに具体的に歌われている。そうなると父母、なかでも「母」を歌うものが増えるのは当然なのではないだろうか。また防人歌を旅の途中での歌とみるならば、挽歌とも切り離せないかもしれないが、挽歌は第三者が詠んでいるのであり、一方これとは反対に不本意にも別れざるを得ない本人の歌である防人歌ほどは切実な寂しさ恋しさは伝わらない。

　その他の母の歌は「父君にわれは愛子ぞ母刀自にわれは愛子ぞ」(万6・1022)や「鶯の生卵の中に公鳥独り生まれて己が父に似ては鳴かず己が母に似ては鳴かず」(万9・1753)のように自己が此の世に存在することを再確認するという表現の中においては母と父が共に詠まれてれている。

　以上、妻問い婚の形態における母と子の関わりを、『古事記』『万葉集』に描かれた母の姿からの考察を試みた。共同体においては、子どもが次の世代を新しく生み出す大人の世代へどの様に参入できるが最も重大な課題であるが、これを為し得るためにはその母の役割が不可欠なものであった。このことを反映しているのが『古事記』においては「御祖」という、母を表す特別な語の使用である。しかし、これは母としての女性全てに用いられてるわけではなく、子の通過儀礼に携わる場合にのみ限られており、中でも特に成人儀礼が多いと言える。このような父には見られない母の役割は、『万葉集』の中からも探ることができる。

　ここでは、現代語では父母を表す「親」の表現の代わりに「父母」「母父」

が多く、また「父」が単独で詠まれている用例が集中一首しかない。これとは対照的に、「母」は子の恋愛や旅立ち死という場において深く関わっている。ここでは、全くと言ってよいほどに子と父の関わりが表出されていない。これは単に歌の世界だからと言うことよりも、この時代の女性たちの担っていた家族内での地位をも象徴しているものと言える。「母刀自」が、その家のことを司る女性を指しているように、日常生活において財物を納める倉の管理(鎰の保存)[40]や養蚕・御衣調整は、いずれも本来女性の担った生業である。このような日常の女性の働きの中の聖的な力が信じられていたからこそ、子どもたちは旅立ちに際し母の力への深い信頼を胸に抱けたのであろう。母こそが親であったのである。

第2節　母の死を通してみる母子の絆

　第一節で述べた「妻問い婚」は離合の容易な流動的な婚姻形態である。何年か婚姻関係が継続して子供も次々に産まれてくる頃には、同居に移動することも多かったと思われるが、その場合にも夫婦の結びつきは、後世とは異質な独自の様相を見せる。

> ・……我妹子と　ふたり我が寝し　枕付く　妻屋のうちに　昼はもうらさび暮らし　夜はも　息づき明かし ……(万・2・210)
> ・白栲の　袖さし交へて　靡き寝し　我が黒髪の　ま白髪に　なりなむ極み　新世に　ともにあらむと　玉の緒の　絶えじい妹と　結びてし　ことは果たさず……みどり子の　泣くをも置きて……我妹子と　さ寝し妻屋に　朝には　出で立ち　偲ひ夕には　入り居嘆かひ
> (万3・481)

このように死んだ妻を哀惜する思いは、先ず何よりも直接の性的結合

---

40) 義江明子『古代の祭祀と女性』吉川弘文館、1996年、144頁。

への思い出としてほとばしり出る。庶民に於いても婚姻は

　　　・ま愛しみさ寝に吾は行く鎌倉の美奈の瀬川に潮満なむか

　　　　　　　　　　　　　　　　　　　　　　　　　　（万14・336）

と歌われ男女の結合の質には変わりがない。もっとも通いにせよ同居
にせよ、婚姻関係がある程度継続してくれば、そこには、当然経済や
育児における共同生活の重みも形成されていく。

　　　・防人に発む騒ぎに家の妹が業べき事を言はず来ぬかも（万20・4364）
　　　・吾等旅は旅と思ほど家にして子持ち痩すらむ我が妻かなしも

　　　　　　　　　　　　　　　　　　　　　　　　　　（万20・4343）

　しかし、長期(或いは生涯)に渡ることもある通い、生まれた子ども
の妻方での成長という婚姻関係が支配的な当時にあっては、家族は夫
婦・子供の生活と、自らの親との生活の二重の関係として日常的に存
在することになる。

　　　・家にあらば妹が手まかむ草枕旅に臥せるこの旅人あはれ（万3・415）
　　　・家にありて母がとり見ば慰むる心はあらまし死なば死ぬとも

　　　　　　　　　　　　　　　　　　　　　　　　　　（万5・889）
　　　・……うらもなく臥したる人は　母父に愛子にかあらむ　若草の妻か
　　　　ありけむ　おもほしき　言伝てむやと　家問へば　家をも告らず…
　　　…（万13・3336）

その中でも

　　　・大伴の高師の浜の松が根を枕き寝れど家し偲はゆ（万1・66）
　　　・あしひきの山霍公鳥汝が鳴けば家なる妹もし常に偲はゆ（万8・1469）

と家と結びついて脳裏に先ず浮かぶのは妻の存在であった。しかし、

それにもかかわらず、妻子と共に過ごす家は男にとっては、(たとえ「我が屋」と観念されようとも)帰るべき所ではなく「行く」所であり、父母の待つ家が「帰る」所なのである[41]。

　　　・家に来てわが屋をみれば珠床の外に向きけり妹が木枕 (万2・216)
　　　・家に行きて如何に吾がせむ枕づく妻屋さぶしく思ほゆべしも

　　　　　　　　　　　　　　　　　　　　　　　　　　　　　(万5・795)
　　　・……吾妹子に告げて語らく　須臾は家に帰りて　父母に　事も告らひ明日のこと　われは来なむと……　(万9・1740)

家に「ある」のは妻あるいは母(まれに父)であるが、妻の家に「帰る」という表現はほとんど見られず、逆に母の家に「行く」という歌はない。ここには婚姻関係が日常生活・経済生活の共同を次第に獲得していきつつも、未だ緊張で安定した家族関係の形成にいたらない、過渡期の様相が如実に示されている。

　このような家族の関わりの中における母と子の絆を「死」「別れ」を通して見てゆく。

1. 母への挽歌

1)天智天皇の母への挽歌

　7世紀後半の東アジアは大帝国唐朝の出現を機に、以前にもまして大きく揺れ動いていた。唐は隋朝の対外政策を受け継いで、朝鮮半島に略策の手を伸ばそうとしていたからである。真っ先にねらわれたのは、唐と境を接して東方に勢力を張る高句麗であった。激動は半島西南部の百済にも及んだが、最も注目すべきは、東南に位置を占める新羅と海東の日本であった。いずれも唐帝国の侵攻に対して、国勢を立て直して権力の高度な集中をはかり、軍事力を強化せねばらなかった。ま

───────────────

41) 前掲28、33頁。

た、そのためには隋唐の制度を体系的に移植する必要があった。

　そこに必然的に、働く農民の抵抗、それと共に改革派と守旧派との争いが、その政治改革の過程に、前者は底流として、後者は公然または隠然の謀略、クーデター、更に内乱のかたちをとって次々に発生した。国制改革はクーデター、内乱と切り離せない関係にあった。

　645年、古代世襲王権が生みだした改新派中大兄皇子は、謀臣中臣鎌足等の助力を得て、蘇我大臣家の蝦夷、入鹿をクーデター方式のだまし討ちで打倒し、国勢への道を切り開いた。それが、大化改新である。世襲王権は更生しただけではなく、強化されるに至ったのである[42]。それは、兄弟相承から父子相承へという中央集権化にとっては必然的な問題にであり、これに否応なく直面させられた人物が、他ならぬ天智天皇(中大兄皇子)であった。

　次の歌は、額田王をめぐる中大兄皇子と大海人皇子との妻争いの経験を下地に、香具山と耳梨山とが畝傍山を争ったという三山伝説を詠んだものであるが、この同母兄弟間の緊張の強さが窺える。

　　　・香具山は　畝傍を愛しと　耳梨と相争ひき　神代より　かくにあるらし　古も　然にあれこそ　うつせみも　妻を争ふらしき

　　　　　　　　　　　　　　　　　　　　　　　　　　　　　　　(万1・13)

また天智天皇の跡継ぎ候補としての長子の大友皇子の存在は、この同母兄弟の愛憎半ばする両義関係を一層しのぎを削る方向に絞り込んでいった[43]。

　このような時代の古代宮廷の人間模様の中にあって、天智天皇と天武天皇兄弟の母であり女帝として初めて重祚した斉明女帝と、「大化改新」という日本古代史上においての大業を担った天智天皇母子の経験の構造、その心性の相違を先ず考察する。

---

42) 北山茂夫『壬申の内乱』岩波書店、1990年、2頁。
43) 西郷信綱『壬申紀を読む』平凡社、1993年28、60頁。

①「古の道」と「改革」

　斉明女帝は舒明天皇の皇后であるが、『日本書紀』斉明天皇条の冒頭に「天豊方財足姫天皇は始めに橘豊日天皇(用明天皇)の孫高向王に適して漢皇子御子を生まれませり。後に息長足日広額天皇(舒明)に適して、二男、一女を生まれます。」と記されている。つまり再婚の女性なのである。雄略朝以降の代々の皇后は、大方天皇家の系列の未婚女性の中から選ばれたにもかかわらず、舒明天皇の結婚には、適齢の皇女がめとられてやがて立后するという尋常のケースとは異なる何らかの事情があったと思われる。

　この理由の一つとして、舒明天皇と斉明天皇の系譜をたどると、父系において斉明天皇は息長手王の娘広姫につながっており、夫とは彦人大兄の子と孫の間柄となるのである。二人の和風の諱号はオキナガタラシヒロヌカ(舒明天皇)とアメトヨタカライカシヒタラシヒメ(斉明天皇)であるが、これをオキナガタラシヒメ(神功皇后)と対比するならば、息長の血脈を引く朝廷の誕生のためには、たとえ前例のない再婚であれ、宝皇女(斉明天皇)が選ばれなくてはならなかったのである。何故ならば、巫女女王として祭儀も司ると同時に新羅征討という政治も行うという神功皇后の両面性が継承され変質し、権威のシンボルとしての女帝が要求されていたためであり、それを満たし得たのが斉明女帝なのであった[44]。

　しかし、7世紀後半には、律令制国家実現への諸改革が推進されつつあり、皇極紀三年条の常世信仰の一件にも象徴されるように、伝統的呪術者は、官の側からは負の烙印を押される存在となっていた。

　　　秋七月に、東国の不侭河の辺の人大生部多、虫祭ることを村里の人に勧めて曰く、「此は常世の神なり。此の神を祭る者は、富と寿とを致す」といふ。巫覡等、遂詐きて、神語に託せて曰く、「常世の神を祭らば、貧しき人は富を致し、老いたる人は還りて少ゆ」といふ。是に由りて、加勧めて、民の家の財宝を捨てしめ酒を陳ね、菜、六畜を路

44)　上田正昭『日本の女帝』講談社、1989年

の側に陳ねて、呼ばしめて曰く、「新しき富入り来たれり」といふ。都鄙の人、常世の虫を取りて清座に置きて、歌ひ舞ひて福を求め珍財を棄捨つ。都て益所無くして、損り費ゆること極めて甚だし。是に、葛野の秦造河勝、民の惑はさるるを悪みて、大生部を打つ。其の巫覡等、恐りて勧め祭ることを休む。

　皇極紀冒頭には女帝が「古の道に順考へて政をしたまふ」と書かれてある。これは新しい改革を担う息子の中大兄皇子と伝統的な巫女的能力を期待されていた母の皇極天皇(斉明天皇)とが、おおよそ対称的な精神の持ち主であったと考えてもよいことを示している。古代仏教が国家仏教として成立するのは7世紀末の天武朝であると考えられるので、過渡期における新旧思想の対立が母と子の間を遮っていた。皇極女帝の「古の道に順考へて政をしたまふ」を示していることとして元年秋七月、八月の記載があげられる。

　この年六月より日照りが続いていたため、蘇我入鹿が「寺々にして大乗経典を転読みまつるべし。悔過すること、仏の説きたまふ所の如くして、敬びて雨を祈はむ」と、読経による雨乞いを行っては見たが、小雨しか降らず読経をやめてしまった。続いて八月一日に、皇極天皇自らが、南淵の河上に幸行して、跪きて四方を拝んだ。天を仰いで祈ると即ち雷が鳴って大雨が降り出した。このことによって人々が「至徳まします天皇なり」と言ったというのである。仏教による請雨法でも効験は無かったが、天皇の祈雨には効験があったというのである。

　このことは天皇家と蘇我家の宗教的権威の所在の相違がどう理解されていたかを窺うことができる[45]とともに、皇極女帝の巫女としての絶対的な位置を示す事件であるともいえる。一方息子の中大兄皇子は改革政策の中枢に立ち、支配層の動向を決定的に左右するという大きな実権を掌握しており、儒家法家の思想の受容には比較的積極的であり、それらの思想の制度的表現である中国法制の移植に熱心であった[46]。

---

45) 速水侑『日本仏教史』吉川弘文館、1986年、55頁。
46) 倉塚曄子『古代の女』平凡社、1986年、185頁。

このように巫女的な古来からの祭儀の象徴的存在である母と、新しい
外来思想の強力的な推進者である息子との間の精神的断絶は想像する
に難くないであろう。

　もう一つこの母子の心の隙間を示す事件として、蘇我入鹿誅滅クー
デター での女帝と中大兄皇子の姿があげられる。重傷を負った入鹿が
女帝の足下にまろび伏し、委細に糾明を乞うたにもかかわらず、皇極
天皇は、「知らず、知る所何事ありつるや」と中大兄に問い、そそくさ
と奥には入ってしまった。思いがけぬ事の成り行きに驚いた女帝を窺
わせる。このような重大事の決定においても、息子は天皇である母を
全く無視していたのである[47]。

　このような母と子ではあったが、『万葉集』には、斉明女帝が息子へ
の思いを詠んでいると思われる歌があり、一方、『日本書紀』では、古
代歌謡中唯一の母への挽歌が、中大兄皇子によって詠われている。

②女帝の子への愛
中皇命、紀の温泉に往しし時の歌

> (1)君が代も我が世も知るや磐代の岡の草根をいざ結びてな（万1・10）
> (2)我が背子は仮廬作らす草なくは小松が下の草を刈らさね（万1・11）
> (3)我が欲りし野島は見せつ底深き阿胡根の浦の珠そ拾わぬ（万1・12）
> 　　右、山上憶良大夫の類聚歌林を検ふるに曰く、天皇御製歌云々

　制作年代は不明であるが、9番歌の題詞が「紀の温泉に幸しし時に、
額田王の作れる歌」とあり、これと同時であるとするならば、斉明四年
(658)十月十五日か五年正月三日までの御幸と考えられる。というのは、
四年十一月には有間皇子の事件により息子中大兄の皇位継承への思い
が深まったものと思われるからである。

　このれらは、歌中に敬語がないので斉明天皇の命を受けて中皇命が
代作したものであろうが、心情は斉明天皇のそれを詠んでいるものと

---

47) 前掲44

いえる。

　まず、(1)の歌は岡の下の草を結んで、君(中大兄)と我(斉明)の命のさきわいを願った予祝儀礼の歌であり、「いざ結びてな」は

　　　・熟田津に船乗りせむと月待てば潮もかなひぬ今は漕ぎ出な(万1・8)

「いまは漕ぎ出な」と同じように強い響きを持つ。「根」の持つ生命持続性と、「結ぶ」ことによる永遠性への古代人の信仰が、母の子への愛と重なることにより、「君」と「我」との一体化を不動のものとさせるのである。

(2)の歌も仮廬のための霊力ある「茅」が、神聖な小松の下にあることを教えた歌である。このように予祝することにより、その茅を葺いた仮廬に宿るものには生命が保証されていたのであろう。

　「仮廬」は、収穫に際して田のそばに立てられるものであるが、

　　　・春霞たなびく田居廬つきて秋田刈るまで思はしむらく (万10・2250)

ともあって、春から作ってそこに住みつくこともあった。ただし、

　　　・秋田刈る仮廬もいまだ壊たねば雁が音寒し霜も置きぬがに

　　　　　　　　　　　　　　　　　　　　　　　　　　　(万8・1556)

とあるところから見て、年を越して使用するものではなかった。つまり、毎年建て替えられるからこそ「仮廬」なのである。そのように更新され続ける建物であるということから考えて、仮廬は、収穫のための作業小屋と言うだけではない特別な空間として設けられた建物であった。

　また、そこに居ることを「旅」と表現している。

　　　・秋田刈る旅の廬に時雨降り我が袖濡れぬ乾す人無しに (万10・2255)

　　・鶴が音の聞こゆる田居に廬してわれ旅にありと妹に告げこそ

　　　　　　　　　　　　　　　　　　　　　　　　　（万10・2249)

旅とは共同体を離れて異郷に身を置くことを言う言葉だから、そこか
らいえば、これは異郷の建物であった。「仮廬」が建てられそこにいる
ことが「旅」と呼ばれるのは、稲が神の側のものであり、それを得るた
めに神を祀り隠る空間が「仮廬」だった。

　これは古代人特有の手向けの儀礼と関わりのあるもの[48]とも考えら
れるが、「草なくは」の語は、いかにも母親が子供の行動を見つめる際
に、常に危なく、物足りなく、不安があるかの如く感じざるを得ない
という心情として、母である斉明天皇の息子への深い愛の表出として
の解釈も可能なのではないだろうか。母にとって子とは自己の分身で
あると同時に自己と一体になり得る存在として意識されているからこ
そ(1)の「君の命も我が命もかの磐という名の如く常磐に堅磐に長く久し
かれ」と祈る心が生まれ得るのではないだろうか。また、仮廬は

　　(4)秋の野のみ草刈りふき宿れりし宇治のみやこの仮廬し思ほゆ

　　　　　　　　　　　　　　　　　　　　　　　　　　（万1・7)

にも詠まれているが、斉明女帝にとってそれはまさに亡き夫を体感さ
せる場であり、夫の分身としての息子中大兄は、その愛情を傾けるこ
とのできる唯一の存在であった。というのは、この御幸の行われる数
ヶ月前に女帝の最愛の孫である建王がその幼い生命を終えていた。そ
の愛は中大兄にのみ傾けられていったのではないだろうか。たとえ精
神的には深い断絶のあった母子ではあっても、母から子への思いは変
わることはなかったはずである。

　　③女帝の孫への愛
　斉明女帝の愛の対象であったもう一人の人物は孫の建王である。『日

────────────────
48）伊藤博『万葉集の歌人と作品　上』塙書房、1981年、166頁。

本書紀』斉明四年五月と冬十月条からは孫への一方ならぬ思いがうかがえる。

　皇孫建王年八歳にして薨せましぬ。今城谷の上に、殯を起てて収む。天皇本より皇孫の有順なるを以て器量めたまふ。故不忍哀したまひ、傷み慟ひたまふこと極めて甚なり。群臣に詔して曰はく、「万歳千秋の後に、要ず朕が陵に合せ葬れ。」とのたまふ。

　　(5)今城なる小丘が上に雲だにも著くたたば何か嘆かむ　其一
　　(6)射ゆ鹿猪を認ぐ川上の若草の若くありきとあがおもはなくに　其二
　　(7)飛鳥川漲ひつつ行く水の間も無くも思ほゆるかも　其三

　天皇、皇孫建王を憶でて、愴爾み悲泣びたまふ。乃はち口号して曰はく

　　(8)山越えて海渡るともおもしろき今城の中はわすらゆましじ　其一
　　(9)水門の潮のくだり海くだり後も暗に置きてか行かむ　其二
　　(10)愛しき吾が若き子を置きてか行かむ　其三
　　　秦大蔵造万里に詔して曰はく、「斯歌を伝へて、世に忘らしむること勿れ」とのたまふ。

(8)の「おもしろし」という語は本来の意味が何であるかはよくわからないが、日本書紀の中の二例が記紀に見られる用例の全てであるようだ。

　　・乃ち節に赴せて、歌して曰はく
　　　稲筳　川副楊　水行けば　靡き起き立ち　その根は失せず
　　　小楯、謂りて曰はく「可怜し(オモシロシ)。願はくは復聞かむ」といふ。
　　　天皇遂に、殊舞作たまふ。詰びて曰はく、倭は　そそ茅原　浅茅原
　　　弟日　僕らま（紀・巻第15、顕宗天皇即位前紀）
　　・時に、五つの色の幡蓋、種種の伎楽(オモシロキオト)、空に照灼りて、
　　　寺に臨み垂れり。（紀・巻第24・皇極天皇二年十一月）

「おもしろし」の対象を「今城」とするか孫の建王ととるかによりその意味が異なってくる。また「今城」も死者のいるところ見るか「新城で、飛鳥の皇居」ととるかによりその解釈が異なってくる[49]が、「気持ちがいい、見て楽しい、すべて興味ある様をいい、主に外形的なことに用いる」[50]のである点から、これは斉明女帝がいかにも幼児の遊ぶ様を静かに心から楽しんで傍観している姿を思い浮かばせる。「忘らゆましじ」とは強い決意を現す(5)から(10)は悲劇的な伝説や物語の中に存在したというのではなく、これは死者への悲傷そのものを中心にした事実の記述と、そうした叙情の歌を集中的に連ねた意味で記紀歌謡の哀愁挽歌の到達点を示すものである[51]。また、この挽歌がなぜ斉明天皇により歌われなければならなかったかを考えるとき、巫女的力を持ち、老体を鞭打ってまでも新羅遠征を企てた女帝が叙情詩を通して我々と同次元にまで下りてくるのであった[52]。

　個人の体験にもとづき生み出された斉明女帝の幼子への挽歌は、山上憶良の「男子名は古日に恋ふる歌」の年老いた父の幼児を失った慟哭の挽歌と重なるのである。女帝も憶良も長い人生の苦楽を通り過ぎてきたからこそ、幼い命の尊さをそれを失う事への嘆きを若い親以上にひしひしと感じ得たのであり、親子の恩愛を家族の繋がりを一つの尊い価値として認識することができたのではないだろうか。子の成長の喜びを歌っている作品のない記紀歌謡や万葉の歌において、子の存在を感じ得た数少ない歌人たちである。

④母の死

　斉明女帝の哀傷挽歌が個人の悲しみを歌う最初の女の挽歌である一方、男の挽歌は天智天皇の母への挽歌により始まるのである。

---

49) 秋間俊夫「死者の書─斉明天皇の歌謡と遊部」日本文学研究資料叢書『古代歌謡』有精堂、1985年、206頁。
50) 前掲2
51) 青木生子『万葉挽歌論』塙書房、1981年、22頁。
52) 前掲46、212頁。

　母斉明は重祚した女帝であった。しかし、安らかな死を迎えること
はできなかった。老体を鞭打って新羅征討の為に出かけた筑紫の地で
無念の最期を遂げたのである。多くの庶民の抵抗を押し切って数々の
大工事を行った女帝も、ついには帰らぬ人となってしまったのである。
斉明紀七年冬十月条は

　　　天皇の喪、帰りて海に就く。是に皇太子、一所に泊てて、天皇を哀
　　慕ひたてまつりたまふ。乃ち口号して曰く、
　　(11)君が目の恋しきからに泊てて居てかくや恋ひむも君が目を欲り
　　　　　　　　　　　　　　　　　　　　　　　　　　（紀歌謡123）

「君が目」の「目」とは「見る」と同意であり、繰り返し用いているのは、
人と人の間で「見る」ことを通じて魂の交流が行われるという古代人の
考え方によるものなのであり、「目」に集約して願望を述べるのは、古
代に多い民謡的な相聞歌の類型である。「君が目を欲り」の用例を見ると

　　(12)人の寝る味眠は寝ずて愛しきやし君が目すらを欲りて嘆くも
　　　　　　　　　　　　　　　　　　　　　　　　　　（万11・2369）
　　(13)妹が目の見まく欲しけく夕闇の木の葉隠れる月待つ如し
　　　　　　　　　　　　　　　　　　　　　　　　　　（万11・2666）
　　(14)朽綱山夕居る雲の薄れ行かばわれは恋ひむな君が目を欲り
　　　　　　　　　　　　　　　　　　　　　　　　　　（万11・2674）

などをはじめとして、おもに作者未詳歌の歌集である巻十一、十三な
どに多いが、といって、中大兄が当時の愛好された類型句を自身の心
に表現にし得たことを否定する証拠もないわけである。というのは、
大化5年三月に造媛の死に際して野中川原史満の奉った挽歌に中大兄皇
子が感動して、「善きかな、悲しきかな」といって琴を授けて唄わせた
ことからも、皇太子は死の悲しみというものへの内面的自覚があった
のである。また、「恋ふ」とは、離れて遠くにいる人に対して一緒にい
たいと願うことである。だから同じ所にいるのに、どうしてこんなに

恋しいのだろうかと、自らを疑う気持ちを歌っているのである。実際は天皇は亡くなってしまい、一緒にいるのはその亡骸にすぎない。これはこれまでの「殯」に象徴される古代人の持つ再生とは異なった生死観を中大兄皇子がもっていることを意味するものであろう。この歌は記紀、万葉中唯一の母への挽歌なのであるが、何故に中大兄皇子はこのように歌い得たのだろうか。

⑤母への追善

　『続日本紀』元明天皇「和銅二年二月一日詔」には「筑紫の観音寺は、近江の大津で、天下を統べられた天皇(天智)が、後岡本宮で天下を治められた天皇(斉明)のために、誓願して基をおかれたところである。」とある。ここで注目されることは、観音寺という名と母への追善という点である。

　飛鳥時代から奈良時代に至る仏教信仰の主流が「祖霊追善」であったことはしばしば説かれているのだが、これは中国仏教の特色の一つである。

　仏教が中国に伝わると、インドには見られない儒教的家父長的家族関係がその教理内に容認され、その結果、仏教は支那人一般の祖先崇拝の信仰に順応し、北魏の観音信仰は造像の功徳により、「家」を中心とする亡者の追福を祈念し、さらにはこの功徳を生者も同じうし、現生に福徳を得んと願うもので、現生利益思想は追善的信仰に付随するものであった。日本に最初に伝来した観音信仰が、追善的性格を基調とする法華教的観音信仰であったことはほぼ疑いなく[53]、この祖霊追善の行事を代表するのが盂蘭盆会である。『日本書紀』の推古天皇14年四月の条には、「銅・繍・丈六の仏像、並びに造りまつり竟りぬ。……是年より初めて寺毎に、四月の八日・七月の十五日に設斎す」と記すが、これが日本における潅仏会と盂蘭盆会の初めとされる[54]。斉明天皇五年条秋七月十五日に「群臣に詔して、京内の諸寺に、盂蘭盆経を勧

53）速水侑『観音信仰』塙書房、1982年、15頁。
54）勝浦令子「古代における母性と宗教」『日本思想史』22.ぺりかん社1984

講かしめて七世の父母を報いしむ」と言うように、朝廷恒例の行事と
なった。数多くの仏教行事の中で法華教的観音信仰による盂蘭盆会
が、皇室を中心として受け入れられて行ったのである。
　次の歌は、『万葉集』巻四の皇極女帝が舒明天皇を思慕する叙情的挽
歌群である。

　　　　崗本天皇御製一首并短歌
・神代より　生れ継ぎ来れば　人さはに　国には満ちて　あぢ群の
　騒きは行けど　我が恋ふる　君にしあらねば　昼は　日の暮るる
　まで　夜は　夜の明くる極み　思ひつつ　寐も寝かてにと　明かし
　つらくも　長きこの夜を (万4・485)
　　　　反歌
・山の端にあぢ群騒き行くなれど我れは寂しゑ君にしあらねば
　　　　　　　　　　　　　　　　　　　　　　　　　　(万4・486)
・近江道の鳥籠の山なる不知哉川けのころごろは恋ひつつもあらむ
　　　　　　　　　　　　　　　　　　　　　　　　　　(万4・487)
　　　　右今案高市崗本宮後崗本宮二代二帝各有異焉

「島の宮」と呼ばれた皇祖母の園の伝統と、蘇我馬子の家以来の仏教の
機能を有する仏殿的伝統との混交する場において、仏教的行事として
の一周忌の追福供養の場で歌われた[55]ものと思われる。
　『日本書紀』斉明七年条に、斉明天皇が、疫病により突然崩御[56]した
ことが「秋七月二十四日に、天皇、朝倉宮に崩りましぬ。」「八月朔に、
皇太子、天皇の喪奉りて、帰りて磐瀬宮に至る。」と記されているが、
これも仏教の初七日の供養に当たるものと考えられる。なお、「磐瀬宮」
とは筑紫国の駅名に「岩瀬」があることから前述の『続日本紀』の「筑紫の
観音寺」建立の祈願は、この時の追善供養の場と重なるものなのではな
いだろうか。

---

55) 渡瀬昌忠『柿本人麻呂研究歌謡編　上』塙書房、1973年、354頁。
56) 前掲42、2頁。

　天智天皇の母への挽歌はその喪が「磐瀬宮」を離れ、十月七日に海に着いた時に詠まれたもので、天皇の心中には母の死への悲しみは勿論のことではあろうが、この時代における観音信仰に基づいたところの追善的な意義を多分に含んでいたものと[57]考えられる。

　このような「母」への追善については、まず『大智度論』における女性観が注目される。この中では女性を非常に卑しい不浄のものとしている。しかし、母性に対してはこれを重んじており、親の子に対する愛情は子・女平等であって差別はないが、子・女の親に対する報恩の厚薄の点では、母の方が父よりもはるかに凌ぐものとしてとらえている。なお、母性への信仰は、仏の誕生と共にその母の出産に対する賛美と春山入りや花立てなどを含む卯月八日の民俗との結びつき、つまり、灌仏会が地母神的な母性への信仰と重ね合わされて形成されていったものと考えられる。前述のように推古十四年の条では、追善的な盂蘭盆会とならび灌仏会が行われていくことが記されているからである。

　次に、母性の尊重を実証しているのが少し時代が下るが、8世紀半ばの墓誌の記録である。当時の20ほどの墓誌のうち、子が父のために作製したとするものは一例もない。勿論葬者の死後製作されたものである以上、実際の製作者は実の息子である場合が多かったと考えられるが、銘記されていない[58]。

　律令体制の導入・確立という変革の時代の中で、斉明天皇が、再婚でありながらも舒明天皇の皇后となり得たのは、彼女のもつ血統の巫女的力、「古道」の力であった。一方、息子の中大兄皇子は新しい中央集権化推進の中心的人物であった。母親の子への深い想いには一方ならぬものがあったものの、政治の場での二人の葛藤は避けられなかった。このような中で、老体に鞭打っての斉明天皇の新羅遠征の試みは、彼女の死により中断せざるを得なかった。そして息子の母への追悼は、追善的側面を内包しつつ、古代歌謡において唯一の「母への挽歌」として歌われたのであった。

57）前掲54
58）服藤早苗「古代の母と子」森浩一編『女性の力』中央公論社、1981年、267頁。

2)志貴皇子の母への思い

①律令制の導入による母の限定

　前述のように万葉の時代は、中国の律令制導入による中央権化の時期と重なる。大化元(645)年八月の改新の詔は、改新事業の計画の一つとして戸籍を造ることをあげるが、天智九(670)年には、全国規模における戸籍編纂が行われている。この戸籍の編制は貴族・豪族の個別的人民支配を否定して国家が直接に人民を支配するという重大な改革を意味し、天皇に直属してきた民だけでなく、貴族・豪族に従来属していた部曲の民をも公民として、それぞれの「族姓」を定め、その族姓を付して人民を戸籍に登録させた[59]。この中で、姓は父系により定めるという原則の成立を促したものが「男女の法」である。

　　　良男良女共所生子、配其父 。
　　　若良男、娶婢所生子、配其母。
　　　若良女、嫁奴所生子、配其父。
　　　若両家奴婢所生子、配其母。

一般の良民相互間に生まれた子の帰属についての親族法上の父系制の原則が発布された[60]しかし、この発布の背景は、子が母の姓を名乗ることや、生子が一定期間、母の家に養育された母系制的な考え方が広く行われていたのを、中国の親族法の原則によろうとしたものと理解されるのである。

　中国の律令は、法家の思想を採用して律(刑法)によって厳しい政治を強いた秦以来、歴代中国王朝のもとで発展し体系化されてきた。従ってそれらの法の背景には、歴代国家の思想である儒教をはじめとして、諸種の思想や社会体制・伝統などが存在している。例えば養老律令には支配機構と官人制。人民の編戸、班田、徴税、軍事組織の他、中国

---

59) 和歌森太郎『日本の女性史―古代女性のたくましさ』創美社、1974年、38頁。
60) 三谷栄一『記紀万葉集の世界』有精堂、1984年、331頁。

的な家族秩序や儀礼に関わるものまでが定められており、唐律とほとんど内容の変わらない律と共に中国的な社会秩序を志向している。この儒教における家族道徳は国家のあり方のモデルであった。この中国の家族は一族の同居同財を理想とする父系単系の家族であり、父から嫡子へと家が継承されると共に、後継者は先祖の祭りを絶やさないことを第一の義務としていた。日本律令にこの父系単系の家族がモデルとして導入され強制されたことは、家族や女性という点から見て重大な変動を与えた[61]。

　まず、戸令により人々は血縁者を中心に戸に編成され、その戸が社会の最小単位としてとりあつかわれるが、この長は父から嫡子に受け継がれるというのが8−9世紀の法家の通説である。子(特に男子)は軍事的に特殊な地域を除いて父の籍に入れられ、婚姻は女が男の家に嫁すのが建前となっている。財産は原則として父から男女の子に受け継がれ(ただし大宝令では嫡子の相続分が非常に大きい)、女子の相続分は嫁資と同等に見られている。また、孝というのは儒教においては最も重要な規範であり、不孝は律で罰せられる、したがって母が重んじられているのは当然であるが、日本令は唐令に比べても母の地位が重い。

　例えば人にとって父母は共に一等親であり、父母の死に際しては一年間喪に服すこと(官人の場合、職を一年間解任)が定められているが、中国の令が祖先を祭る父と嫡子の両者と母の間に差を付けているのに対し、日本令では父母を区別しない。また外祖父母(中国では同姓不婚のたてまえのもとで、同姓の一族でない外祖父母の扱いが軽い)の喪の期間が四等親に入れられる他の親族に比べて長く、父方は母方の扱いに大きな差を付けていないなど、母系の比重が日本令では相対的に高い[62]。などが挙げられる。

　しかし一方でこうした生母の位置づけと反する法が、既に天武紀八(679)年正月の詔で打ち出されている。

61) 西野悠紀子「律令制下の母子関係」前掲15、83頁。
62) 同上

　　　詔して曰はく「凡そ正月之節に当りて、諸王・諸臣及び百寮は、兄
　　姉より以上の親及び己が氏長を除きて、以外は拝むこと莫。其の諸王
　　は、母と雖も、王の姓に非ずは拝むこと莫。凡そ諸臣は亦卑母を拝む
　　こと莫。正月の節に非ずと雖も、復此に准へ。若し犯す者有らば、事
　　に随ひて罪せむ」とのたまふ。

このように母親であっても卑母の場合は拝賀を禁じている。ここで卑
母というのは、子が父の氏に所属することを前提として、諸王の場合
は母が皇族以外である場合を、諸臣の場合はより下位に位置づけられ
る氏出身の母を指す。この場合の母は子の命の源というより、父から
子へ継承される命を(又は血統を)媒介とする者としての役割しか与え
られていない。卑母の例は子と父母の関係において、父より出身の低
い母は、子からも母として扱われない場合が出ることを示している。本
来の母子関係が歪められており、父子の結合が強く打ち出されている。

②卑母

　このような中で、天智天皇の遺皇子として660年前後から715,6年の間
を壬申の乱を経て、天武、持統、元明天皇の時代を一生を全うしたの
が、志貴皇子である。
　天智紀七年二月に「有越道君伊羅都売生施基皇子」とあるが、生誕の
年月は不明である。「道君」は欽明紀十年に出ているが、越前国加賀郡
の地方豪族かと見られる。天智天皇には、蘇我山田石川麻呂の女越智
娘の間に建皇子、宮人伊賀采女宅子との間に大友皇子、忍海造小竜の
女宮人色夫古との間に川嶋皇子があり、男皇子は『日本書紀』に残ると
ころでは四人である。いずれにしても皇位継承の抗争の絶えないこの
時代にあって持統天皇五年川嶋皇子が没して後は、ただ一人天智の遺
皇子であった。しかし、このように其の生を全うしたばかりではなく、
其の子孫には恵まれ、第六王子白壁王は光仁天皇、王孫山部親王は桓
武天皇となり、光仁即位後追尊されて春日宮御宇天皇と呼ばれ、また
田原天皇とも称された[63]。『万葉集』には短歌6首を残している。

　　　　　明日香宮より藤原宮に遷居りし後に、志貴皇子の作らす歌
　　(1)采女の袖吹きかへす明日香風都を遠みいたづらに吹く（万1・51）
　　　　　慶雲三年丙午、難波宮に幸みし時に志貴皇子の作らす歌
　　(2)葦辺行く鴨の羽がひに霜降りて寒き夕は大和し思ほゆ（万1・64）
　　(3)むささびは木末求むとあしひきの山のさつをにあひにけるかも
　　　　　　　　　　　　　　　　　　　　　　　　　　　（万3・267）
　　(4)大原のこの市柴の何時しかと我が思ふ妹に今夜逢へるかも
　　　　　　　　　　　　　　　　　　　　　　　　　　　（万4・513）

　　　　　志貴皇子の懽びの御歌一首
　　(5)石走る垂水の上のさわらびの萌え出づる春になりにけるかも
　　　　　　　　　　　　　　　　　　　　　　　　　　　（万8・1418）
　　(6)神奈備の磐瀬の社のほととぎす毛無の岡にいつか来鳴かむ
　　　　　　　　　　　　　　　　　　　　　　　　　　　（万8・1466）

　これらの歌の特徴は、切断がないことだ。初句から末句まで綿々とし
て連続していて息の切れ目がない。それでいて、一気歌呵成に言い下
したのとも違う。非常に柔軟な細竹が、いくらでも曲がるくせに折れ
ることは決してない粘り強さを持つのと、共通した味のもので、しな
しなした調子でありながら切れ目がない。このような「柔軟」さを感ず
る前にある「待ち遠しさ」をも覚える。第五句或いは第四句に来てホッ
ト緊張の緩んだ安らぎを感ずる[64]と言える。享受者が「待ち遠しさ」を
覚えるということは、とりもなおさず、作者その人が「待ち遠しさ」を
心に持ったことに他ならない。すなわちその人が「待つ人」であったこ
とである。
　(1)の歌の采女は現実の采女ではなく、幻想の中に袖を翻す采女であ
る。皇子の母は、父の名さえ記されない　宮女－采女であった。采女を
母とするということは、上記の詔にあるように「卑母」と子の関係なの
である。
　自分より出自の低い女性を母とする志貴皇子は、独り旧都の中を吹

63) 大浜厳比古「志貴皇子」『万葉集講座－作家と作品1』有精堂、1975年、347頁。
64) 前掲63

く風の中に立つとき、まず母が、そして父が思われ次いで亡き父後の
変動極まりなかった代の移り変わりが、旧都の中に立つだけひとしお
深い感慨を呼んだものと思われる。同じく卑母の子でありながら、皇
太子となり、皇太子が故に命を失った大友皇子、彼を死に追いやった
天武、尊母の皇子故に倒された大津皇子、大津を倒してまで立てた皇
太子草壁も今やこの世にはいない。思えば、自分がそういう系争のた
だ中に入らねばこそ、今こうしてここに立っておられるのだ。「母よ、
あなたが卑母なる故に私は今ここにある。母よ、若き日の母の姿よ」肉
親の愛憎にからんで吹く皇位継承の権力闘争の「明日香風」の中に皇子
は立っているのであった。

2. 口をきかない御子の誕生

『古事記』中巻にある垂仁天皇の条の内容は大きく次の部分に分けら
れる。(1)后妃と御子(2)沙本毘古と沙本毘売(3)唖の本牟智和気(4)丹波の
円野比売(5)時じくの香りの木実に分けられる。

これまでの研究では(2)沙本毘古と沙本毘売の兄妹は、姉妹の霊能に
よって兄弟が守護されるという兄妹間の特殊な紐帯である「ヒメヒコ制」
を示すとともに、垂仁期のこととして語られていることにより、この
物語りがヒメヒコ制の終焉を飾るもの[65]と見る。(3)唖として誕生した
本牟智和気王の「通過儀礼」との関わり[66]が強調されている。(4)円野比
売は后として召されたものの醜い容姿のために返されてしまいこれを
恥じて自殺してしまうという皇孫の生命に関する物語として、木花佐
久夜毘売と石長比売との関わり(5は天之日矛の子孫の多遅摩毛理が勅
令で常世にいって橘の実を求めて帰国したが、すでに天皇の崩御の後で
間に合わなかったという物語としてそれぞれ各項目別に扱われている。

しかし、「御祖」として語られている沙本毘売とその唖の息子の本牟

---

65) 倉塚曄子『巫女の文化』平凡社、1987年、211頁。
66) 萩野恕三郎『古代日本の遊びの研究』南窓社、1982年、213頁。

智和気命に焦点を当て、母子の絆という視点より、御子出産と同時に
兄を追って死なねばならなかった沙本毘売が、子の通過儀礼を司らね
ばならないという「御祖の力」により本牟智和気を生の世界から自分の
属する死の世界へと引き戻そうとする結果、御子がものを言わない状
態にあることを「子供の異質性」の「リミナリティー(過渡性・境界性)」
に着目し、母の死という「母の欠落」が古代においてどの様に認識され
ていたのかをこの物語の再考により試みる。

1) 母の力

　産育・婚姻・葬送などの通過儀礼には女性が深く関わっている。中
でも母としての女性の役割は注目される。それは「母性」の有する力の
現れであるといえる。しかし母性には両面性がある。
　エリッヒ・ノイマンは母神を三つに分類し、否定的な面・肯定的な
面両方を兼ね持つ母神をグレート・マザー、否定的な面を集中的に持
つ母神をテリブル・マザー(恐るべき母神)、肯定的面を凝縮した母神
をグッド・マザーと名付けた67)。
　また、ユングは深層心理領域における体験の様相を、心の内面的イ
メージにそくして類型化している。彼の言う「影」とは、例えば悪魔・
怪物・恐怖感をそそるものである。そして、「太母」は母・祖先の女・
女神・聖母・教会・救済目標としての天国・泉・洗礼盤といった多様
な形で経験される。それは、光りと影も両面を持つ母性像であって、
保護者のイメージとともに、子をその中に呑み込んでしまう恐ろしい
イメージを伴うグッドマザーとバッドマザーである68)。
　古代において「母性」が肯定的に現されている例としては、第一節で
見たように『古事記』の成年式としての通過儀礼における母の役割であ
る。子の生育と母との関わりという点から見るならば、『万葉集』には
子の生育の過程はほとんど歌われてはいない。死を悲しむ挽歌の数は

---

67) ノイマン『グレートマザー』ナツメ社、1982年、35頁。
68) 小松和彦『異人論(民俗社会の心理)』筑摩書房、1995年、113頁。

多いが「うみ・うまれ」の出産・誕生を祝福する歌がない。歌言葉には緑児、童などが見られる。巻十六の「竹取の翁」長歌の冒頭の「緑子の若子が身にはたらちし母に懐かえ」という表現での緑子は、生後間もな嬰児を指している。この子は裸のまま母の胸に抱かれていた。母の衣服に被われ、まさに「羽ぐく」まれていた緑子[69]である。

「正述心緒」(「正に心緒を述べたる」という物の比喩をかりずに直接心情を表現する形式の歌)の「古」部の人麻呂歌集冒頭歌では

　　　・垂乳根の母が手放れかくばかりすべなき事はいまだ為なくに

　　　　　　　　　　　　　　　　　　　　　　　　　　　　(万11・2368)

今まで母に羽ぐくまれてきた者の一人立ちする心細さを歌い、「今」の冒頭歌は

　　　・たらちねの母に障らばいたずらに汝も我も事は成るべしや

　　　　　　　　　　　　　　　　　　　　　　　　　　　　(万11・2517)

母に拘っていたら二人の間は空しくなってしまうと、恋の妨げとしての母が詠まれているが、これも母子の強い絆であり保護者としてのもたらしたところであろう。『日本霊異記』下巻第十六の「女人、濫ニ嫁ぎて、子を乳に飢ゑしむるが故に、現報を得る縁」は、他の男と寝ている間に乳を与えなかったために子が飢えて死んでしまい、この罪で乳が腫れてしまったという話である。母が淫らな関係を持つことがその原因なのではなく、母親として子を顧みなかったがためなのである。ここでも、緑子にとって「羽ぐくむ」母の存在が不可欠であることが強調されているのである。

　『古事記』『万葉集』『日本霊異記』の中での、母と子、特に幼子との関わり方を見てきたが、これらは何れもその母の力が子に対し「グッド・

─────────────

69) 小川勝治「万葉における親子のかかはり」明治学院論集第346号。本論文第二
　　章＜人の一生＞参照

マザー」的な、言い換えるならば肯定的な光の部分の力として働いているのである。

　影としての暗い母は死の国に住み、猛猛しく、腐ったイメージが伴う。民話に現れる山・鬼婆・魔女などのイメージ[70]である。これらは究極的には「自然」に近い潜在的な「他者」としての女性、男性たちが恐怖する根源的かつ統御し得ない力を持つ女性のイメージを表現しているのである。女性が持っている性の最大の秘密ー出産の謎の力をどれほど男が知りたがり、その能力をほしがったかを示している[71]といえる。

　「死の国の母」とは母になれない女である。母親が死に赤ん坊が助かった場合は特に、子をこの世に残していくことに未練が残り、恐ろしい亡霊となって地上をさまようとよく言われる。ともかく子産みに失敗した女は、この世に対する怨念が異常に強いと広く認識されていた[72]ことは確かである。この例として『古事記』では、伊邪那美命と豊玉姫の出産が挙げられる。

　多くの神を産んだ伊邪那美命は、火之神を産んだため死んでしまう。黄泉に妻を訪ねた夫の伊邪那岐は見るなという妻の言葉を守らず、やっとのことで逃げ帰ってくるが、このとき穢を払うために鼻を浄めると速須佐之男命が生まれる。しかし彼は「命させし国を治めずて、八拳髭の心前に至るまで啼きいさちき。」そこで伊耶那岐がなぜ泣くのかと問うと「僕は妣の国根之堅須国に罷らむと欲ふが故に哭くなり」と答えた。ここにおいては「妣」を強く求める子の姿として「啼きいさつ」と表現している。

　豊玉姫も、夫が禁忌を破って産屋の秘密を犯した結果、此の世から去っていく形で母親の死が語られている。その子の鵜葺草葺不合命は、姨玉依毘売との間に生まれた子の内稲氷命は此の国として海神の宮のある海原に入ってしまう。此の物語も母の死と子の誕生が重なっている。

　次に本牟智和気の母である沙本毘売の物語は次のようである[73]。

70) 湯浅泰雄『日本古代の精神世界』名著刊行会、1990年、53頁。
71) 前掲68、123頁。
72) 青柳まちこ「忌避された女性」前掲14、1988年、425頁。

　此の天皇、沙本毘売を后と為たまひし時、沙本毘売の兄、沙本毘古王、其の伊呂妹に問ひて曰ひけらく「夫と兄と孰れか愛しき」といへば「兄ぞ愛しき」と答曰くへたまひき。爾に沙本毘古王謀りて曰ひけらく。「汝寔に我を愛しと思はば、吾と汝と天の下治らさむ。」……爾に其の后、争はえじと以為ほして、即ち天皇に白して言ひしく、……乃ち軍を興して沙本毘古王を撃ちたまひし時、稲城を作りて待ち戦ひき。此の時沙本毘売命、其の兄に得忍びずて、後戸より逃げ出て、其の稲城に納りましき。此の時、其の后妊身ませり。是に天皇、其の后の懐妊ませること、及愛重みしたまふこと三年に至りぬるに忍びたまはざりき。故、其の軍を廻して、急に攻迫めたまはざりき。如此逗留れる間に、其の妊ませる御子既に産れましつ。……軍士の中の力士の軽く捷きを選り聚めて宣りたまひしく「其の御子を取らむ時、乃ち其の母王をも掠ひ取れ」……爾に其の后、予て其の情を知らしめて、悉く其の髪を剃り、髪以ちて其の頭を覆ひ、亦玉の緒腐して、三重に手に纏かし、且酒以ちて御衣を腐し、全き衣の如服しき。……其の御子を抱きて、城の外に刺し出したまひき。爾に其の力士等、其の御子を取りて、即ち其の御祖を握き。……其の御祖を得ざりき。……然して遂に其の沙本比古王を殺したまひしかば、其の伊呂妹も亦従き。

　沙本毘売の系譜を見ると、日子坐王と春日建国勝戸売の女沙本の大闇見戸売との間の女で、更に父である日子坐王は開化紀に「和珥臣の遠祖姥津命の妹姥、津媛、彦坐王を生む」とある。この王は御上神社の祭神の娘との結婚を始め、子孫に誓約の呪術者の曙立王、神懸かりの巫女の意長帯比売(神功皇后)が現れているのを見ると彦坐王の系譜には呪術宗教的血が流れている[74]と推測される。

　なお沙本毘売は伊邪那美命と重なり合う特徴を多く有する。

　①同母の兄との深い絆と思いである。兄を救おうと稲城に向かい、ついには息子を残してまでも兄とともに火中に消えた沙本毘売の

73) これは『古事記』によるが、『日本書紀』においてはその内容はかなり異なっている。この点については前掲65に詳しい。
74) 日本古典文学全集『古事記』、178頁註。

態度からは、本牟智和気王は垂仁天皇の御子とされてはいるものの疑問を持たざるを得ない。伊邪那岐命と伊邪那美命の国生み・神生みが死と重なる聖婚であったように、この兄妹も結ばれていたとも考えられるのではないだろうか。

②「火中出産」は、聖なる御子の誕生を意味するが、女性の立場から見るならば、伊邪那美命にとっては産褥である。子は産んだものの其の子を育てる役割を完全には果たせない母なのである。沙本毘売もまたその出産と同時に亡くなる。

③母の死とともに産まれた子供の異常性である。伊邪那岐命と伊耶那美命の子の須佐之男命は、「八拳須心の前に至るまで、哭きいさちき。」大人になっても泣いているのである。一方、本牟智和気も「是の御子、八拳髭心前に至るまで真事とはず」と、成人しても唖であった。

④夫に執拗に求められる妻。伊邪那美命が火之迦具土神を産んだために亡くなると伊邪那岐命は「御枕方に匍匐ひ、御足方に匍匐ひて哭しとき」と、死骸の枕元を這い回り足下を這い回って泣いたのである。また、沙本毘売の夫である垂仁天皇も、稲城に留まり死のうとする沙本毘売を何とか引き戻そうとする。死の世界へ向かう妻を此方の世界に引き止めようとしているのである。

⑤死の世界の女神は腐ったイメージが伴う。黄泉国の伊邪那美命の姿は、「うじたかれころろきて、頭には大雷居り、胸には火居り、腹には黒雷居り、陰には析雷居り」とあり、これを見た伊邪那岐命は恐れおののいた。沙本毘売は、「其の髪を剃り、髪以ちて其の頭を覆ひ、亦玉の緒を腐して三重に手に纏かし、且酒以ちて御衣を腐し、全き衣の如服しき。」と、天皇側の兵士に捕まえられないための工夫が「腐らせる」事である点が注目される。

伊邪那美命と沙本毘売のイメージは重なり合う。つまり死の世界の女神であるテリブルマザー、まさに影の世界の母たちなのである。

「母性」の両面性を生み出す「出産」とは、人間界の一つの根源である母親が、あの世から寄りくる産神を憑依させ、一人の人間の完成を司

ることであり、子供の誕生とはあの世とこの世との結合によるのである[75]と言える。つまり新しい霊魂の出現という現象である。このような観点より見ると、産屋というものも死から生への再生を促進させる籠の場であると考えられる。つまり誕生とは新生と言うより再生と考えられていた[76]のである。このことは、縄文時代の土偶の破壊からも窺える[77]。

　再生としての出産に関し、母を束縛する禁忌には数多くのものがある。まず、類感禁忌とは妊婦が火事と葬式を見ることが禁じられているのであるが、これは母親の身体の内と外は物質的に均一であると同時に、逆説的に胎児の体や精神の形成が母親の行動や精神状態に原因を持つとされている。胎児の母原説である。また、食物禁忌は庶民伝承が重視する母親の胎児への影響力の強さと、どの様な形にでも形成されやすい赤子の無防備性を現している。禁忌と呪術は、川や水が神や霊の往来するこの世とあの世をつなぐ道という、水に対する他界観による。子供が正しい水渡り、川渡りー正常な人間としてこの世に産まれてくることを出きるかどうかは、母親に責任があると考える。これらすべての禁忌の目的は、心身ともに欠陥のない子供の形成をめざすことである[78]。

　このような禁忌を守り出産に至るのであるが、出産とは母も子もあの世と此の世の境界に位置している時なのである。例えば、生理中の女性、出産の最中にある女性(「棺桶に片足」と言ったように)は、生と死の境目にいる存在であり、また母になる一歩手前の、過渡期にある女である。多量の分泌物を排泄することにより、爪や髪の毛と同様に、体の一部でありながら切り離される運命を持つものとして、まさに肉体の過渡性、周縁性を代表する。

---

75) アンヌ・マリ・ブッシイ「母の力」前掲15、256頁。
76) 倉石あつ子「産屋・産神」『日本民俗研究体系第四巻ー老少伝承』桜楓社、1983年155頁。
77) 吉田敦彦『日本神話の成り立ち』青土社、1992年12頁。
78) 前掲15、40頁。

　一方、また、胎児と産児は体が未完成であるように、魂がまだ安定しないので霊が憑依しやすい状態にある。これは「リミナリティー」つまり過渡性、境界性による。子供は大人とは異質な存在であるがため「七つ前は神の内」などといわれているように、此の世のものでも異界のものでもないという中途半端な存在であった。神、特に産神の管轄下にある。七歳以前の子供の髪型・服装・葬法などには大人と異なる点が多く見られる[79]。前掲の『万葉集』巻十六「竹取の翁の歌」にはこのことが詠まれている。髪型・服装を換えるということは、異界の力により強く引かれている子の霊を此方の世界に留まらせておこうとするための儀式でもあると言えるのではないだろうか。繰り返し新たな姿となることにより、子を此方の世界に呼び寄せておこうとするのである。

　本牟智和気を残して死んで往く母、沙本毘売は次のように言う

　　　其の后に命詔りしたまひしく、「凡そ子の名は必ず母の名づくるを、何とか是の子の御名を称さむ」とのりたまひ。爾に答へて白ししく、「今、火の稲城を焼く時に当たりて、火中に生れましつ。故、其の御名は本牟智和気の御子と称すべし」と白しき。又命詔りしたまひしく「何に為て日足し奉らむ」とのりたまへば、答へて白しし「御母を取り、大湯坐・若湯坐を定めて、日足し奉るべし」とまをしき。

母は自分の亡き後子の養育をする「御祖」を立て、「日足る」まで育ててほしいと言っている。父である垂仁天皇がこのように問うているのは、それ程までに子の養育が母の手の中にあっと言うことを物語っているのであろう。そうであるからこそ御祖は自分に代わりうる「母」を自らが決めてこの世を去ったのである。

2)母胎回帰としての水の遊び

　沙本毘売と沙本毘古の話の後に次の話が続く。

---

79) 飯島吉晴『子供の民俗学』新曜社、1991、42頁。

　　故、其の御子を率て遊びし状は、尾張の相津に在る二俣榲を二俣小
　　舟に作りて、持ち上り来て、倭の市師池・軽池に浮かべて、其の御子
　　を率て遊びき。然るに是の御子、八拳心前に至るまで真事とはず。
　　故、今高往く鵠の音聞きて初めてあぎとひ為たまひき。爾に山辺の大
　　鷹を遣はして、其の鳥を取らしめたまひき。

　本牟智和気が唖であるということは霊魂信仰的に言えば、誕生に際し
て霊魂が肉体に鎮定しなかった。あるいは肉体の成長に伴って霊魂が
成長しなかったということになる[80]。なぜ霊魂は完全に宿らなかった
のであろうか。「胎児の母原説」、胎児の体や精神の形成が母親の行動
や精神状態に原因するという考えによると、正に此の本牟智和気の誕
生は、母体の不安定な状態からの出産としてとらえうる。母の力の欠
落は、此の世への移行を不完全に終わらせるしかない。そして子の不
完全な誕生を、再び母の体内に回帰させ母の力の回復により、その霊
魂を鎮定させようとするのであり、それがこの「水の遊び」であると考
えられる。「二俣小船」に乗せて水に浮かばせる。これは本牟智和気を
胎内に戻し浮かばせることなのである。
　「二俣船」とは、二股に分かれている木をそのまま二股の丸木船に
造ったものである[81]が「二股の木」であることがその神聖性を表すといえ
る。例えば、軽の市の立った軽の衢には軽社があり、斎槻がよく知ら
れていた。槻はケヤキであるらしい。落葉樹であるが、巨樹となり、
神聖視されていたと思われる[82]。木の俣の例として、大国主は八上比
売を連れてこようとしたが、彼女は須世理比売を恐れて、その生める子
を木の俣にさし挟んで帰ってしまった。それで、この子の名を木俣神
といい、亦の名を御井神と謂った。ここで木の股に挟むというのは、子
の出生の連想で、これを須世理比売を恐れてしたというのは変形であ
る[83]と考えられる。「二股の樹」とは正に母なるものの象徴である。何

---

80) 山田永「泣くこと」『上代文学』第64号、1990年.4
81) 前掲2
82) 和田萃「市・女・チマタ」『日本の古代12女性の力』中央公論社1987年、170頁。

故ならば「樹」それ自体にも既に母なる力を持つと信じられていたからである。

このような出産と樹の関わりの例として、『愚管抄』(巻三)にも「神功皇后云々。筑紫にかへり宇美の宮の槻に取りすがりて、応神天皇をば産み奉り給ひける。」と記しているので、古くから言い伝えられていたことがわかる。子安木は子持ち石と同じく、元は受胎を祈ったものである。蒙古喇嘛廟の前に壮大なる樹があって、小児の体質虚弱で養育しがたい時は、此の木の下につれて往き、本人または親族がこれを拝して、樹をその児の母とする。そして、此の樹には赤い紙片が結び付けてあったが、見ると一支那人の張子安の男児をして、此の樹を母とする由が認めてあった。小児が此の樹の霊助により健康を復する者は、皆、木幡を枝に掛けて謝意を表すとのことである[84]。このように「二股小船」に本牟智和気を乗せるということは、彼を胎内に戻すことを意味している。

次に、船に乗せて水遊びしたのは、水にある霊の威霊に触れさしめての霊振りの鎮魂によって、霊が不足し、弱まって唖になっている本牟智和気のもの言う性能を強化したり、失われたる語る力を復活せしめて、ものが言えるようにと為された水の遊びともいえる。川に遊んで、例えば川に浴するユカハアミも、穢れを去るためということより、元は水の霊力を感染させて霊を強化、復活せしめようとしたことが原義としてあったと解される[85]。聖なる水によって生命力を強化されることこそが水により聖化としての水遊びである。

大国主と八上比売の子の名を木俣神といい、亦の名を御井神と謂ったという記述で御井神は泉の神であるが、木俣神と連想するのは、樹を母なるものとし、川や水が神や霊の往来するこの世とあの世をつなぐ道という、水に対する他界観による。子供が正しい水渡り、川渡りー正常な人間としてこの世に産まれてくることーを出きるかどうかは、

---

83) 武谷久雄『校註 古事記』笠間書院、1977年、42頁。

84) 中山太郎『万葉集の民俗学的研究』パルトス社、1983年、10頁。

85) 前掲66、215頁。

母親に責任がある。

　胎児と産児は体が未完成であるように、魂がまだ安定しないので霊が憑依しやすい状態にある。体が弱くて育ちの悪い子どもや42歳の厄年に産まれた子を儀礼的に河原に捨てたり、タライにいれて流し、あらかじめ依頼しておいた人に拾ってもらう風習も、子どもを生まれかわらせる呪術的な行為である。弱い子供や異常な子供を捨てる場所は川のほかに、辻や、道祖神が祀られている村境のこともある。辻や村境もこの世と異界の一種の境と見られた。「お前は川から拾われてきたんだ」という伝承は、桃太郎や瓜子姫などの昔話との関連も指摘されており、生命や魂の源境としての水界といった民衆の霊魂観や世界観、さらには子どもの自我の確立などさまざまな問題をはらんでいる[86]。

　母の象徴である「二俣船」に母と死別した本牟智和気を乗せて母胎である水に浮かべて遊びをするということは、死の世界と強くつながらざるを得ない魂の弱い子を再び母の体内に戻し、その霊力を以て完全にさせることにより、正常な体でこちらの世界へ来られるように試みたのが、この水の遊びであると考えられる。

　グレート・マザーの光と影は、正に女性のみが持ちうる「出産」の神秘、そして其の能力を持たない者の恐れの現れなのである。現代人はこの「誕生」を担う者たちが、生と死の境を越えなければならないという厳粛な事実を忘れつつある。新たな誕生を再生と考えていた古代人にとっても、この移行を完全に行うためには其の母胎が大きな役割を果たすものと考えられていたことであろう。また、子供の成長には「母の力」は不可欠であった。それは、古代における家族が「母子＋父」である点とも深く関わっている。

　「誕生」とはあの世から此の世への移行であり、幼児は此の世に移っては来たものの、あの世の霊力に大きく左右される存在という見地より、沙本毘売の「テリブル・マザー」的要素に注目し、息子の本牟智和気が唖であることは、母の死と深く関わっているためであり、彼の誕

86）前掲79、45頁。

生を完全にさせ、語らせ、成長させるために、母胎への回帰としての「水の遊び」が行わなければならず、また「木」が「母胎」としてこの遊びに用いられていることを明らかにした。

3. 泣血哀慟歌の緑児

　柿本人麻呂は、万葉第二期の象徴たるべき名作を数多く詠みだしている。中でも彼の一個人としての作品である「妻」を題材とした巻二の「亡妻挽歌」はその死を泣血哀慟するもので、その調べは時代を超え多くの人の胸を打つ。この妻が実際に存在していたのかどうかも多く論じられてきてはいるが、万葉において「妻の死」を初めて叙情詩としたのは人麻呂であり、万葉第三期の歌人山上憶良、大伴旅人、第四期の歌人大伴家持らにもそのテーマは受け継がれて行く。

　この泣血哀慟歌の先行研究においては、妻の死の叙情詩化が中国文学の「悼亡詩」の影響を受けていること、またその妻が「隠り妻」として『古事記』の兄妹相姦神話である軽太子と軽大郎女との悲恋物語の歌謡との重なりのある点が指摘されてきている。しかし、ここにおいては「母の死と子の誕生」という神話のモチーフとの繋がりがこの挽歌の底には流れていることを、この歌群の第一番目長歌冒頭の「天飛ぶやの道は軽」の表現と第二番目長歌に詠み込まれた「緑子」と「槻木」という詩語の相関性に焦点を当てて再考察する。

1)妻の死

　　・天飛ぶや　軽の道は　我妹子が　里にしあれば　ねもころに
　　　見まく欲しけど　やまず行かば　人目を多み　数多く行かば
　　　人知りぬべみ　さね葛　後も逢はむと　大船の　思ひ頼みて
　　　玉かぎる　岩垣淵の　隠りのみ　恋ひつつあるに　渡る日の
　　　暮れ行くがごと　照る月の　雲隠るごと　沖つ藻の　靡きし妹は
　　　黄葉の　過ぎてい行くと　玉梓の　使の言へば　梓弓　音に聞きて

　　　言はむすべ　為むすべ知らに　音のみを　聞きてありえねば
　　　我が恋ふる　千重の一重も　慰もる　心もありやと　我妹子が
　　　やまず出で見し　軽の市に　我が立ち聞けば　玉たすき　畝傍の山に
　　　鳴く鳥の　声も聞こえず　玉鉾の　道行く人も　ひとりだに　似てし
　　　行かねば　すべをなみ　妹が名呼びて　袖ぞ振りつる（万2・207）
　　・秋山の黄葉を茂み惑ひぬる妹を求めむ山道知らずも（万2・208）
　　・紅葉の散りゆくなへに玉梓の使を見れば逢ひし日思ほゆ（万2・209）

　「天飛ぶや軽の路は」の歌い出しは、軽太子と軽大郎女の悲恋の古事記
歌謡を元に人麻呂が積極的に創作工夫したものとして「軽」と同母兄妹
の恋との重なりが指摘されている。又、後半に再び「軽の市」の提示が
あり、全体として「軽」への強い密着性を際立たせている。「軽」は万葉
中笠金村の作と思われる長歌(543)と紀皇女(390)作者不明(2656)の短歌
と、4例があるに過ぎない。歌として用例の少ないこの「軽」の強い提示
はやはり第一首に特異な様相を与えている[87]といわざるを得ない。歌
うべきは妻の死という切迫した悲劇である筈ならば、その舞台が必ず
「軽」でなければならないと言う理由は存在しないように思われるが、
「妻の死」と「軽池」は、前述の『古事記』中巻垂仁天皇条の同母兄妹であ
る沙本毘売と沙本毘古の恋愛と死、そして沙本毘売の息子である唖の
本牟智和気物語においては深い関連を持っていると考えられる。禁忌
の恋により死んだ妻は不具の子を残していった。その御子を率いて遊
ぶのに、二俣小舟を倭の市師の池・軽の池に浮かべて遊んだ。軽池と
はその名の如く、魂の霊鳥雁の名に因むものであったろうと思われる。
ここにおいて「軽」は正に「飛ぶ鳥」と深く関わっている。
　　これまで「泣血哀慟歌」における「軽」は、軽太子兄妹の悲恋悲歌の組
歌群との重なりのみ指摘されてきているが、叙事としてこれに先立ち、
夫の深い愛を絶って兄と運命を供にせざるをえなかった母としての沙
本毘売と、残された子の物語は亡妻挽歌の背景として注目されるべき
であると考えられる。

---

87) 渡辺護「泣血哀慟歌二首－柿本人麻呂の文芸性－」『万葉』第77号

「亡妻挽歌」の源流として、歌としてではないが、『古事記』において妻の死の描かれているものとしては次の例があげられる。

(1)亦の名は火之迦具土神と謂ふ。此の子を生みしに因りて美蕃登灸かえて病みせり。……「愛しき我が那迩妹の命を子の一つ木に易へつるかも」と謂りたまひて、乃ち御枕方にはらばひ、御足方にはらばひて哭きし時……(記・上巻)

(2)「妾恒は、海つ道を通して往来はむと欲ひき。然れども吾が形を伺見たまひし、是れ甚はづかし」と白したまひて、即ち海坂を塞へて返り入りましき。……爾に其の比古遅答へて歌ひたまひしく

(記・上巻)

(3)爾に其の力士等、其の御子を取りて、即ち其の御祖を握りき。爾に其の御髪を握れば、御髪自ら落ち、……是を以ちて其の御子を取り獲て、其の御祖を得ざりき。(記・中巻)

伊邪那美、豊玉姫、沙本毘売はいずれもその死が出産と重なっている。

上述(1)の妻を亡くした伊邪那岐は、「御枕方に匍匐ひ、御足方に匍匐ひて哭き」、「愛しき我が那迩妹の命を子の一つ木に易へつるかも」と悲嘆を発し、黄泉国訪問にいたる条へと繋がるが、死を汚れとし忌避する古代的思考を克服し亡妻愛慕の情が高まりを見せている[88]。(2)の豊玉姫の出産も死との重なり、神話では夫が禁忌を破って産屋の秘密を犯した結果、豊玉姫はこの世から去っていく形で、母親の死が語られている。葦原中国と海神の国との境を塞いで、海神の国に帰っていってしまった豊玉姫であったが、夫恋しさの情に耐えられず妹の玉依姫に託して歌を贈り、その歌を受けた夫は次のように歌う。

・沖つ鳥　鴨着く島に
　我が率寝し　妹は忘れじ　世の尽に(記歌謡8)

---

88) 青木生子『万葉挽歌論』塙書房、1984年、164頁。

恋の成立当初においてならばともかく、怒って海神の宮に帰ってしまった豊玉姫に贈る歌としては、場違いの感がある。このような物語と歌詞とのずれは、多くの場合独立歌謡を物語に結び付けた結果である[89]と解釈しているが、この物語を豊玉姫の産死としてとらえるならば、「私が共寝したおまえのことは決して忘れない、一生の間」という子を生み残して死んだ豊玉姫への挽歌的思いの表出としてとらえ得るものと考えられるのではないだろうか。

　次の挽歌にも「忘ゆましじ」と詠まれている。

　　・山越えて　海渡るとも　おもしろき　今城の中は　忘ゆましじ

（紀歌謡119）

これは斉明女帝が、最愛の孫である軽皇子の幼逝を詠んでの哀傷挽歌であるが、生が死との決別、分離として、つまり人と人との永久な別離として意識されるところに生ずる悲哀感情そのものに、相聞的発想が援用されるのはむしろ当然ともいえる。あるいは逆にかかる悲哀の挽歌的発想が相聞的抒情をも純化せしめてきたといえるのが、『日本書紀』後期の哀傷挽歌の系列[90]であった。「忘する」は能動的意志行為としての忘れる、すなわち思い切る・忘れようとして忘れるの意を現すのに対して、「忘れる」は、自然の心理現象としての忘れる、すなわち記憶が薄れて消え失せるの意を現すといった意義分化の段階[91]が窺われる。

　(3)の垂仁天皇の妻への強い執着の描写は、ただ愛情表現とみられるのみではなく、死に向かうものの生命をこの世に引き戻そうとする「魂ふり」の強い叫びと長歌の「妹が名呼びて　袖ぞふりつる」の結句と重なり合う。「強い響き」を持つ此の表現は、人麻呂が用いた「呼ぶ」の後の力強さでもあろう。万葉中「名」については「告る」というのが普通であって、今のように「呼ぶ」の語が使われた例はこの他にたった一つ（万14

89）土橋　寛『古代歌謡全注釈古事記』1980年、66頁。
90）前掲88、50頁。
91）前掲81

・3362)しかない。自己から他へと拡散的な「告る」を避け、求心的な「呼ぶ」の語の選択。つきつめた結構と相まって、そのような人麻呂の切迫した表現の配慮により、この末尾は軽太子が伊予の湯に流された時

　　　・天飛ぶ鳥も使いぞ鶴が音の聞こえむ時は我が名問はさね

（記歌謡・85）

と詠んだように「我が名問はさね」にあるはかなさを限りなく越えて、最終を飾るのである[92]が、何故このように「呼ぶ」を歌語として選んだのか。これは出産の霊呼びが、大声で名を呼ぶことと関わっていると思われる。

2)産死と霊呼び

　出産は病気ではないが、衛生施設の整っていなかった時代、女性にとって何にもまして危険な大仕事であったであろう。メキシコのアステカ人は女子の出産は男子の出陣に相当するものとし、新たに生まれた嬰児を戦場で生け捕りにした捕虜にたとえた。そして出産のため死んだ女性には、戦場で打ち死にした戦死と同様の栄誉を持って讃えたという。安産を願うさまざまな呪的儀礼は、どの社会にも存在する。しかしそれでも、不幸にして分娩時に死亡した産婦は多かったに違いない。そして彼女達はおそらく心をこの世に残して死んだことであろう。

　日本の各地に魂よびという招魂儀礼があったことはよく知られている。魂よびそのものは産死に限られていたわけではないが、魂よびが特に産死との関連において言及されている地域がいくつか存在することは興味深い。たとえば高知県幡多郡鵜来島(現宿毛市)では、難産の場合には枕元で呼ぶ。栃木県阿蘇郡では、分娩中に気の遠くなった女性を近くで呼んではいけない。屋根に上って呼ばなければいけないと

---

92) 前掲88

いう。隠岐島中村(西郷町)では、産死の場合、屋根の棟をうがち、その穴から細引きを垂れ、細引きの一端を産婦の頭髪に結び、この穴から女性の名を大声で何十回も呼ぶ。そしてどうしても答がなければ諦めたという。魂呼びには枕元で死者に向かってその名を呼ぶものと、屋根の上から他所に向いて死者の名を呼ぶものとに大別できるが、屋根の上から霊魂に呼びかける方が古い形であると推測される。そして産死が多くの地域で、この屋根型魂呼びと結びついているのは興味深い。魂呼びの習俗は、あるいは本来は産死に関してのみ行われたのかもしれない[93]。

　出産時における死亡は、おそらくその本人にとっても、また彼女の夫にとっても、諦め難いものであったろう。したがって体内から飛び去っていった魂を、呼びもどそうという願いが、何にもまして強かったに違いない。この世に無念を残す産死は、男子の本懐である戦場の名誉ある戦死とは決して同列ではなっかたのである。この世に思いを残して死亡した魂は、浮かばれることはない。産褥中に死んだ女性の魂は地獄の池に落ちるという。それらを供養するために行われるのが川施餓鬼、あるいは流灌頂間である。

3)緑児

・うつせみと　思ひし時に(一は云はく、うつそみと　思ひし)
　　たづさへて　わが二人見し　走出の　堤に立てる　槻の木の
　　こちごちの枝の　春の葉の　茂きが如く　思へりし　妹にはあれど
　　たのめりし　児らにはあれど　世の中を　背きし得ねば　かぎろひの
　　燃ゆる荒野に　白栲の　天領巾隠り　鳥じもの　朝立ちまして
　　入り日なす　隠りにしかば　吾妹子が　形見に置ける　みどり児の
　　乞ひ泣くごとに　取り与たふ　物し無ければ　男じもの　腋はさみ持
　　ち吾妹子と　二人わが宿し　枕つく　嬬屋の内に　昼はも　うらさび
　　暮らし　夜はも　息づき明かし　嘆けども　せむすべ知らに　恋ふれ

---

93) 前掲72、125頁。

　　ども
　逢ふ因を無み　大鳥の　羽易の山に　わが恋ふる　妹は座すと　人の
　言へば　石根さくみて　なづみ来し　吉けくもそなき　うつせみと
　・思ひし妹が　玉かぎる　ほのかにだにも　見えぬ思へば (万2・210)

「ば」なる因果関係を示す接続助詞は、文を縷々重ねて事を他に向かっ
て説明し、読み手や聞き手を納得させる文体を構築するための、重要
な要素となるものである。泣血哀慟歌二首には、ことのほかこの「ば」
助詞が多い[94]。二首の長歌の中間にはそれぞれ「たま梓の使ひの言えば」
「緑児の乞い泣くごとに」という、我と妹の二人以外の第三者が詠まれ
ている。207番歌では「玉梓の使ひ」までの部分で、生前の我の妹への思
いを描写し、この「使ひ」によりはじめて妹の死を知らされて途方にく
れて、かつて妹の好んだ市に一人たたずむという展開となる。210番歌
においては、生前の妹への思いの深さを(この部分は、槻の木に再生へ
の願いが込められているとの見方も可能)詠み、妹の死の描写「入日な
す隠りにしかば」で、妹の死を明らかにし、「緑児」の泣くごとに途方に
くれ、妻と共に寝た嬬屋の描写が続くのである。このようにみるなら
ば、二首の長歌の構造が「生前」「死の確認」「妹の死を現実の事と認識
させる存在」「死後、途方に暮れる我が思い」というパターンにまとめら
れる。

　「緑児」とはこのように、長歌の展開のキイワードであり、「緑児」の
初出がこの作品で、以後の亡妻挽歌に詠み込まれていることから、人
麻呂が単に中国文学に詠まれていた幼児を引用したと解釈される以上
の意味が含まれているものと考えられる。「みどりご(緑児)」は、文芸
に、まず人麻呂の泣血哀慟によってその姿を現した。というのは、『古
事記』や『日本書紀』などの歌謡を含む古代歌謡にも見られず、万葉には
じめて形象されているからである。中国では幼児の呼称が「黄」とされ
ているがこの称はその色彩からつけられたことが示されている。日本
の律令でも「黄」と定められた。さらに、たとえば「赤子」も「子生赤色故

言赤子」(論語疏)「赤子言疏其新生未有眉髪其色赤」とあり、やはり色彩から命名されている。こうした名称のつけ方から推して、「ミドリゴ」のミドリも、色彩的なもの(勿論色彩それ自体でなくとも色彩の語源ともいうべき具体的なものを含めて)が基調になっていたと考えられなくもない。

　蒼は「蒼蒼然生草木」「万物蒼蒼然生」「蒼然草木色也」など、草木の色を意味し、草木が繁る盛んな様子をも意味したようである。さらに「蒼生」という語もあり、蒼蒼然として衆うことの喩として人民を意味しているようで、日本書紀にも蒼生が民として解され、これが古事記では青人草となっている。五行説では「東方木為蒼也。万物発生夷柔之色也」とあって、万物発生の色[95]とされている。

　人麻呂作歌の二例(2・210・213)は文武4年であるので、大宝令が公布される以前ともいえるようで、人麻呂が文武4年初めにはすでに完成していたという令を事前に知って「みどりご」と詠じたのか、もともと日本人が幼児を「みどりご」と称していたのを宝令でとり上げたのか、定かではない。しかし、いずれにしても「みどりご」という嬰児の呼名は、宝令に定められたからであったとしても、すぐそれを和歌に取り上げたくらいで、直ちに通用するほど日本的であったともいえるようで、令が元々日本人の使っていた呼称をそのまま取り上げたのではないかとさえ考えられるほどである。日本古典文学大系には「緑は木の若芽をいう。ミドリゴなる語はシナに無いが、正倉院文書の奈良時代の戸籍に多数見いだされる。恐らく日本語のミドリゴを直訳して緑児と書いたものであろうか」、「若葉をミドリというように幼いものをいう」とある。武田祐吉の万葉集全註釈では「幼児を何故ミドリゴというかは不明であるが、看護することをトリミルというので、同様の意にミトリとでもいうのであろうか」(万2・210の語釈)。「嬰児をいう。見取り児(看護する児)の意であろう」(万3・4813の語釈)「ミドリゴは、嬰をいう。語義不明」(万16・3791の語釈)(色名緑の語源とも、色彩としての緑とも関

係無く、緑は字音からの借字。みどりご(緑児・嬰児)乳幼児。大方の
戸籍帳では三歳までの男児の称(女児は「緑女」)としているが、集中で
は男女の別なく用いている。

　「ミドリ」は本来草木の新芽を指す語で後に色名に転じたといわれ、
「緑児」は新芽のように生まれたばかりの児の意と解される。巻18・
4122番歌には「弥騰里児」と仮名書き例があるほか、「若児」「小児」と表
記されているのも「ミドリコ」と訓なれている。集中では人麻呂の2・
210が最古の例[96]である。万葉中、緑児の用例は次のようである。

　　(1)……吾妹子が形見における緑児の乞ひ泣くごとに……　(2・213)
　　(2)……緑児の泣くをも置きて…　(3・481)
　　(3)緑児の為こそ乳母は求むと言へ乳飲めや君が乳母求むらむ

　　　　　　　　　　　　　　　　　　　　　　　　　　　　　(12・2925)
　　(4)緑子の若子が身にはたらちし母に壊かえ……　(16・3791)
　　(5)……弥騰里児の乳乞ふがごとく天水仰ぎてそ待つ……　(18・4122)
　　(6)……吾妹子が形見における若子の乞ひ泣くごとに……　(2・210)
　　(7)若子の這ひたもとほり朝夕に哭のみそわが泣く君無しにして

　　　　　　　　　　　　　　　　　　　　　　　　　　　　　(3・458)
　　(8)時はしも何時もあらむを情いたく去にし吾妹子か若子を置きて

　　　　　　　　　　　　　　　　　　　　　　　　　　　　　(3・467)
　　(9)わが背子に恋ふとにしあらし小児の夜泣きをしつつ寝ねかてなくは

　　　　　　　　　　　　　　　　　　　　　　　　　　　　　(12・2942)

　(4)の「緑児の　若子が身には　たらちし　母に懐かえ」というように
「緑児」と「若子」が並立して用いられているが、

　　・稲つけば皹る吾が手を今宵もか殿の若子がとりて嘆かむ

　　　　　　　　　　　　　　　　　　　　　　　　　　　(万14・3459)

─────────────────────
96)　稲岡耕二編『万葉の歌ことば辞典』有斐閣、1985年。

の「若子」は青年式をすませた「青年」である。前者は生物としての人の誕生を、後者は社会的人間の誕生を＜若＞という。子どもとして死んだ後、青年として生まれてくる。いずれの始まりをも「若子」という。「毛野の若子」(紀歌謡・98)「毛津の若子(紀歌謡・105)も幼逝者を悼む歌にだけ見える。平生「わかくありき」(紀歌謡・117)と思われぬ、斉明天皇の孫の建王も八歳で果てると、「愛色吾が若き子」(紀歌謡・121)と歌われた。呪称＜わか＞に込められた初発の力によって再生を願う故である。植物であれ神名であれ、循環する生命が、他界の力を集めて立ちあらわれる瞬間の経験をわれわれは＜わか＞と言い継いできた。＜わか＞という語の呪性はその経験の蓄積に由来する[97]。

　また、「形見」によって故人を偲ぶ発想を、はっきり和歌に定着させたのは人麻呂である[98]が「死者の形見としての幼い児を提示したことの意味は、潘岳詩のごときを考慮しなければ解けない問題であろう[99]。」というように、中国文学からの影響と考えられてきた。しかし、人麻呂はなぜ緑児を「形見」として歌にとりいれたのであろうか。

　緑児は、亡妻挽歌では乞い泣くものとして詠まれている。愛情の対象として、いわゆる可愛いとか、愛らしいというイメージとして表現されているわけではない。(9)にはその泣き声に霊性のあることが示されている。

　神話の世界では

　　・速須佐之男命、八拳須心の前に至るまで、啼き伊佐知伎(記・上)
　　・天下造らしし大神の御子、阿遅須枳高彦命、甚く夜昼哭きましき
　　　　　　　　　　　　　　　　　　　　(『出雲国風土記』「神門郡」)
　　・大神大穴持命の御子、阿遅須枳高日子命、御須髭八握に生ふるまで、夜昼哭ましてみ辞通はざりき。……御身沐浴みましき。
　　　　　　　　　　　　　　　　　　　(『出雲風土記』「仁多郡」三沢の郷)

97) 古代語誌刊行会『古代語を読む』桜風社、1990年。
98) 橋本達雄「めおとの嘆き」『解釈と鑑賞』至文堂、35巻8号、1970年。
99) 辰巳正明『万葉集と中国文学』笠間書院、1989年、287頁。

というように正にスサノオや本牟智和気と重なり合うのである。「なく
こなす」は枕詞で、「泣いている子どものように」の意で万葉中には次の
用例がある。

> ①……玉の浦に舟をとどめて浜びより浦磯を見つつ奈久古奈須ねのみ
> し泣かゆ……（万15・3627）
> ②大君の遠の朝廷としらぬひ筑紫の国に泣子なす慕ひきまして……
> 　　　　　　　　　　　　　　　　　　　　　　　　　　（万5・794）
> ③つれもなき佐保の山辺に哭児成　慕ひ来まして……（万3・460）
> ④家問へば家をも告らず名を問へど名だにも告らず哭児如言だに語は
> ず……（万13・3336）
> ⑤里人の行きのつどひに鳴児成　靫取りさぐり梓弓弓腹振り起こし
> ……（万13・3302）

②③④はいずれも挽歌の中で歌われている。「泣いている子供のように
慕う」表現は、人麻呂の亡妻挽歌の「みどり児の乞ひ泣くごとに」をふま
えての表現ではないかと考えられる。神話の世界では、死者への招魂
的役割は「哭き女」が担い、これは女の挽歌の世界を成しているが、亡
妻挽歌の世界では母とは切り放しては存在しえない子供の泣き声が、
その死者の招魂の象徴として歌い込まれているのではないだろうか。
②は憶良の「日本挽歌」の冒頭であり、③は大伴坂上郎女の尼理願への
挽歌である。母の死により残された子が、上述の如く『古事記』や『風土
記』では、異常に泣きつずけたり、唖であったり、母性の欠落は子ども
の成長と深く関わっていることへの認識の深さを示している。死者の
形見としての緑児は、その子が母の死により、この世のものなのでは
なく、あの世の母と共にあるべきものであるが故に「形見」として残さ
れていったものとして描写されている。
　しかし、残された形見の泣き続ける乳飲み子に対し、果たして人麻
呂には父としての立場を自覚する思いがあったのだろうか。我がうろ
たえているのは、この形見の子が自分に属すべきものではないにも拘
らず、母と離れて今ここにいることへの戸惑いなのであり、人麻呂が

父親としての悲しみを歌う為なのではないと思われる。そのことを如実に表しているのは「男じもの脇はさみ持ち」(2・210)の表現である。

「じもの」は通例は比喩の修飾句をつくる形式として用いられることが多い。たとえば「犬じもの」(886)など「……のように」と解釈される「をとこじもの」は「男たるもの、男の身として」副詞的用法のみみられる。(213・481・2580)比喩的修飾句をつくる一形式であるが、ヲトコジモノの場合、どの例も下句が事実上ヲトコの動作であり、またいずれも一般通念としてはヲトコの為すべからざる行動である。そこで、ジに打ち消しの意を認めて、ヲトコジモノは男らしくもなくの意と解する説[100]もある。

男が緑児を抱くという行為は、男のすべからざる行為である。形見として残された子を脇にはさむのは、妻の死への嘆きの表現であるというよりは、その異常な死、ありうべからざる母の死という、女性、母としては死ぬに死ぬきれない思いを残してこの世を去っていったことと、残された乳飲み子の母を求めて泣き続ける姿の描写なのではないのか。ちなみに、「日本挽歌」では、緑児は詠まれていない。その妻が、憶良のであれ、旅人のであれ、その死は緑児を置いての死ではないということは明らかなのである。

4)槻木と緑児

本牟智和気の水の遊びにおいても述べたことであるが、樹木と人間の本質的同一性への信仰は深く根を下ろしている。現代の植物心理学の認識の遥か以前から、樹には精霊が宿るとされていた。例えばゲルマン人は樹木に宿る霊を信じており、それは女性の姿で現れ、人間と神との中間に位置すると思われていた。樹木は人間の魂の住処(子供が生まれ出るところ)とも精霊の住処とも考えられた。樹木に捧げる供物については、古い贖罪規定書の中にしばしば言及されている。樹木は

---

100) 中西進校注『万葉集』1講談社、1993年。

豊饒の象徴である。幾つかの神話の中で、樹木は出産を助ける存在として登場する。また、木の下や茂みの中は恋人たちの逢い引きの場所である。パブロ・ピカソのリトグラフ『青春』では若いカップルの優しく触れ合う手の上に一羽の鳩が止まりその上に小枝が描かれており、恋人同士の抱擁から新たな生命が芽生えるさまを示している[101]。

　人麻呂がなぜ槻の木を挽歌に詠んだのかは、枝葉を繁らせた高いこの木は生命力の象徴と見られ、神域にあるものは聖木として崇められ、その下で神事が行われた。それが「斎槻」(ゆいき・いつき・いはいつき)であった。柿本人麻呂歌集の施頭歌に次のような男女の相会が歌われるのは、単に個人的な恋愛歌であるよりは、槻の木の下での聖婚に関わる謡いものであろう。

　　　・長谷の弓槻が下に吾が隠せる妻あかねさす照れる月夜に人見てむかも (万11・2353)
　　　・池の辺の小槻が下の篠な刈そねそをだに君が形見に見つつ偲はむ

(万7・1276)

古代における結婚の出合である歌垣の場を詠みあげるということは、共同体が未来を持つために要求するものとして結婚があったということである。神婚が始祖伝承で、氏族の誕生を語るものということは、神とは共同の幻想だから、氏族自体の問題であることを意味する。つまり結婚とは、共同体の位相では子の生産を意味する[102]のである。市と境、一般に市には木が必ず生えていたらしく、無いときは「東の市の植木の木足るまで」(万3・310)とあるように植樹した[103]もののようである。木陰を利用するほか、それは市の一つの目印であった。市が別れ別れになった者達の出会う場であったことを示している。

---

101) マンフレート・ルルカー『シンボルとしての樹木』、法政大学出版局、1994
　　年、193頁。
102) 前掲5、24頁。
103) 西郷信綱『古代人の夢』平凡社、1992年、95頁。

　第一首長歌(2・207)において唯一の季語「黄葉の(過ぎていにくと)」を用い、二首の反歌において「秋山の黄葉を茂見」(208)「黄葉に散りゆくなへに」(209)と、これまた全篇を秋の黄葉・落葉で深々とおおっている。この素材も歌集に多い。こうした歌集歌における秋山の黄葉・落葉を詠じ、それに寄せて妹を思う歌の慣習、及びその歌の場で培われた秋の季物に対する感覚・感興が、「泣血哀慟」に美的効果を与え、全篇黄葉におおわれた妻への挽歌をかなでしめたのである。人麻呂において、季節感は完全に成立していた。しかし、それは未だ形式化形骸化するには至らず、人麻呂の創造性と共にあった[104]。季節感は人麻呂文学にとって重要な役割を果たしたと結論することができる。

　秋のイメージにより妻へのその死への哀悼の思いをかなでせしめたのであるならば、二首目の長歌の持つ「緑児」「槻の木」の繁る春のイメージは、妹とともに過ごした時間、言い替えるならば「聖婚」という新しい生命を産み出した時のように再び甦ることを願う、再生への思いであるといえる。

　妻の死を悲しむ歌に春の槻の下での相会を回想している。「春の葉」を茂樹ことの比喩に用いて巧みに季節感を揺曳させた、他に類例を見ない用法といわれ[105]枕詞「春の葉」も、妹とともに参加した、国見などの行事の中心に立つ斎槻の「春葉」である。またこの長歌では、妹と「相見し」「秋月夜」(2・214)が回想される。人麻呂を通して春の葉や秋の月を妹とともに「見」これらの季語を独自に形成せしめたものは、春秋の季節行事であった。

　「春の葉」の表現は、集中この泣血哀慟歌のみにみられる。「春の葉の繁きに」にたとえられているのは「我が思いの繁き」ではなく、「妹」の肉体のその生命力豊かなことであり、これは「妹のみずみずしい生命力」と解釈できる。妻と二人で走り出の堤の木を見たのは、生命の強化のためであったことが、「槻の木のこちごちの枝の茂樹がごとく」という比喩を生み出しているのである。二人でみた槻の枝が茂っているよう

104) 前掲55、244頁。
105) 大久保正司「万葉の春」日本古典鑑賞講座3、1958年3月

に、妹の生命も栄えるであろうと期待していたのに、という意味であり、虚空に木を張って若葉が美しい。その若葉は恋の「ことになる茂き」槻の枝が茂っているように繁く愛していた妹、という意味ではない106)。人麻呂は自己体験の上にのって、人生・人間・宇宙を対称的に捉えようとする傾向が常にあったのではないだろうか。しかも、その場合に、人麻呂はその対称的に捉えた世界を具象的な意味を担った象徴に昇華していったのである。生と死という人間の存在そのものを人麻呂は、ここでは「槻の木の葉」と「黄葉」に譬え、しかもその「生」は「性」を意味するイメージで象徴化されるのである。たぶん人麻呂の長歌に見える対句表現は、単なる技法上の問題ではなく、世界を把える意識の問題であるに違いない107)と言える。

「緑児」「若児」は共に新しい生命の誕生、再生の意の込められた表現であり、人麻呂が「緑児」を用いていることも、緑児が単なる形見としてのものではなく、亡くなった妻の再生への切なる思108)いである「槻の葉」の生い茂る緑と同時に、人麻呂が「緑児」を若くして亡くなった妻の挽歌に取り入れたのではないだろうか。

神話の世界においては妻の産死の招魂は夫が担っていた。この伝統の上に、母と子の強い絆としての「緑児」・「槻の木」に「再生」への想いをこめて妻の死を悼む「泣血哀慟歌」が詠まれたのである。万葉集には子の誕生やその喜びの歌はないにも拘わらずなぜ人麻呂が、妻の死に敢えて「緑子」を詠み込んでいるのか。「すさまじきもの」として『枕草子』の「ちご亡くなりたる産屋」25の挙げられることはよく人の知るところだが、母に先立たれた緑子が乳を求めて泣き叫ぶ妻屋は、それに数倍する「すさまじきもの」であろう。しかも為すすべのない男親が右往左往することによって、一層深刻になる。第二番目長歌の「男じもの」と言う一語は、その殺伐とした空しさを全て言い尽くした詩の言葉であ

---

106) 土橋寛『万葉集の文学と歴史』塙書房、1988年、236頁。
107) 三谷栄一『記紀万葉の世界』有精堂、1984年、345頁。
108) 伊藤延子「泣血哀慟歌＜緑児＞の文芸性」『日本文学研究』第59冊、国学院大学国分学会。

るといえる。後世文学における産死の重さの記述[109]もこのことを如実に表している。万葉集の挽歌が「異常死」を詠んでいるものであるという見解とも兼ねあわせるならば、やはりこの母の死は、子の誕生と重なっていると考えられる。

　柿本人麻呂が記紀的物語から、「別離」の主題を選び得たのも、またそれを生と死の極限の結構において再生し得たのも、人麻呂が挽歌詩人と呼ばれるほどに死を通して多くの人々と悲痛に別離した生涯を持った[110]からに外ならない。霊界と顕界、死と生の境目の行事と呪言とに深い家柄にあった彼であったからこそ生と死は対比されるものであると同時に常に共にあるものとして認識されていたのである。

第3節　子の死と親の思い

1. 死を見守る母

　「こ」「こども」が登場する歌は『万葉集』中194首を数える。「古」、「児」、「子等」、「児等」の文字が多く用いられている。「こ」に対してその複数形が「こども」となっている。現代では、本来は複数形で用いられる「子ども」もというかたちで単数形を兼ねる場合が多いが、この時代はそのような用例はない。語としては、妻や恋人など、男性からみて親しい女性、或いは親しみを感じている女性に対して用いられている場合いが多い。

　　・うぐひすの待ちかてにせし梅が花散らずぞありこそ思ふ児がため
　　　　　　　　　　　　　　　　　　　　　　　　　　　（万5・845）
　　・後れ居て我はや恋ひむ印南野秋見つつ去なむ子故に（万9・1772）

109）服藤早苗『平安朝の母と子』中公新書、1991年、105頁。
110）高崎正秀『文学以前』桜風社、1979年、291頁。

このことは、「こ」や「こども」という呼称が本来は子どもに対する専用の呼称として生じ用いられていた呼称ではないということが理解できる。親しみを感じる対象に用いる名詞としての用法以外に、「我妹子」で男性から親しい女性を表す場合や、その反対の女性からみた親しい男性を表す「我背子」などの場合の「子」のような、接尾語として親愛の情を添える用法のあることや、「おと・め」という語に対する「おと・こ」という語の図式が存在することからも理解される。したがって「こ」「こども」の呼称は、親しみや愛情を感じる対象に広く用いられたものだったと言える。

　また、次のような自己と相手の間に現存する支配・服従といった上下関係を親子関係に擬制した例も7首ほど含まれる[111]。

　　　　・いざ子ども早く日本へ大伴の三津の松浜待ち恋ひぬらむ（万1・64）
　　　　・いざ子ども大和へ早く白菅の真野の榛原手折りて行かむ
　　　　　　　　　　　　　　　　　　　　　　　　　　　　　　（万3・280）

狭義において「親」の対概念として用いられているのは34首[112]ほど見られるが、これは特定の年齢に限定して用いられるものではなく、妻と子を「妻子」のように並べている例がある。

　　　　・はしけやし妻も子どもも高々に待つらむ君や山隠れぬる
　　　　　　　　　　　　　　　　　　　　　　　　　　　（万15・3692）
　　　　・行こ先に波なとゑらひ後方には子をと妻をと置きてとも来ぬ
　　　　　　　　　　　　　　　　　　　　　　　　　　　（万20・4385）

このように妻と子を並列で表現するのは、成人男性から見て妻と子が共に依存してくる存在であり、保護すべき対象として考えられていた

111）品田悦一「万葉和歌における呼称の表現性」『万葉集研究第16集』塙書房、19
　　87年
112）同上

ためであろう。防人たちは別れに際し

　　　・韓衣裾に取り付き泣く子らを置きてぞ来ぬや母なしにして

（万20・4401）

と「泣く子」という形容が用いられているが、これは一人では生きていくことが困難で、お腹をすかせては泣いたり、夜泣きをしたりというような、親に対して全面的に依存している子どもの象徴的な表現であると言える。

　このような子を思う父の姿を山上憶良の作品を通して考察する。

　神亀五年七月二一日、憶良は、筑紫嘉摩の郡において、三篇の長歌をつくる。「令反惑情歌一首并序」「思子等歌一首并序」「哀世間難住歌一首并序」の主題とは、それぞれ、愛の惑い、人間における愛、そして無常である。

　　　或有人　知敬父母忘於侍養　不顧妻子軽於脱　自称倍俗先生　意気雖
　　　揚　青雲之上　身体　猶在塵俗之中　未験修行得道之聖　蓋是亡命山
　　　沢之　民　所以指示三綱　更開五教　遣之　以歌令反其惑歌曰
　　　・父母を　見れば貴し　妻子見れば　めぐし愛し　世間は　かくぞこ
　　　とわり　もち鳥の　かからはしもよ　ゆくへ知らねば　穿沓を　脱
　　　き棄るごとく　踏み脱きて　行くちふ人は　石木より　なり出し人
　　　か　汝が名　告らさね　天へ行かば　汝がまにまに　地ならば　大君
　　　います　この照らす　日月の下は　天雲の　向伏す極み　たにぐく
　　　の　さ渡る極み　きこしをす　国のまほらぞ　かにかくに　欲しき
　　　まにまに　しかにはあらじか(万・5・800)
　　　・ひさかたの天道は通しなほなほに家に帰りて業を為まさに

（万5・801）

序に次いで、長歌は父母妻子をいつくしまねばならぬという考えを繰り返すかたちで歌っている「父母を　見れば貴し　妻子見れば　めぐし愛し」父母・妻子を敬い・可愛いと思うことは人間の自然の情であるだ

けではなく「世間は　かくぞことわり　もち鳥のかからはしもよ」とあるべき「世の中」の「道理」だといっている。さらに「行方知らねば」とまで歌う。つまりこのような恩愛の情は、行方も知らぬ「かかはらしき」もの以外の何ものでもなかった。そしてそこからの解脱という願いを持ちながらもその「絆」の中に返って束縛されることしか安らぎがないのだということが、反歌で「なほなほに家に帰りて業を為まさに」と歌われている。

　第一篇が、家族全体をテーマとしたのに対し、第二篇はそのうちの特に「子」を取り上たものである。

　　　思子等歌一首并序
　　　釈迦如来金口正説　等思衆生如羅睺羅　又説愛無過子
　　　至極大聖尚有愛子之心　況乎世間蒼生　誰不愛子乎
　　　・瓜食めば　子ども思ほゆ　栗食めば　まして偲はゆ　いづくより
　　　　来りしものぞ　まなかひに　もとなかかりて　安寐しなさぬ

（万5・802）

　　　・銀も金も玉も何せむにまされる宝子にしかめやも（万5・803）

題詞の最初の「釈迦如来金口正説」と最後の「世間蒼生誰不愛子乎」の部分は、問答形式をとっているといえる。これは原始インド仏教教典の中に見られる説法が、問答対話の形式をとっている点と通じ、「羅睺羅」は釈迦の息子の名であるが、直接仏教思想を引用した用語である[113]。「羅睺羅のごとし」は、比喩的な表現を用いた抽象的な表現であるのに対し、「誰れか子を愛せずあらめや」は、叙事的な表現で結んでいる。

　長歌では瓜や栗という、当時としては、貴重な食物[114]を例としてあげながら、「いづくより来たりしものぞ」と、人間が人間として存在するするところに愛を据えた[115]のである。最後に「安寐しなさぬ」と、子

113）宋晢来『韓日古代歌謡の比較研究』学文社、1983年、88頁。
114）直木考次郎『古代史からみた万葉集、夜の船出』
115）中西進『山上憶良』河出書房、1973年、262頁。

供のことが気に懸かって、安らかな眠りを眠らせてくれないと抒情的に歌いあげている。反歌では、子供を「銀」や「金」に比喩しているが、これも仏教説話の比喩法の影響を受けているものと考えられる。今日的な考え方からすれば、「金銀以上に子供は貴い」というのは常識的発想以上のものではないが、初めてこのように日本詩歌の文字に組み込まれた事実は、みのがしてはなるまい。

　母の子への思いとしてまず大伴坂上郎女の歌が挙げられる。

　　　　　大伴坂上郎女、跡見の庄より、宅に留まれる女子　大嬢に賜へ
　　　　る　歌一首并短歌
　・常世にと　我が行かなくに　小かな門に　もの悲しらに　思へりし
　　我が子の刀自を　ぬばたまの　夜昼といはず　思ふにし　我が身は
　　痩せぬ　嘆くにし　袖さへ濡れぬ　かくばかり　もとなし恋ひば
　　故郷に　この月ごろも　有りかつましじ（万4・723）
　　　　反　歌
　・朝髪の思ひ乱れてかくばかり汝姉が恋ふれぞ夢に見えける
　　　　　　　　　　　　　　　　　　　　　　　　　　　（万4・724）

「常世」は、仏教的詩語であり116)人生無常の表現である。又「我が身は痩せぬ」「袖さへ濡れぬ　かくばかりもとなし恋ひば」は共に大変感傷的な抒情表現である。子供から離れた、深い孤独感を述べているが、抒情詩は、ロマン主義的表現と通ずるものであり、それは現実逃避を願う心でもある。言い換えるならば、子への愛のために、どうしようもない心の痛み、逢いたくてたまらないが、現実にはそれは許されないのである。

　　　　京師より来贈する歌一首并せて短歌
　　・海神の　神の命の　み櫛笥に　貯ひ置きて　斎くとふ　玉にまさり
　　　て　思へりし　我が子にはあれど　うつせみの　世の理と　ますら

---

116)　前掲113

　　　　をの　引きのまにまに　しなざかる　越道をさして　延ふ蔦の　別
　　　れにしより　沖つ波　撓む眉引き大船の　ゆくらゆくらに　面影に
　　　もとな見え　つつかく恋ひば　老いづく我が身　けだし堪へむかも
　　　　　　　　　　　　　　　　　　　　　　　　　　　　（万19・4220）
　　　　反　歌
　　・かくばかり恋しくあらばまそ境見ぬ日時なくあらましものを
　　　　　　　　　　　　　　　　　　　　　　　　　　　　（万19・4221）
　　　　右の二首は大伴氏坂上郎女、女子大嬢に賜ふ

長歌では(A)「海神の……大船のゆくらゆくらに」(B)面影に……けだし
堪へむかも」の二部構成とみられる。(A)は、原始シャーマニズム的な
叙事的表現であり、(B)は主観的な叙述的表現であり「櫛笥」は神霊の容
器を代表するとみられ117)、「玉にまさりて」の表現とともに、貴重な存
在であることを表し、親たちがいかにに我が子をかわいがって大切に
養育していたかが窺われる。「斎くとふ」とは禊を意味している。子を、
玉にもまさると比喩し、離別を「越道をさして延ふ蔦の別れ」と、原始
象徴的表現を用いている。歌全体としては、「老いづく我が身」の語に、
娘を遠くその夫の許に送った母親の安緒の後に襲う寂しさに、自らの
年齢を思う呟きが聞こえる。当時、坂上郎女は五十三、四歳と推察さ
れる。
　反歌の「あらましものを」は反実仮想の表現である。「まそ鏡」は枕詞
でもあるが、これは憶良の「男子名は古日に恋ふる歌」にもあり、鏡を
手に持ち「舞い」したことが察せられる。それは原始的集団的詠唱にお
いてみられる様な情緒の露出であり、祈りの様式であると言える。郎女
の「祈り」が、この表現には内含されているのである。
　次に「遣唐使の母」の歌が挙げられる。

　　　　天平五年癸酉に、遣唐使の船難波を発ちて海に入る時に、親母の
　　　　子に　贈る歌一首

_____

117) 崇神紀十年9月条、大物主神と櫛笥参照

　・秋萩を　妻どふ鹿こそ　独り子に　子持てりといへ　鹿子じもの
　　我　が独り子の　草枕　旅にし行けば　竹玉を　繁に貫き垂れ　斎
　　戸に　木綿取り垂でて　斎ひつつ　我が思ふ我が子　ま幸くありこ
　　そ（万9・1790）

　先ず、一人の子であることを言うために「秋萩を妻として、萩の満開の
中を通って、萩の花のほとりに寄って来る鹿」という美しい風景が描か
れている。一頭の子鹿を連れた母鹿の風景が想像される。このように
具象化された母親と、子どもとの心の交流が、こちらにも伝わってく
る。これは、子を溺愛しているというよりは、今の状況を静かに悲し
んでいる、物静かな悲しみを感じさせる。国家に貢献するために旅立
つ子は、母にとってはたった一人の愛の対象であった。
　構成としては(A)秋萩を……旅にし行けば(B)竹玉を……ま幸くあり
こその二部構成であり、(A)は、象徴的比喩(B)は、叙述的表現である。
(B)の「竹玉を〜斎ひつつ」は、シャーマニズム的なものであり、旅だつ
子のために「斎ふ」ことは、つまり、禊をすることであり、道祖信仰と
も結びつくのである。ここでも、母の祈りの姿が歌いだされているの
である。防人の旅立ちにおいて、その母が子を「裳の裾で撫でる」よう
に、母の祈りこそがその無事を守り得たのである。
　これら子への思いを歌った作品を見ると、我が子を慈しむ親の思い
は時代を問わず共通のものであることが感じられる。子供に注目し大
切に育て、その子との別れに際して物狂わしいほどに表現する母があ
るかたわら、その悲しみを胸に秘め込む母が居た。一方、父にとって
子どもとは我が身に依存し、保護すべき存在なのであり、それは時に
はそこから逃げ去りたくとも逃げ切れないこの世の柵なのであった。
　このような中で、母が実際に子の死を悼むという歌はない。しか
し、巻五の「大伴君熊凝歌二首大典麻田春陽作」(5・884、885)と「敬和為
熊凝者述其志歌六首并序筑前国守山上憶良」(5・887〜891)では、「……
熊凝……年十八歳……不幸在路獲疾……身故也」と、子が死に際しての
切々たる思いが第三者の立場で歌われ、ここでは繰り返し母が詠み込

まれている点が注目される。

> ・国遠き道の長手をおほほしく今日や過ぎなむ言問もなく(万5・884)
> ・朝霧の消易きあが身他国に過ぎかてぬかも親の目を欲り(万5・885)
> ・うちひさす　宮へ上ると　たらちしや　母が手離れ　常知らぬ　国
> の　奥処を　百重山　越えて過ぎ行き　いつしかも　都を見むと
> 思ひつつ　語らひ居れど　おのが身し　労はしければ　玉鉾の　道
> の隈廻に　草手折り　柴取り敷きて　床じもの　うち臥い伏して
> 思ひつつ　嘆き伏せらく　国にあらば　父とり見まし　家にあらば
> 母とり見まし　世間は　かくのみならし　犬じもの　道に伏してや
> 命過ぎなむ<一云我が世過ぎなむ>（万5・886）
> ・たらちしの母が目見ずておほほしくいづち向きてか我が別るらむ
> （万5・887）
> ・常知らぬ道の長手をくれくれといかにか行かむ糧はなしに<一云干
> 飯はなしに>（万5・888）
> ・家にありて母がとり見ば慰むる心はあらまし死なば死ぬとも<一云
> 後は死ぬとも（万5・889）
> ・出でて行きし日を数へつつ今日今日と我を待たすらむ父母らはも
> <一云母が悲しさ>（万5・890）
> ・一世にはふたたび見えぬ父母を置きてや長く我が別れなむ<一云相
> 別れなむ>（万5・891）

　憶良の題詞と長歌の「たらちしや母が手離れ」からも窺えるのである
が、熊凝はまだうら若い妻子のいない青年であった。一般的に「行路死
人歌」では、共通に家人(妻)を喚起して歌う[118]のであるが、熊業の場合
は「家」とは正に母そのものなのであった。言い換えるならば、まだ妻
のいない彼にとってはその無事を願い帰着のために祈りを捧げてくれ
るのは、母でしかないのである。このことは大人になる前の者にとり、
母の存在がいかに不可欠のものであったかを示している。家郷にあっ
たなら母の看護を受けるだろうに、世間はこうした理なのか、犬のよ

---

118) 神野志隆光「行路死人の歌」『万葉集を学ぶ』第六集、有斐閣、1978年

うに路傍に命を終えるだろう、非業の死への嘆きなのである。遠国における死、言問いもなく親の目を欲しながら死んでいったことを悲しんでいる。母が手にとってみとってくれたら、たとえ死んでも慰められるだろうに。つまり「母がとり看」ることの大きさを言いたいのであり、かつそれは望めないのだから、悲嘆は一層に大きいと言うことになるのである。

　生命の自然な時間の巡りの中での親子の離別でさえも余りにも哀しいものであるのに、それを逆にゆく子の死とは嘆いても嘆ききれないものであろう。これは子の死に臨む父母の「喪明の泣」つまり「失明に至るほどの慟哭」を痛んでいる子への思いでもる。そして、そこには『古事記』の「御祖」の成人儀礼で果たす役割の如く、母とは大人になる前の世代の者たちにとり、養い育てるという意味以上に、その子の「生」の全てを司っていたのである。つまり、これらの歌には死んで行く子の魂は母に守られなければ鎮められないという古代人の想いが、その底流をなしているのであると言える。

2. 愛子古日の死

　万葉集には多くの挽歌が詠まれているものの、親の立場から子の死を悼んだというものは此の一首だけである。そのような意味からは、此の作品は大変特殊な存在であると言える。なぜ「子の死」がテーマとされたのかを、親子の絆の側面より探る。

　　　恋男子名古日歌三首　長一首短二首
　・世人の　貴び願ふ　七種の　宝も我れは　何せむに　我が中の　生れ出でたる　白玉の　我が子古日は　明星の　明くる朝は　敷栲の　床の辺去らず　立てれども　居れども　ともに戯れ　夕星の　夕になれば　いざ寝よと　手をたづさはり　父母も　うへはなさがり　さきくさの　中にを寝むと　愛しく　しが語らへば　いつしかも　人と成出でて　あしけくも　よけくも見むと　大船の　思ひ頼むに

　　　思はぬに　横しま風の　にふふかに　覆ひ来れば　為むすべの　た
　　　どきを知らに　白栲の　たすきを掛け　まそ鏡　手に取り持ちて
　　　天つ神　仰ぎ祈ひ祷み　国つ神　伏して額つき　かからずも　かか
　　　りも　神のまにまにと　立ちあざり　我れ祈ひ祷めど　しましくも
　　　よけくはなしに　やくやくに　かたちづくほり　朝な朝な　言ふこ
　　　とやみ　たまきはる　命絶えぬれ　立ち躍り　足すり叫び　伏し仰ぎ
　　　胸打ち嘆き　手に持てる　我が子飛ばしつ　世間の道（万5・904）
　　・若ければ道行き知らじ賄はせむ黄泉の使負ひて通らせ（万5・905）
　　・布施置きて我れは祈ひ祷むあざむかず直に率行きて天道知らしめ
　　　　　　　　　　　　　　　　　　　　　　　　　　　　（万5・906）

　この歌は万葉集巻五の巻末をしめる。作者は、その歌体からして山
上憶良であろうと言うことが短歌の最後に述べられている。長歌が「ば」
という順接の助詞と「に」「ど」という逆接の助詞により構成されている
点が、作者の意図を明確に表していると言える。「しが語らへば」「思
ひ頼むに」「覆ひ来れば」「我れ祈ひ祷めど」「命絶えぬれ」というように、
子が常に順接を持って親の叙述に続き、親の叙述は常に逆接によって
子の叙述に展開していくというあり方は、親の行為・心情が、常に子
を因として存在することを示し、その親の状態は、常に子によって裏
切られることを物語っている[119]。
　また、子どもとは第二節2で考察した如く、常に彼岸に連れ戻される
かもしれないという不安定な存在であった。それは当時の社会的背景
を考えても、子の誕生、無事な成長というものは決して今日のような
当たり前のものではなかったからなのである。幼児の時代を無事に通
過した少数のものが、成人儀礼に備える童の時代を迎えられるのであ
ったからこそ、「いつしかも人と成出でてあしけくもよくも見けむと大
船の思ひ頼む」とひたすらに無事な成長を願うのであった。
　万葉集では子どもを「その人がかわいがっている子」「第三者、子ども自
身の立場から子が父母のいとしい子[120]」として「愛子」と表現している。

─────────────────
119) 前掲115

　　・人にあらば母が愛子ぞあさもよし紀の川の辺の妹と背の山

　　　　　　　　　　　　　　　　　　　　　　　　　　（万7・1209）

　　・父君に吾は真名子ぞ　母刀自に吾は愛子ぞ……（万6・1022）

　　・……浦もなく臥したる君は　母父が真名子にもあらむ……

　　　　　　　　　　　　　　　　　　　　　　　　　（万13・3339）

　このように、子が親にとっての自分を「父の愛子」「母の愛子」と呼ぶの
に対し、親がその愛を表現するのは「我が子」である。表むきは「大切な
児」ではあるが、同時に「一人の子」の意味を内含していると言える。こ
のような親の思いの表出としての「あが子」と「一人子」について考察し
てみる。

　憶良は「古日」が「ひとり子」であったとは述べていないが、そうで
あったであろうと推測できる。

　　・世の人の　貴み願ふ　七種の　宝も我は　何せむに　我が中の　生
　　れ出でたる　白玉の　我が子古日は……（万9・904）

冒頭は、仏法で珍重する「七種」の宝を対比的に持ち出し、「あが子」と
表現していることにより「ひとり子」であったであろうと考えられるの
である。また、遣唐使の母の長歌においても「秋萩を妻どふ鹿こそ独り
子に子持てりといへ鹿子じもの我が独り子の」(万9・1790)と、「ひとり
子」であることが先ず語られている。「我が子」の表現では、「ア」とは、
「ワ」「ワレ」に比べると、単数的、孤独的な傾向をもつのであり「ひとり
子」と重なるのである。「ひとり子」は、市原王が「独り子にあることを
悲しぶる歌一首」で

　　・言とはぬ木すら妹と兄ありといふをただ独り子にあるが苦しさ

　　　　　　　　　　　　　　　　　　　　　　　　　（万6・1007）

───────────────────

120）前掲96

と、子としての立場からではあるが、「ひとり子」とは、すでにある種の悲しさ、苦しさを背負った存在として表現されているのである。憶良の歌も遣唐使の母の歌も、冒頭の「我が子」と末尾の「我が子」が響き合い、一人子を失う悲しみ、一人子であるが故に、凄絶な痛恨を両歌とも発酵させているのある。

「愛子」の「愛し」は、見るにたえられぬほどかわいそうだ、という心情と、見るも切ないほどかわいい、という心情の両面を含み、その例としては

    ・父母を見れば尊し妻子見ればめぐしうつくし……（万5・800）
    ・父母を見れば貴く妻子見ればかなしくめぐし……（万18・4106）

があるが、何れも妻や子を対象とする感情[121]である。このように、「万葉集」における母の(父の)子への感情表現は、現代とはかなり違うが、「相聞」の部立においても、必ず男女間の恋愛感情のみを表現しているのではなく、例えば、1790番歌(遣唐使随員の母)も、男女間の思慕と分類できるのであり[122]大伴坂上郎女が「跡見の庄より、宅に留まれる女子、大嬢に賜ふ歌」

    ・ぬばたまの夜昼といはずおもふにし吾身は痩せぬ嘆くにし袖さへぬ
    れぬかくばかりもとなし恋ひば……（万4・723）

と強烈な母性愛を表現しているが、子への愛が、恋(異性)のそれとはかわらない程のものとして表現されているし、憶良も「古日に恋ふる」と表現しており現在の「恋ふ」という言葉の対象とは、かなり相違している。「恋ふ」は「好きな人と離れているとき、その人に惹かれ、その人故になげく『嘆き』である」ともいえる。対象と離れている、つまり時間的、空間的隔たりがあってこそ、なりたつ感情なのである。親が子を

---

121) 前掲96、332頁。
122) 伊藤博『万葉集の表現と方法 上』塙書房、1975年、338頁。

恋うのも、そこには隔たりがあり、あるが故に、「嘆き」の感情も一段と強められるのである。この嘆きは、換言するならば、親が子を愛するが故の「苦しみ」[123]、盲愛のための苦悩でもある。

　憶良は、「子等を思ふ歌」により、「煩悩の中でも、最も払いがたい子への盲愛」をうたっている。しかし、憶良は「子を思う煩悩から脱却しようと企てるのではなく、あくまでも現実に踏みとどまって、現実を生き抜くあり方として愛子の心が希求されている」のであり、他の防人の父の歌や、遣唐使の母の作品と比較するならば、これらが、ある特殊な状況下における個人的な体験の詠出にとどまっているのに対して、憶良の場合は、たとえ個人的体験に発しようとも、容易に一般化する性格を担っており、時に愛の思想にまで高められている点が他とは異なるのである。つまり「愛」の語を単独に用いた例は、憶良の用例以外にはない[124]のである。

　親として、子を愛する心が熾烈なほど、親はその報いとして苦痛を増大させることを知るのであり[125]盲目的に執着して止まぬ親の苦悩の姿がこれらの歌に表現されている。逆に、親が生命の誕生を慶ぶ歌も万葉集にはない[126]が、説明しがたい、不思議な親子の縁であるが、中西進は「母親の愛、いわば母性愛というのは、実は『万葉集』の中でそんなにたくさんは歌われてはいないのです。『万葉集』は愛の歌集ですから、さまざまの愛の歌があります。しかし、その圧倒的に多くは異性愛であり、恋愛と呼ばれる愛であります。そういうものの中で、親の子に対する愛を問題にしたのは山上憶良です。これまた、たいへん珍しいのですが、母性愛を歌ったこの歌(万9・1790)も大変珍しい」[127]と述べ、又津田左右吉も、「子に対する親の愛をのべたと明らかに知られるものは、万葉集の中には数は甚だ多く無いが、其の尠ないものが、

---

123) 原田貞義「憶良の子」稲岡耕二編『万葉集必携Ⅱ』学灯社、1981年、91頁。
124) 大久保広行「子等を思ふ歌」『万葉集を学ぶ』第四集、有斐閣、1978年、37頁。
125) 前掲123
126) 稲岡耕二編『万葉集必携Ⅰ』学灯社、91頁。
127) 中西進『万葉の長歌(下)』教育出版、1982年、108頁。

尽くみな真情の流露したものである」[128]と述べている。

　作品の少ない理由を考察するならば、「万葉時代の父子(母子)関係
は、親子の情を自然発生的な形で歌に表現することが困難である」又
は、「子は日常生活の強すぎる付随の存在であった」[129]ためであろう
か。明らかに子をよんでいるとわかる作家(山上憶良、大伴坂上郎女、
大伴家持)の時代的分布を見るとそこには、律令制度の定着と官僚の制
度化という社会的背景があった。

　それは自分を社会的なある＜立場＞におき、その＜立場＞に徹して
歌う歌い方ができるようになることである。臣下としての＜立場＞、
大伴一族の刀自としての＜立場＞に徹しきることができるようになっ
たこと、換言すれば、自分を対象化することができるようになったこ
とである[130]。憶良は父として、大伴坂上郎女・遣唐使の親母は母とし
ての立場から子との絆というものを表現し得たのであった。

第4節　旅にみる家族の絆

『万葉集』においては家＝故郷と旅＝異郷との対比において行路(での死)
の悲しみを述べることが鉄則[131]で

　　　・草枕旅の宿に誰が夫か国忘れたる家待たまくに(万3・426)

に見られるように対比させるが、家を家族の絆の表出として捉え家族
への思いを具体的に探ってゆく。

---

128)　津田左右吉『吾が国民思想の研究』岩波文庫1、148頁。
129)　前掲124、92頁。
130)　佐佐木行綱「万葉集＜女歌＞考」『上代文学』96、4　第76号
131)　伊藤博『万葉集の構造と成立　下』塙書房、1983年、125頁。

1. 旅の郷愁と海処女

「あま」とは、もと海辺に住んだ一種族を指していったものがやがて漁業に従事する人々一般を指して言う言葉になったものらしい。海人・海部・白水郎・泉郎などと表記した。「泉郎」の「泉」は「白水」の二字を一字に書いたものと認められる。「白水」は中国の地名で「白水郎」は海上交通の役を司った者(あるいはこの白水の地の漁夫)と考え、日本との交通路に当たっていた県の白水郎の名に親しんだ知識人が、それをアマの表記に用いたとする説がある。「海女」、古写本ではアマヒト・アマネと訓んでおりこれを採れば字足らずは避けられるが、アマメという語は他に見えないので、やはりアマと訓む[132]。また「海人の少女」の意のアマヲトメ(海処女・海童女)もあるがここでは共に扱う。

海人とは必ずしも海の近くに住む者だけを指すのではなく琵琶湖の漁撈民など内陸の近江にも海人に通ずる文化の伝統のがあったものと考えられ[133]その海人が異なった言葉を使っていたことが書かれている。

　　同天皇(纏向日代宮御宇天皇)巡幸之時　在志式嶋之行宮　御覧西海中有嶋　烟気多覆……彼白水郎富於馬牛……此嶋白水郎　容貌似隼人恒　好騎射　其言語　異俗人也 (『風土記』『肥前国』松浦郡値嘉郷)

また、眼辺の入れ墨を安曇目と呼んだということが見えていて、海人が一般に文身の風習を持っていたことも推測される。

　　召阿曇連浜子　詔之曰……而免死科墨、即日黥之。因此、時人曰阿曇目 (履中紀元四月)

このアマを南シナ海沿海地方の水上生活民に繋がる特殊な種族で、本

---

132) 前掲2
133) 橋本鉄雄『近江の海人ーひとつの琵琶湖民俗論』大林大良「日本神話と中国の民話ーイザナキ・イザナミ神話をめぐって」『ユリイカ』17(1); 76-80。

来言語・風俗を異にし・綿津見神の信仰を持ち、九州地方から次第に海辺に沿って東進したものであって、阿曇氏は其の首長だったとする見解もあるが、アマといえば、全て特定の異民族だったかどうか確かではない[134]。『万葉集』には「アマ」「アマヲトメ」を詠み込んだ歌が87首ある。それを巻別に整理してみると次の(表3)のようになる。

(表3)「アマ」「アマヲトメ」の歌巻別一覧表

巻	歌　番　号	計	巻	歌　番　号	計
1	5・23	2	11	2622・2742・2743・2744 2746・2798	6
2		0	12	2971・3084・3169・3170 3174・3177・3205	7
3	238・252・256・278 293・294・366・413	8	13	3225・3243	2
4		0	14	3449	1
5	853	1	15	3597・3607・3609・3623 3627・3638・3641・3652 3653・3661・3664・3672 3694	13
6	930・933・934・935 936・938・947・999 1003・1033・1063	11	16	3863・3890	2
7	1152・1167・1182 1186・1187・1194 1197・1204・1216 1227・1234・1245 1246・1253・1302 1318・1322・1303	18	17	3892・3899・3890・3956 3993・4006・4017	7

---

134) 『日本書紀・上』補注10-10)

8		0	18	4044・4010・4105	3
9	1669・1670・1715	3	19	4169・4202・4218	3
10		0	20		0

　これによると「アマ」「アマオトメ」併せて十首以上あるのは巻6、巻7、巻15の三巻である。第一位が巻7で17首と断然多い。第二位が巻15の13首そして巻6の11首である。巻7は、作者未詳の巻であるが、雑歌・比喩歌・挽歌の三部立てになっている。この中で「アマ」は「羇旅にしてつくる歌」と「寄玉」に集中している。巻6は宮廷歌人達の従駕で詠まれており、巻15は天平8年(736)の遣新羅使が別れを悲しんで贈答した歌である。巻17は、家持の歌が多いが、羇旅歌に多く詠み込まれている。比較的用例の多い巻3も巻6と同じく従駕の歌であり、巻12・巻17は羇旅歌で、巻11は寄物陳思歌である。一方、用例のない巻1・巻2は万葉第一期第二期(舒明—文武)の歌の集合で貴族の相聞歌や柿本人麻呂の殯宮挽歌であり、巻4は相聞歌である。巻13は古歌謡、巻14は東歌、巻8・巻10は四季で分類し、更にその各季を雑歌と相聞に分けている。巻18・巻19・巻20は家持の歌日記と言われ、特に巻20には、防人の歌が集中している。

　古代の貴族たちの多くは大和やその周辺を生活圏としていたので、彼らの所産である万葉の歌も、当然その生活圏の風土を反映したものの多いことと関わる。しかし彼らも時として官名を帯び、或いは太宰府に、あるいは東国にと旅することもあり、又遥々と万里の波をしのいで新羅の国に遣わされるというようなこともあった。そうした機会に彼らがまず突き動かされたのは、愛する者たちに思いを馳せる郷愁であったろうが、それと共に未だかつて知らなかった新たな風土や人々の生活に対する驚異であったに違いない[135]。特に瀬戸内海を経ての九州、神風の伊勢の国への旅は、海を持たない大和の人々にとって、驚異の存在としての海に驚きとあこがれを持たせ、それは勿論海

---

135) 森脇一夫『万葉の歴史と風土』桜楓社、1976年、153頁。

に働く「アマ」たちの姿への思いとも重なったことであろう。柿本人麻呂は瀬戸内海を下って、遠く筑紫の国へ行った(3303・340)。その途中彼は羇旅歌八首を詠む中で

　　　・荒栲の藤江の浦に鱸釣る海人とか見らむ旅行く我れを(万3・252)

と藤江の浦にかかって、海人の鱸釣る船の乱れた中に漕ぎ行っての感動は、

　　　・笥飯の海の庭よくあらし刈薦の乱れて出づ見ゆ海人の釣船
　　　　　　　　　　　　　　　　　　　　　　　　　　　　(万3・256)
　　　・武庫の海の庭よくあらし漁りする海人の釣船波の上ゆ見ゆ
　　　　　　　　　　　　　　　　　　　　　　　　　　　　(万15・3609)

とともに印象深く残ったことであろう。
　山部赤人は東国に旅して、初めて東海の空に白銀と輝く富士の霊峰に接して

　　　・田児の浦ゆうちい出てみれば真白にそ不尽の高嶺に雪は降りける
　　　　　　　　　　　　　　　　　　　　　　　　　　　　(万3・318)

と感嘆の声を挙げたが、神亀2年十月の難波宮への御幸では

　　　・天地の　遠きがごとく　日月の　長きがごとく　おしてる　難波の
　　　　宮に　我ご大君　国知らすらし　御食つ国　日の御調と　淡路の
　　　　野島の海人の　海の底　沖つ海石に　鰒玉　さはに潜き出　舟並め
　　　　て　仕へ奉るし　貴し見れば (万6・933)
　　　・朝なぎに楫の音聞こゆ御食つ国野島の海人の舟にしあるらし
　　　　　　　　　　　　　　　　　　　　　　　　　　　　(万6・934)

海人の貢物を歌って天皇の威を具体的に表現しようとし、それを見て

いることに讃美の意をこめている。反歌では海人の漕ぐ楫の音に耳を
傾ける。海人の楫の音は

> ・楫の音ぞほのかにすなる海人娘子沖つ藻刈りに舟出すらしも＜一云
> 夕されば楫の音すな＞（万7・1152）

とあり、船に乗り漁する女性たちも見られる。後生女性を漁船に乗せ
るのさえ忌み嫌った地方があったといわれるが[136]ここでは風情を持っ
て歌われている。

> ・庭清み沖へ漕ぎ出る海人舟の楫取る間なき恋もするかも
> 　　　　　　　　　　　　　　　　　　　　　　　　（万11・2746）
> ・漁りする海人の楫音ゆくらかに妹は心に乗りにけるかも
> 　　　　　　　　　　　　　　　　　　　　　　　　（万12・3174）

漕ぐ手が絶えない如く恋することや、恋する乙女を歌っているが、海
人たちの間に発達した民謡的な歌である[137]。
　しかし、異国へ派遣されて行く者の心に楫の音は故郷から遠く離れ
たことを改めて思い起こさせるのであった。次の二首は遣新羅使の歌
である。

> ・暁の家恋しきに浦廻より楫の音するは海人娘子かも（万15・3641）
> ・志賀の浦に漁りする海人明け来れば浦廻漕ぐらし楫の音聞こゆ
> 　　　　　　　　　　　　　　　　　　　　　　　　（万15・3664）

あまりの恋しさに眠れない夜を明かすと楫の音と乙女たちの明るい声
が聞こえてくる。その声に家にいる愛する人たちのことが一層恋しく
思われるのである。楫の音を聞いている者の深い嘆きが伝わってくる。

---

136) 前掲2
137) 土屋文明『万葉集私注』筑摩書房、1977年。

　大伴旅人も、太宰帥に任ぜられて瀬戸内海を西に下った。太宰府に
到着して間もなく、妻の大伴郎女は病死したらしい。やがて、再び都
に戻るとき

　　　・天平二年庚午冬十一月大宰帥大伴卿被任大納言(兼帥如旧)上京之時
　　　　従等別取海路入京　於是悲傷羈旅　各陳所心作歌十首
　　　・我が背子を安我松原よ見わたせば海人娘子ども玉藻刈る見ゆ

　　　　　　　　　　　　　　　　　　　　　　　　　　　　（万17・3890）

　　　　右一首三野連石守作

海人乙女の姿は、旅の悲しみを一層つのらせるのであった。当時の旅、
特に海上の旅は、かりそめの旅といえども苦しく辛いものであったろ
う。まして海上万里の異国への旅は、それこそ命がけであったに違い
ない。巻15に見える遣新羅使人らの作品群には、彼らの深い嘆きの声
が込められている。海人たちの生業の姿にその嘆きが託されたのが次
の歌である。

　　　・朝されば　妹が手にまく　鏡なす　御津の浜びに　大船に　真楫しじ
　　　　貫き韓国に　渡り行かむと　直向ふ　敏馬をさして　潮待ちて　水脈
　　　　引き行けば　沖辺には　白波高み　浦廻より　漕ぎて渡れば　我妹
　　　　子に　淡路の島は　夕されば　雲居隠りぬ　さ夜更けて　ゆくへを知
　　　　らに　我が心　明石の浦に　船泊めて　浮寝をしつつ　わたつみの
　　　　沖辺を見れば　漁りする　海人の　娘子は　小舟乗り　つららに浮
　　　　けり　暁の潮満ち来れば　葦辺には　鶴鳴き渡る　朝なぎに　船出
　　　　をせむと　船人も　水手も声呼び　にほ鳥の　なづさひ　行けば
　　　　家島は　雲居に見えぬ　我が思へる　心なぐやと　早く来て　見む
　　　　と思ひて　大船を漕ぎ　我が行けば　沖つ波　高く立ち来ぬ　外の
　　　　みに　見つつ　過ぎ行き　玉の浦に　船を留めて　浜びより　浦磯
　　　　を見つつ　泣く子なす　音のみし泣かゆ　わたつみの　手巻の玉を
　　　　家づとに　妹に遣らむと　拾ひ取り　袖には入れて　帰し遣る　使
　　　　ければ　持てれども　験をなみと　また置きつるかも（万15・3627）

作品としては模倣が多く叙述が煩雑ではある138)が、全ての思いを歌い込もうとするのは、切迫した心ゆえのことである。

　遣新羅使の歌群は故郷を離れいつ死ぬかもわからない旅の歌であるにもかかわらず、海人の生業がその叙情表現の中心であるが、防人歌では一首も海人が詠まれていない139)。また「別れを悲しびて贈答し、また海路にして情を慟みして思ひを陳べ」た歌であるにもかかわらず、「母」が一つの長歌にしか詠まれていない140)という防人歌との顕著な違いとして現れてくる。「生業」を客観的に表現し得るのは、それに実際に携わる者だからではなく、自己の生活風土とは全く異なっているものであるが故に感動し得たからなのではないだろうか。このように見るならば、詩語としての「海人」は比較的新しいものであり、「海人」の用例の多い第7巻は、作者未詳の巻ではあるが、従来言われているように古い編纂ではなく、比較的新しいものである141)と考えられるのではないだろうか。いずれにしても、家を離れた遣新羅使たちににとっては、アマヲトメの姿こそが、家に残してきた家族との絆を改めて思い起こさせる契機となり、その郷愁を慰めてくれるものであった。

2. 防人と家族

　万葉集巻二十に「天平勝宝七歳乙未二月相替遣筑紫諸国防人等歌」という84首があり、当時兵部省にあって、防人のことを管掌していた大伴家持が、公的にか私的にか、諸国の防人部領使に命じて進歌させ、拙劣なるものはこれを除いて巻二十に記録したもの、その巻が所謂万葉集巻十七以下の大伴家持日記と考えられる最後の巻になっているとい

---

138)　犬養孝『万葉の人びと』新潮社
139)　本章第一節参照
140)　渡部和雄「時々の花は咲けども一防人歌と家持」
　　　『万葉集 Ⅲ』日本文学研究資料刊行会編1985年、246頁。
　　　「壱岐の島に至りて、雲連宅満のたちまちに鬼病に過ひて死去にし時に作る歌」（巻十五、3688）
141)　川村幸次郎『万葉人の美意識』笠間選書111・1978年、102頁。

う因縁によると言える。それだけではなく、家持はこれに関して「追、痛防人悲別之心作歌」(4331〜4333)「為防人情陳思作歌」(4398〜4400)「陳防人悲別之情歌」(4408〜4412)というような作品を作っているのであるから、大伴家持と「防人歌」との密接な関係の考えられる142)ことは不思議ではない。

　この題詞の言うごとく、別れることの悲しみ、別れて旅行くことの悲しみが、収載されて防人歌を貫く属性であって、家持が防人歌に対し感動したものがその切実な「悲」の吐露であったことは動かしがたく、この防人歌の切実な悲しみこそが家持にこの創作をもたらす契機の全てであった143)。

　「陳防人悲別之情歌一首并短歌」は

・大君の　任けのまにまに　島守に　我が立ち来れば　ははそ葉の　母の命は　み裳の裾　摘み上げ掻き撫で　ちちの実の　父の命は　栲づのの　白ひげの　上ゆ涙垂り　嘆きのたばく　鹿子じもの　ただひとりして　朝戸出の　愛しき我が子　あらたまの　年の緒長く　相見ずは　恋しくあるべし　今日だにも　言どひせむと　惜しみつつ　悲しびませば　若草の　妻も子どもも　をちこちに　さはに囲み居　春鳥の　声のさまよひ　白栲の　袖泣き濡らし　たづさはり　別れかてにと　引き留め　慕ひしものを　大君の命畏み　玉鉾の　道に出で立ち　岡の崎　い廻むごとに　万たび　かへり見しつつ　はろはろに　別れし来れば　思ふそら　安くもあらず　恋ふるそら　苦しきものを　うつせみの　世の人なれば　たまきはる　命も知らず　海原の　畏き道を　島伝ひ　い漕ぎ渡りて　あり廻り　我が来るまでに　平けく　親はいまさね　つつみなく　妻は待たせと　住吉の　我が統め神に　幣奉り　祈り申して　難波津に　船を浮け据ゑ　八十楫貫き　水手ととのへて　朝開き　我は漕ぎ出ぬと　家に告げこそ　(万20・4408)
・家人の斎へにかあらむ平けく船出はしぬと親に申さね (万20・4409)
・み空行く雲も使と人は言へど家づと遣らむたづき知らずも

---

142) 久米常民『万葉集の文学的研究』桜風社、1972年、486頁。
143) 伊藤博『万葉集の表現と方法　下』塙書房、1984年、201頁。

（万20・4410）
・家づとに貝ぞ拾へる浜波はいやしくしくに高く寄すれど

（万20・4411）
・島蔭に我が船泊てて告げ遣らむ使をなみや恋ひつつ行かむ

（万20・4412）
　　二月廿三日兵部少輔大伴宿禰家持

と、防人が家を出発する直前の有様がかなり具体的に描かれている。母は裳をたくし上げるようにして、我をかきなで、父は白髭の上から涙を落としならがら悲しみ言うのであり、妻や子等は、声を出して泣き悲しみ、引きどどめ、慕うのを「大君の命」をかしこんで出発してきたと歌い、やがて難波の住吉の神に幣帛を奉って、家族一同の無事をも祈って海路にはいる、この様を家郷に告げて欲しいものだと歌いおさめているのである。これは防人の心になり代わってではなく、防人の心をこうして、文学的に造形したのである。その造形の背後には、彼が嘗て妻子を残して、越中国に赴任した体験が生きていたのであろうと思われる。

　　忽沈枉疾殆臨泉路　仍作歌詞以申悲緒一首幷短歌
・大君の　任けのまにまに　ますらをの　心振り起し　あしひきの　山坂越えて　天離る　鄙に下り来　息だにも　いまだ休めず　年月もいくらもあらぬに　うつせみの　世の人なれば　うち靡き　床に臥い伏し　痛けくし　日に異に増さる　たらちねの　母の命の　大船のゆくらゆくらに　下恋に　いつかも来むと　待たすらむ　心寂しくはしきよし　妻の命も　明けくれば　門に寄り立ち　衣手を　折り返しつつ　夕されば　床打ち払ひ　ぬばたまの　黒髪敷きて　いつしかと　嘆かすらむぞ　妹も兄も　若き子どもは　をちこちに　騒き泣くらむ　玉鉾の　道をた遠み　間使も　遺るよしもなし　思ほしき　言伝遣らず　恋ふるにし　心は燃えぬ　たまきはる　命惜しけど　為むすべの　たどきを知らに　かくしてや　荒し男すらに　嘆き伏せらむ（万17・3962）

　　・世間は数なきものか春花の散りのまがひに死ぬべき思へば

　　　　　　　　　　　　　　　　　　　　　　　　　　　（万17・3963）

　　・山川のそきへを遠みはしきよし妹を相見ずかくや嘆かむ

　　　　　　　　　　　　　　　　　　　　　　　　　　　（万17・3964）

　　　右天平十九年春二月廾日越中国守之舘臥病悲傷聊作此歌

越中に赴任してからの病中の作であるが、このような地方官赴任の体験は、そのまま防人の出発に際しての心情の理解を容易にさせているだけではなく、その折の家族の心情・言動の描写にも重なって行く[144]のである。

　防人歌の評価については戦前戦後で異なっている。

　　・今日よりは顧みなくて大君の醜の御楯と出で立つわれは

　　　　　　　　　　　　　　　　　　　　　　　　　　　（万20・4373）

出征兵士の気持ちをそのまま、今に表現したものとして戦前は宣伝された歌だが、これは虚ろな軍国意識の歌ではなくて、人間心情の露出である。「醜の御楯」の「醜」とは「葦原の醜男」と同じく、立派なという意味である。そして何よりも「今日よりは」の助詞の「は」が大切である。即ち昨日までは顧みなかったが、今日からは、という意味で「昨日までは」に対立するものである。

　　・唐衣裾に取りつき泣く子等を置きてぞ来のや母無しにして

　　　　　　　　　　　　　　　　　　　　　　　　　　　（万20・4401）

の如く別れがたい気持ちが渦巻いた末に諸事処置をして、さて今日よりは、というのである。このようにして出立った彼らは

　　・天土のいづれの神を祈らばか愛し母にまた言問はむ（万20・4392）

144）五味智英『増補古代和歌』笠間書房、1987年、403頁。

・たらちねの母を別れてまこと我旅の廬に安く寝むかも（万20・4348）
・大君の命恐み磯に触り海原渡る父母を置きて（万20・4328）

信頼して祈り得る神を見出すことができないでいる。古代的な共同体から切り離された彼は、それまで信じ拠り所としていた神をも見失った。依るべき神を失って、見知らぬ人たちの間でとまどい、困惑し、不安になっている。

　天平勝宝七歳乙未の防人を出した、当時の東国における農村が、房戸（または郷戸）を単位とする家族を中心とした、地縁的・血縁的な紐帯で結ばれた村落共同体であり、閉鎖的・没個我的な意識がある程度強く残存した社会であった。しかし、そのような社会も、重税・徭役・凶作などによって解体する方向にあった。防人制度は、農民に一家崩壊の危機を直接的にもたらした。防人集団はそのような家庭の崩壊にも何ら為すすべもなく共同体から引き剥がされてきた農民たちの集合[145]であった。

　家庭の崩壊と共同体からの離別により生まれた防人歌は

・父母も花にもがもや草枕旅は行くとも捧ごてゆかむ（万20・4325）
・時々の花は咲けども何すれそ母とふ花の咲き出来ずけむ

（万20・4323）

・母刀自も玉にもがもや戴きてみずらの中に合へ巻かまくも

（万20・4377）

・父母が殿の後のももよ草百代いでませ我が来るまで（万20・4326）
・真木柱ほめて造れる殿のごといませ母刀自面変はりせず

（万20・4342）

このように美しい想像の中に父母に対する愛情がみられ、花や玉に例えられている[146]のである。原始的母性愛に対する純粋表現としての寄

145）遠藤宏「防人の歌ーその発想の基点」『文学』40、岩波書店、1972、9
146）斉藤茂吉『万葉秀歌』岩波新書、1968年。

物陳思の典型的なものである。すなわち(A)媒介物(B)心情表現の尻取り方式を巧みに用いている[147]のであり、形式的には、(A)媒介物→自然(B)心情表現→人間の調和による、純粋表現としての全体性と、統一性が完成されていて下の句に、家郷に対する熱心をはっきり述べている[148]。それは具体的には防人歌中「母」又は「母父」を歌っているのが、二十五首あり、全体の40％を占る。

　個人の内面生活における、伝統への思想的復帰は、人間がびっくりした時に、長く使用しない国訛りが急に口から飛び出すような形でしばしば行われる。それは普段は自忘的に現在と向き合わずに、傍らにおしやられて、あるいは下に沈降して意識から消え忘却されるので、それは時あって、突如として「思い出」として噴出するのである。そして、この思い出すときは、なにごともない平和なときではなく、とくに国家的、政治的危機のときに著しいのである。この伝統を人間のこころの現実に照らして心理的にいいあてるならば、やはりそれは母親に注ぐ情である、という外にないのである[149]と言える。

　　・忘らむて野行き山行き我来れど我が父母は忘れせぬかも

　　　　　　　　　　　　　　　　　　　　　　　　　　（万20・4344）
　　・父母は頭かき撫で幸くあれていひしけとばぜ忘れかねつる

　　　　　　　　　　　　　　　　　　　　　　　　　　（万20・4346）
　　・月日やは過ぐは行けども母父が玉の姿は忘れ為なふも

　　　　　　　　　　　　　　　　　　　　　　　　　　（万20・4378）
　　・たたみけめむらじが磯の離磯の母をはなれて行くがかなしさ

　　　　　　　　　　　　　　　　　　　　　　　　　　（万20・4338）
　　・わが母の袖持ち撫でてわが故に泣きし心を忘らえぬかも

　　　　　　　　　　　　　　　　　　　　　　　　　　（万20・4356）
　　・みづとりの飛ちの急ぎに父母に物言はず来にて今ぞ悔しき

　　　　　　　　　　　　　　　　　　　　　　　　　　（万20・4337）

---

147) 前掲113、42頁。
148) 伊藤博『万葉の心』塙書房、1983年、197頁。
149) 佐々木孝次「母からの脱出の心理学」『国文学』1980年・4、41頁。

防人の歌では、「忘れせぬかも」「忘れかねつる」「忘れ為なふも」「かなしさ」「忘れえぬかも」「悔しき」と心情表現で結ばれているのであるが為に、その感情がより強く響くのである。これらの歌は「ギリギリのところまで悩み、自分を押さえた瞬間の歌」であり、「真情の輝き」[150]である。娘が母を思う時「たらちねの母」と表現する暖かさとは違うのである。しかし、母との絆が深ければ深いほど、この別れも互いに重くのしかかったのである。

3. 行路死人と家

万葉集には死骸を詠んだ歌が多い。柿本人麻呂が、死骸を見て詠んだとか、ついには、人麻呂自身が死骸になって伝わっているような歌までがあり、万葉集には、変死を悼む歌がたくさんでている。これは、死骸に対する懼れをどう鎮めるか、ひいては、いかにして死霊を慰めるかといった方法として、歌を詠んだからで、旅で死んだ人を弔う民俗信仰であった。そして、これはまた、道祖神の出来る経路とも関係している。聖徳太子が死骸を御覧になった伝えは有名で、その歌は日本書紀を始め諸処に歌あげられ、万葉集では次のような短歌形式で伝えられている。

・家ならば妹が手纏かむ草枕旅に臥せるこの旅人あはれ(万4・415)

「家にいたならば、自分の愛人の世話を受けることが出来るであろう。だのに、旅で倒れていらっしゃるこの旅人よ。ああ。」死骸を隠し置いてやると、死者の霊が感謝するものと考えていたので道の神は、その信仰の一面を見ると、旅で変死したものを葬ってやると、酬によって人間に良いことをする、そういう神がいるということが、万葉集を見ても有力に訣る[151]。

---

150) 犬養孝『万葉の人びと』新潮社、252頁。

　行路死人歌を生んだ背景として、それは中央集権国家の必然としての新たな質の＜交通＞－共同体首長によって占領されていた＜交通＞の国家的統一と独占(それは律令国家において制度的に達成される)－の問題である。都城へ集中し、またそこから放射する全国的統一的な＜路＞において物理的に具現されるもの。村落を貫くこの＜路＞の上に中央集権的官僚機構が成り立ち、民衆の側では租税収取や傭役が求められる。役夫・庸調・脚夫・防人・衛士として旅が強制され、その果てに行路の死者を生むにも至る152)のであった。

　これらの歌は、共通に「家人」を喚起して歌うのである。「家や名は、その人物にまつわる来歴が凝縮されており、これを問うことは、一般に対象の持つ威力を把握することを意味した。国や家を問うことも同様に考えられるから、これらの行為は、死者の来歴を知って、その霊を正しく祀る方法を手に入れる、という意味を持っていた。来歴に死に様や死に至る道筋が含まれることは言うまでもない。行路死人にとって、国や家や名を問う表現は、不可欠なものとしてあったのである。伝説歌の場合には、こうした表現を見ることは出来ない。それは主人公の素姓が初めから明瞭であるからに違ない」とするが、一方で、中世の複式夢幻能の形式を例に、「死者の側から言えば、来歴を知られることで正しく祀られ、鎮まることができるということになる。その来歴は死者語りとして明らかにされるから、そこには常に死者への問いかけがなければならない。行路死人歌とは違い、国や家や名を問う表現に欠く伝説歌の場合にも、死者への問いかけは表現の奥に潜在されているとみるべきだろう153)。」とする。

　「国」・「父」・「家」・「母」を喚起することは

　　　・大船を荒海に出だしいます君つつむことなく早帰りませ

(万15・3582)

---

151) 折口信夫「万葉集と民俗学」『折口信夫全集』第九巻。
152) 前掲118、186頁
153) 折口信夫「国文学の発生(第四稿)」前掲12

・真幸くて妹が斎はば沖つ波千重にたつとも障りあらめやも

(万15・3583)

と新羅に派遣された使人と家人とが、歌い交わすように旅人の無事な
早い帰着のために家人(妻)が、「斎ふ」のであり、その「斎い」によって
旅人と家人とは共感的につながれあい、旅人の安全が保障されること
になるのである。旅人が家を思い妻に恋うて歌うその基底には、かか
る呪術的共感的な繋がり154)があったと言える。
　上掲の「敬和為熊凝述其志歌」短歌には

・常知らぬ道の長手をくれくれと如何にか行かむ糧は無しに<一云乾
　飯は無しに>（万5・888）

と「糧」が詠まれているが、これは蒸した米を乾かした旅の食料として
解釈されている。和歌表現としての「飯」は

(1)家にあれば笥に盛る飯を草枕旅にしあれば椎の葉に盛る(万2・142)
(2)佐保川の水を塞きあげて植ゑし田を尼の作れる刈る早飯は一人なるべし

(万8・1635)

(3)味飯を水に噛みなし我が待ちし代はさねなし直にしあらねば

(万16・3810)

(4)飯喫めど甘くもあらず行き往けど安くもあらず茜さす君が情し忘
　れかねつ（万16・3857)
(5)荒男らを来むか来じかと飯盛りて門に出で立ち待てど来まさず

(万16・3861)

(1)は有間皇子の自傷歌であるが、ここで「笥に盛る飯」は正に家を具象
化するものである。それは「飯という景物を通して家なる妹を思いつ
つ、常緑樹の椎の葉の呪力に祈りを込める」ことではあるが、その家と

---

154) 前掲150

は食を共にする家族たちのことであろう。家族が存在するための最低必要条件である親子・兄弟関係と共に寝食を共にするという根源的なことへの願望としても解釈しうるのではないであろうか。それは「食べる」ということが肉体的豊満ではなく共に充足した時を過ごしているという心の一体感であり、上掲の415番歌「家ならば」と「柿本朝臣人麿見香具山屍悲慟作歌一首」

　　　　・草枕旅の宿りに誰が夫か国忘れたる家待たまくに　（万3・426）

の「家待たまくに」の表現は、「妹」との充足した生活を想像しながら「旅」の死者は傷まれたり、「家」に待つ家人に思いが馳せられるのと重なり合うのである。
　　以上旅と家族の絆についてみてきた。遣新羅使にとっては、他国の目新しい光景を通じ故郷への想いが沸き起こるのであったが、「防人歌」「行路死人歌」においては執拗に「家」が求められていた。家とは愛に基づく血縁的集合体でありそれはまた社会的存在でもある。

　　　　・ひさかたの天路は遠しなほなほに家に帰りて業をしまさに

　　　　　　　　　　　　　　　　　　　　　　　　　　　（万5・801）
　　　　・荒男らは妻子の産業をば思はずろ年の八年を待てど来まさず

　　　　　　　　　　　　　　　　　　　　　　　　　　　（万16・3865）

「家に帰りて業をしまさに」「妻子の産業をば思はずろ」と、「家」の存在に関わることとして憶良は愛を全うするための経済を指摘した。『貧窮問答歌』を「家」の歌という側面から見ると、「家」の内部から制御できない、社会的存在である「家」の危機を取り上げた作品と言えよう。

　　　　貧窮問答歌一首并短歌
　　　　・……日月は　明しといへど　我がためは　照りやたまはぬ　人皆か
　　　我のみやしかる　わくらばに　人とはあるを　人並に　我れも作る

　を……　伏廬の　曲廬の内に　直土に　藁解き敷きて　父母は　枕の
　方に　妻子どもは　足の方に　囲み居て　憂へさまよひ　かまどには
　火気吹き立てず　甑には　蜘蛛の巣かきて　飯炊く　ことも忘れて
　ぬえ鳥の　のどよひ居るに　いとのきて　短き物を　端切ると　いへ
　るがごとく　しもと取る　里長が声は　寝屋処まで　来立ち呼ばひぬ
　かくばかり　すべなきものか　世間の道 (万5・892)

　まず「家長」とも言える「男」は、人間としてこの世に生まれたことを
主張する。人間として生き、人間らしさを提供してくれる場が憶良の
「家」であった。ところが世間の人並みに働いているにも拘わらず、父
母妻子を養育すら出来ず「憂へ吟ひ」の状態に陥れているのである。愛
情に支えられる家は、非人間的な力によって圧せられている。ここに救
済ではなくて、外部からの力として「杖とる里長」が登場してくる。「家」
は危機に瀕している。世帯共同体の内部からの崩壊を暗示している[155]
かのように見える。防人や行路死人の故郷への回帰をもたらすべき存
在である「家」は正に律令制度のもとに崩壊し始めていたのであった。
　以上、第二章では「妻問い婚」における親子の絆を通しての女性像の
考察を試みた。『古事記』での「御祖」とは通過儀礼を司る母のことであ
り、子が成人になるためにはいかにその役割が不可欠であるかを物語
っている。『万葉集』における親子のかかわりをその作者・作家事情を
中心として見てきたが、親子の歌の分布は共に重なっているように思
われる。ここにおいては父の姿はほとんど浮上せず、母が婚姻・別れ
・死という場に登場している。このことは「母子＋父」という家族形態
を改めて示すとともに、古代において女性たちが家族を担ってきた生
業の反映でもあるといえる。
　一般に言われている如く、子の生育の過程が歌われず死を悲しむ挽
歌の数が多いにも拘わらず「うみ・うまれ」の出産・誕生を祝福する歌
のないことや多くの歌人の誕生年次の不詳は(51)～(53)の憶良の歌にあ
る「子・愛・老・命・死」のそこに人の子の誕生を手放しでは祝福し得

---

155) 土井清民「憶良の＜家＞」

ないうつせみの悲哀感がひそまれているのではないだろうか。多くの母の歌や親子の歌は防人はじめ旅・死という親子のそして妻と夫の離別の哀歌である。ここに親子のそれは或る日の感動ではなく別離の中にある哀愁であると言えるのではないだろうか。東歌をはじめとする地方の無名の庶民の多く歌われた娘の結婚を左右する「母」の力強さとこれらの哀愁とは余りにも対照的である。

　親・父・母・子の歌に関わる作者として柿本人麻呂、山上憶良、大伴旅人、大伴家持、大伴郎女が掲げられるが特に別離を歌いあげる人麻呂や憶良の「孤独感」「寂寥感」は果たしてどこから来るのであろうか。歌聖といわれた人麻呂もその生育歴は不明であるが「出生の地がどこであったにせよ人麻呂は幼にして孤児となりカタライと称する綾部家に養われ」ており綾部氏は「漢氏で帰化人系の家であり」[156]この孤児の運命が人麻呂の歌に大きな関わりをもっているのではないだろうか。一方憶良についても生育の過程は謎であるが「憶良は四歳の時にこの地を第三の故郷とし(近江甲賀部山地)二十六歳で父の死に逢うまでその位によって養われ育てられてきた」[157]のであり幼少の故郷からの離別という体験が人麻呂の場合と同じく心の奥深くあったのではないだろうか。

　この時代の親子の絆は今日の我々にも通ずるものでありながらも苦役や出挙の返済に迫られ飢疫の災にしばしば襲われた彼らにとっては、はぐくみかかわり合わなければならない厳しさがあったのではないだろうか。このような日常であるが故にこそ、女性が特に母として担う役割の大きさが、『古事記』『万葉集』の中においては浮上してくるのであると言える。

156) 梅原猛「柿本人麻呂論」『梅原著作集』集英社、1982年
157) 中西進『万葉の歌びとたち』角川書店、1980年。

第3章　母なるものの象徴

第1節　神話に現れた母

1. 母神信仰と子

　あらゆる生命の母なる大地の霊格化がいつどのようにして始まった
かを確実につきとめることはできないが、少なくともそれは神の歴史
の最も早い時期に属するに違いない。そして女神の人格化が完成した
時点に立って過去を振り返れば、遥か彼方にすむいつともしれぬ遠い
出発点から、連綿として続いてきた豊饒復活の儀礼の歴史があるに違
いない。

　人類史の原点では、自然と社会とは互いに他の部分をなし、人間の
多産は即自然の多産を意味した。だから水や自然のなり物を恵んでく
れる大地、全ての魂がふところに抱かれべく帰っていく大地は、生命
の源たる聖なる母として以外には象徴化されなかった。それは性関係
と生殖の因果関係が未だ認識されない段階、すなわち男性が何らかの
形で象徴化される以前にすでに始まっていた。どの民俗の原始的な集
団祭儀にも、このシンボリズムがまつわっていたことは確かである。
そしてこの精神的伝統は、人間の生産関係のめざましい発展過程で、
変質・文化・再解釈を余儀なくされながらも、容易に消滅することな
く生き続けてきた。

　原始農耕という母神信仰を前提とする文化を肯定する場合、縄文中期に原始農耕を肯定する見解がある[1]。それは、ある程度長期に渡って人が住んでいた大規模な集落では、狩猟と採集経済がそこに住んでいる人間を養ってはいけないと言う考えを第一に呼び起こす。従ってこの種の安定した社会は必然的に原始農耕に依存していたと想定される。この時代の宗教的観念の中心主題は「死と再生」と捉えられる[2]。それは、死が究極的で恐ろしく、克服できないと言う認識を持つ農耕以前の文化ではなく、死の克服を考え得る農耕民の文化である。

　母神とは大母神・大女神・原始母神とも呼ばれ、宇宙生成の初めにまず存在して神、万物を生み出す母神のことである。大母神はその管掌する範囲が宇宙全域に及ぶ。大母神は神話においては、ほとんど大地母神として語られる。大地母神とは大地そのものであり、一般的に神話においては両者が同義に扱われている[3]。勿論、神話伝承に語られる母神達は肯定・否定両面を合わせ持っているのであり、テリブルな母だからといって百パーセント否定的面しか持たず、グッド・マザーとみなされている母神が、恐れるべき面を全然持たないことはないのであって、テリブル・マザー、グッド・マザーとは実際には肯定・否定どちらの要素をより多く持っているかというにすぎない。そして母神はこの両面を兼ね持つ。

　大母神信仰とは、人々が大地なる母神に食糧が豊かに増殖するよう祈りを捧げることであり、いわば本能で探り当てたような《自然観》がその発生の原動力であるといえる。一方、父神信仰は、人知がかなり進み、それぞれの生きる気候風土の中で如何に生きるのがより効率

---

1) 喜多路『母神信仰』錦正社、1994年、62頁。(岡正雄「日本文化の基本構造」『異人ーその他』(言叢社、1979年)の発表当時は日本列島の農耕開始は弥生時代というのが通説であったが、現今では縄文時代晩期まで遡って考えられる。しかしこれは、農耕＝水稲農耕の観念に基づいての時代設定であって、畑作まして芋のような根栽培の年代は、中期まで遡る。
2) ネリー・ナウマン「縄文時代の若干の宗教的観念について」『哭きいさちる神＝スサノヲ』桧枝　陽一郎他訳、言叢社、1989年、51頁。
3) 前掲1、40頁。

的かという認識と選択によって生業が分化してから、狩猟や遊牧を主
とする者達の中で、自然ではなく男性という《人間》への讃仰にでた
信仰といえる。父神信仰文化圏であるヨーロッパも、紀元前四千年期
にインド・ヨーロッパ語族の侵入してくるまでは、母神信仰の中に
あった。

　縄文中期から以後に盛んに作られた土偶は、全てが女性像で、生殖
器を強調したり、はっきりと妊娠した形に作られている例も多く、中
期の土偶の中には、赤子を抱いたり負っている姿をしたものもあり、
母神であった可能性が強いと考えられる。ところがこれらが完形で出
土されることがほとんどないだけでなく、一カ所から出た破片を集め
ても、完形に復元できることはめったにない。しかも破片がわざわざ
甕に入れられていたり、住居内に埋められていたり、檀の上に安置さ
れたり、石組みの中に置かれるなど、丁寧に葬られている。これらの
事実は、豊饒女神的な地母神を殺害することによって、その死体から
作物を生えさせるための儀礼が行われることを示すと考えられる。そ
してこのことからこの時期にすでに記紀のオホゲツヒメ・ウケモチ・
ワクムスヒなどの話の古形と見なせるような作物起源神話が存在し、
それが中期以降の縄文人の信仰の中心に位置を占めていたことが想定
できる[4]。母神の象徴としての月・水・蛇の絡む「再生」を中心主題とす
る古代的、宗教的な象徴の複合相が、新石器時代ないし早期青銅器時代
の中国・古代アメリカ・太平洋諸島、更に中国よりずっと西に延長して
古代オリエントの文化に裏付けられるとも考えられるのである[5]。

　『古事記』にも前述の如くこのような生と死の物語がある。イハナガ
ヒメとコノハナノサクヤヒメという、山の神の二人の娘達は、全く正
反対の外見にも関わらず、実は二人で一組のような関係にあり、切り
離すことを厳に憚らねばならぬ、表裏一体的な結びつきを持っていた
のではないかと思われ、これは豊饒な産育の女神であり、醜貌と恐ろ
しさをもち黄泉国に住むイザナミとの二面性と重なり合う[6]。また済州

4)　水野正好『日本の原始美術5土偶』講談社、1979年、54-65頁。
5)　同上1、23頁。

島の本解は、花育ての競争で勝った神が産育神すなわち「生の神」となり、負けた神は「死の神」となったという話である。生の神は此の世の神であり、死の神はあの世の神であるという対立的構成がとられ、生の神の勝利という結末を迎える産神神話である[7]。このように生と死、豊饒と破壊を有する母神は、縄文時代の中期にまで遡る母神の神話からの要素を色濃く継承している[8]。縄文中期とは、水田耕作ではなく芋栽培のイエンゼンの言うところの「古栽培民」の文化である、ニューギニアなどメラネシアの原住民の文化である。つまり、この神話は南方海洋要素を色濃く持っていることとなる。

　このような母神信仰は、産むためには母性だけではなく男性要素も必要だという認識から、両性具有とは異なる形での解決策が考えられた。大母神にまず男の子神を産ませ、その子を男性要素としてその後の子産みをさせるのである。これは「母子信仰」と呼ばれている。大母神の神話に母子相姦譚がつきものであるのはにはこのようなわけがあるのである。その信仰も造形的に明らかに後付けることができる。子供を抱き、あるいはともなった像や絵が、ある時期以降ふんだんに製作されはじめているからである。ただしこれは両性具有の大母神の出現より更に時代が降る。しかしこれらの製作は農耕文明の営まれた地域においてである。集約農業を行っている地域の神話では、生成発展している幼児こそが最も偉大な神性を持つものと考えられ、その子を生み出す母神が、新しい生命の創造者として尊重されるのである。このような社会の神話では、父神の発生する余地はなく、異なった文化圏での神話が導入されない限り父系神話は行われないのである[9]。やが

6) 吉田敦彦『昔話の考古学』、中公新書、1995年、66頁。
7) 同上9、12頁では、「この世の神(イザナキ)とあの世の神(イザナミ)が競争をして、前者が生を後者が死を司るようになるが、生の神の技能が優越であるという趣旨は一致する。」と述べているが、この対立的構成は、、やはりイザナミのもつ両面性と解釈しうるものと考える。更にこのモチーフが「両国のこの神話は、同じ源から発した同一系統のものと考えるのに無理は無かろう」とも述べられている。
8) 前掲6、187頁。

て父神信仰の起こった地域においては、ほとんど信仰の表面からは追いのけられてしまう。このことは高句麗の朱蒙とその母を祀った記事が中国と韓国の資料の比較により示され得る。夫余神は婦人の木像で河伯の娘としている点では東明始祖伝承と一致している。また登高神を夫余神の子供で朱蒙とする点でも、始祖伝承と一致する。ただ今日『三国史記』『三国遺事』などで伝えられている韓国資料では、父系が重視されているのにたいし、『周書』以下12世紀までの中国史資料では、母系、特に母神と子神だけが取り上げられ、父系神統が全く見られないところに、重要な問題点がある。高句麗では4世紀後半、歴史書の編纂が行われたが、固有信仰の祭祀儀、現実にない父系の神々を造作したと考えられる。しかし、神話を実習する民衆の立場からは、父系の神々が登場する必要も余地もなかったのである。中国資料は異民族を中華思想の立場から眺め、不合理なことや不可解なことを克明に記述するので、かえって客観性がある[10]と言える。

　古代高農耕文明の営まれた地にはどこにもこのような母子が見られ、上記のようには母子神信仰の段階の神話では、母神に夫が存在すると語られる例は多くなる。しかし、朱蒙と河伯の娘のように神社に祀られる場合にしても母子の結びつきは夫(父)神とのそれより遥かに緊密で、夫(父)神は全く顧みられないこともある[11]のである。第2章で考察されたように、『古事記』『万葉集』における家族の絆においても父の姿が表出して来ない点と重なる。

2. 山の内包する母なるもの

　大地が農耕民族にとってすべてのものの生まれては還る場所であり「太母」の象徴であるといわれているごとく、狩猟の時代においては、

---

9) 井上秀雄「高句麗の祭祀儀礼」『古代東アジア史論集(上巻)』吉川弘文館、1978
　　年、118 頁。
10) 同上。
11) 前掲1、74頁。

山や森は豊穣をもたらしてくれる神のまします場であった[12]。後世変ってしまうのであるが、「山の神」とは、もともとは「女神」であり、しかも「母神」である[13]と言われている。柳田民俗学では、山＝母と見て山に入るということ自体が、人間が母胎に帰って行く行為であると指摘した。このような「山」と「母性」との関わりの深さの側面より「泊瀬山」の「山ほめうた」として宮廷儀式との関連により解釈されてきている『日本書紀』雄略天皇六年の条の歌謡、その類歌である『万葉集』巻十三の3331番歌の「挽歌」、『日本書紀』允恭紀の条にある新羅人の「山ほめの歌」などの古代歌謡の山の抒情表現の底には、深層心理としての母胎回帰の思いのあるものと思われ、また『古事記』下巻の顕宗記の置目老女の歌群においても詩的表現意識としての「山」のもつ母性的側面が表出されていると思われる。

1)山と「母神」

古来人々の潜在意識の中での母神としての山の持つ特徴を見てみる。柳田民俗学においては、山の神が山林に住んでいて、春が来たら地へ移って田の神になったり、刈り入れが終わると再び山へ帰って山の神になったりするという。正月や春の初めに迎えられる神の姿は、祖霊としてふさわしく、一方この祖霊としての山の神の把握は、山を聖地とする「山中他界」へと発展するのである。しかし、これは山の神の本来の姿であるとは思われない。田の神は農耕神であるが、山の神はそれより古い文化史段階の狩猟民的な神ではないだろうか[14]。例えば、縄文時代女性土偶などもこの神のはずである。農耕時代になると、大地の豊饒生成、穀物などの収穫や、その栄枯を支配する大地母神、豊饒母神の色彩を帯びてくるものの、依然として狩猟の時代の面影を強くとどめた女神は「山の神」と限定されることになる。山に入るとい

---

12) 萩野恕三郎『古代日本の遊びの研究』南窓社、1982年、292頁。
13) 宮田登「霊山信仰と縁起」『日本思想大系』20、岩波書店、1978年
14) 大林太良『死と生と月と豊饒』評論社、1978年、80頁。

うこと自体が、人間が母胎に帰っていく行為であるとし、「山の神を女性とする例多きこと」が『山の人生』で述べられている[15]。これらの日本の山の女神は、非常にありがたい存在であると同時に、畏れ多い存在でもある。メダルに表と裏があるのと同様に、「母」の像にも二重性があるのである。子どもを生むことができる女性は豊富と豊饒のシンボルである。しかし、この生命力は血液と密接に結びついており、血に宿っている聖霊としてみられることもある。血は特定の範囲内で利用すれば、呪術的にも精神的にも最も有力なものであり、死との結びつきに深いものなのである[16]。つまり「古事記」のオホゲツ姫などの作物などの起源を説明した「ハイヌウエレ型」の神話の中に示されているように、殺されることで死体のいろいろな場所から、人間の生活に必要な食物やその他の物を発生させると信じられる生と死との結びつきは、山の神としての山姥の昔話にも見られるのである。

　大山祇命は『古事記』や『日本書紀』の神話にでてくる、山の主の神である。しかし、長野県下伊那郡の上村の伝説では、あるときのこと、山の神の大祇山命が山姥が苦しみながら山中でお産をするのを助たところ、次々になんと、七万八千という、実に甚だしい数の子供達を分娩した。その後、毎日山の中で狩をしていたが、何日も獲物が取れずに困っていた。そして、そのことを山姥に話し「獲物の居場所を教えてもらいたい」と頼むと、山姥は鹿が千頭も寄り集まっている谷を教えてくれた。大山祇命はその中の二頭を撃ち取って家に持ち帰ることが出来たという。つまりこの伝説によれば、山の幸である狩の獲物を支配し、思いのままにいくらでも出現させたり授けることが出来るのは大山祇命ではなく、山姥だとされているので、本当に山を支配している主の神は、異常に多産であることを強調されている山姥であることになる。一方、山姥は昔話の中でしばしば最後に無惨に殺されて、その死体の血に染まったために、ソバなどの作物の根とか茎などが、今日もそうであるように赤くなったのだと物語られている。また死体が万

15)　前掲1、189頁。
16)　前掲14、24頁。

能の薬であるとか、金銀財宝などに変わったとも語られている。つまり昔話の山姥も、自分の生きた身体から分泌したり排泄して、宝などを無尽蔵に出す力を持っている上に、殺されるとその死体からも人間の食物になる作物や、その他の良い物が発生することが語られている[17]。また、山の神祭の囃し詞からも、山の神と母神との関わりが明らかにされる。

　　　テッチャ、ウックリ、山ヤマツクリ、鳥の目玉ドンドン
　　　テッチャ、ウッカリ、山ツクリ、山の神のべべにスットントン

　ここでは天上創り、山創りについて山の神が造物主的な蓄神で、天地創造の使命を持っていたことを示唆している[18]。修験道においても「峰入り行によって行者が死に、験者として生まれ変わってくる」とする理念は、峰入り＝死の観念であり洞窟に潜み入ることが母の胎内に入ることであるという、洞窟＝他界＝母胎の観念がみられるが[19]、これも山と母性の関わりの深さの由縁である。このように、農耕時代の大地母神と狩猟時代の母神は山の神として重なりあうのである。また、両者の重要な共通点は、生命をもたらす者の死を通じてこそ、新しい命の誕生があり得るのだという点である。つまり、再生にはその前提としての死がある、換言するならば、母より産まれ、その母の死により新しい誕生があり得るというのである。山の神と母神との重なりは、韓国における山神信仰の中にも見いだせる。この点については、早くから、韓国の民俗学者である孫普泰氏により指摘されている[20]。

17) 吉田敦彦『日本神話の成り立ち』青土社、1992年、176頁。
18) 堀田吉雄『山の神信仰の研究』伊勢民族学会、1966年、42-44頁。
19) 柳田国男『山の人生』岩波文庫、1994年
20) 孫普泰「朝鮮古代山神の性について」『民族文化論叢』第二冊、民族文化社、1981年、252頁。

2)山の内包する母性の詩的表現

　　六年の春、二月、壬子の朔乙卯に、天皇、泊瀬の小野に遊びたまふ。

　　山野の体勢を観して、慨然みて感を興して、歌して曰はく、
　　隠国の泊瀬の山は出で立ちのよろしき山走り出のよろしき山の
　　隠国の泊瀬の山はあやにうら麗しあやにうら麗し
　　是に小野を名けて、道小野と曰ふ。

　『日本書紀』雄略紀の77番謡歌は、宮廷に入った民謡のひとつで、民衆の間で歌われた国見の歌が宮廷に取り入れられていった例の一つである。この歌は国見歌ではないが、泊瀬の地方の農民にとって生活の拠り所となっている山をほめる歌であるから、国見に類した儀礼の歌で、農民によって歌われた歌と思われる。いずれにしても歌は本来の意味を失い、天皇の地位を飾る歌に変わってしまっている[21]と言われているが、「泊瀬の山」の「山褒め」の深層には母胎回帰のあることが推測される。
　山は万葉人にとって、愛するものを隔たてる呪わしい性格のものであると同時に、一方において非常に親しみのある、望ましきもの、可愛いもの、好ましいものである。これは「名ぐはしきもの」という言葉で現すことができる[22]。この例として「泊瀬の山」が挙げられる。「泊瀬の山」は次の十首のなかで万葉集中に歌われている。

　　①やすみしし　わご王君　高照らす　日の御子　神ながら　神さびせ
　　　すと　太敷かす　京を置きて　隠国の　泊瀬の山は　真木立つ　荒
　　　山道を　石が　根　禁樹おしなべ　坂鳥の　朝越えまして……

　　　　　　　　　　　　　　　　　　　　　　　　　　　　　　（万1・45）
　　②つのさはふ磐余も過ぎず泊瀬山何時かも越えむ夜は更けにつつ

21) 直木孝次郎「倭はくにのまほろば」『日本文学の歴史』1、角川書店、1967年、460頁。
22) 高木市之助「山」『高木市之助全集』第52巻、講談社、1976年、407頁。

(万3・282)

③なゆ竹の　とをよる皇子　さ丹つらふ　わご大王は　隠国の　泊瀬
　の山　に　神さびに　斎きいますと　玉梓の　人そ言ひつる……

(万3・420)

④隠口の泊瀬の山の山の際にいさよふ雲は妹にかもあらむ (万3・428)

⑤隠口の泊瀬の山に照る月はみちかけしけり人の常無き (万7・1270)

⑥隠口の泊瀬の山に霞み立ち棚引く雲は妹にかもあらむ (万7・1407)

⑦狂語か逆語か隠口の泊瀬の山に廬せりといふ (万7・1408)

⑧隠国の泊瀬の山は色づきぬ時雨の雨は降りにけらしも (万8・1593)

⑨海小船泊瀬の山に降る雪の日長く恋ひし君が音ぞする (万10・2347)

⑩隠口の　長谷の山　青幡の　忍坂の山は　走出の　宜しき山の　出
　立の　妙しき山ぞ　あたらしき　山の　荒れまく惜しも

(万13・3331)

この中の8首、つまり大多数が「隠国の泊瀬の山」という語を用いてい
る。「隠国の」という語には、なにかしら「泊瀬の山」の性格を示唆する
ものがなくてはならない。こもりかくれた地勢へあるいは埋葬を、あ
るいは死を結び付けここに無常感が生まれ挽歌がつくられる機縁を生
じた23)のであろう。「隠り」は、折口信夫が古代霊魂感の重要なポイン
トとして指摘しており24)、外界から遮断された空間の中に身を置く状
態を意味し、「隠り」の空間とは一種の聖空間であり「隠り国の泊瀬」と
は、結局泊瀬山の持っている性格がそこに反映されたのである。換言
すれば泊瀬山は心の山であり、心霊の山であり、いわば「神さぶる」山
であったのである。これは、山が山自体であるために、川でも海でも
野でもないためにそこに何らかの美を想像することができるというこ
となのである。

　母性的な詩語として、「隠国の」は泊瀬の枕詞であるが、多武峰続き
の山と三輪・穴師の連山とに囲まれた幽谷地帯であることから、かく

23) 西郷信綱『古代人と夢』平凡社、1992年、87頁。
24) 折口信夫「若水の話」「霊魂の話」『折口信夫全集』第23巻、中央公論社、1983
　年。

称するに至ったもので、このように称えられていることは泊瀬は世に
も美しい聖域であったのであり、そしてそこから流れ出る川や水の神
は女性で、その山や岩や水が母性原理によって統合されつつ「隠国の初
瀬」を形成しているのである。初瀬の山をほめた歌にしても、そこには
風景のよさ以上のなにかが表出されている。「隠国の初瀬」のコモリク
は、籠り奥まった初瀬の景観に帰するだけでは皮相で、神話的にはそ
れは豊饒の源たる母胎を意味したはずなのである[25]と言える。

　次の「宜しき山」の「宜ろしき」は、語源的には「寄ろしき」で近寄りた
い、帰依したいの意を現しそちらに身を寄せたいという感情を含んで
いて、山と関わって用いられる場合が多い。

　　・皇神祖の　神の命の　敷きいます　国のことごと　湯はしも　多に
　　　あれども　島山の　宜しき国と……（万3・322）
　　・三諸のその山並に子らが手を巻向山は継のよろしも（万7・1093）
　　・子らが名に懸けの宜しき朝妻の片山岸に霞たなびく（万10・1818）

それは単なる自然体としての山なのではなく、隠りの場としての山で
あり、心の奥深いところでそこへの回帰を恋願う「母胎回帰」的な対象
としての存在なのではないだろうか。「あやにうら麗し」の「うらくはし」
は「うら」と「くはし」に分けられる。「うら」とは見えないしとらえられ
ないが内在する生命の本質というべきものが現れるという意味であり
心の意に解されて、さぶ・くはし・かなし・わかし・やすしなどの語
と結びつき、いずれも讃めことばとして用いられているのだが、「うら」
に霊妙なという感じがあるからこれらの語が難なく複合したものと思
われる[26]「くはし」は一応、麗・妙の意であるが、シク活用であること
を考えると、心の状態を現す形容詞で、語源は「食はし」かもしれない。
つまり、食いたい、所有したい意に由来すると見ることができる。食フ
は食べる意から転じ、所有する意にもなり、心がそのものを所望したい

────────────

25）前掲23、95頁。
26）古代語法刊行会編『古代語を読む』桜楓社、1990年、43頁。

という[27]すべて美的な快感を覚えたものを恋い求める意なのである。

・三諸は　人の守る山　本辺は　馬酔木花咲き　末辺は　椿花咲く
　うらぐはし山そ　泣く子守る山（万13・3222）
・……朝日なす　まぐはしも　夕日なす　うらぐはしも……

（万13・3234）

・……うらぐはし　布施の水海に　海人船に　真舵櫂貫き……

（万・13・3993）

万葉中の「うらぐはし」の用例はこの三例だけであるが、「泣く子守る山」
は縄文時代の土偶の多くが子を抱いている母の姿を現しているように、
母性を感じさせる語であり[28]、山への「うらぐはしい」思いは「泊瀬山」
の歌においてもこの歌と同様に山の持つ母性的なものを恋い求める心
をの表出なのである。

　次に、類歌3331番歌との考察を通じ、この歌における「山」に託され
た古代人の心情をより明らかにしてみることとする。

・隠口の　泊瀬の山　青幡の　忍坂の山は　走り出の　宜しき山の
　出立の　妙しき山ぞ　あたらしき　山の　荒れまく惜しも

（万13・3331）

この歌は挽歌である3330番の長歌と組まれており、「あたらしき山の
荒れまく惜しも」の後半の哀悼の意が主題となっていると解釈されて
いる。

　『万葉集』の詩人達が死者の霊がその火葬の煙のままに、遠く吉野、
泊瀬の山嶺を天駆けり行くかに感じたのは、僧道昭に始まったという
火葬の風が都府の貴族達の間に浸透したことと、死者入山の意識が強
く働いて、霊魂が遠く高く上り去るもののごとく思惟されていた[29]か

---

27) 土橋寛『古代歌謡全注釈』日本書紀編、角川書店、1976年、236頁。
28) 前掲23、96頁。
29) 堀一郎「民間信仰」『堀一郎著作集』第五巻、237頁。

らであり、前掲の④⑥⑦などはこの表出であると言える。しかし、このような挽歌と山の関わりからのみでは、なぜ「青幡の忍坂の山」が詠み込まれているのかの説明がなされていない。これが単なる情景なのではなく、山のもつ母性的側面への思いも込められている点を明らかにするために、「青幡」と「忍坂の山」とに分けそれぞれのもつ意味を考えてみる。

　万葉中「アヲハタ」の例は上の歌以外には次の二首がある。

　　・青旗の木旗の上をかよふとは目には見れども直に逢はぬかも
　　　　　　　　　　　　　　　　　　　　　　　　　　（万2・148）
　　・……わが恋ふる　千重の一重も　慰もる　情もありやと　家のあたり　わが立ち見れば　青旗の　葛城山に　たなびける　白雲隠る……（万4・509）

148番歌は挽歌、509番歌は相聞歌であるが「青幡」は青々と木の繁ることの比喩として葛城山・忍坂にかかるという説、ハタを旗とせずに布と見て、風土記の例と同じく、万葉の青旗を葬儀の具とする説[30]もある。では「青」とは単なる自然の木の色のみを示しているのか、それとも何かを象徴する色であるのだろうか。「青」が死者の世界の標示語であるとし「青衣」もまた死者の国との縁由を思わせるとする例としては次のものがある。まず、『古事記』上巻の天若日子の葬儀の時に

　　故、天若日子の妻、下照比売の哭く声、風の与響きて天にいたりき。是に天在る天若日子の父、天津国玉神及其の妻子聞きて、降り来て哭き悲しみて、乃ち其処に喪屋を作りて、河鴈を岐佐理持ちと為、鷺を掃持とし、翠鳥を御食人と為、雀を碓女と為、雉を哭き女とし、如此行ひ定めて、日八日夜八夜を遊びき

カワセミが死者に供える御饌を掌る人となっており、『日本書紀』神代

30)『時代別国語大辞典　上代編』三省堂

下第九段(本文)は

> 便ち河鴈を以て、持傾頭者及び持帚者とし……一に云はく……、鴗を
> 以て尸者とす

カワセミは祖霊の代わりに立って祭儀を受ける役目となっている。ま
た死衣を着て弔いを受ける役目ともされている。そこでカワセミは死
者の着る衣の色をしていたと考えられる。『古事記』上巻のスセリ姫の
嫉妬の歌の中に「蘇迩杼理の青き御衣」と表現されている。カワセミの
羽の青いところからそう形容されたのだが、カワセミが死者の着る着
物を着て弔いをしていたところからすればその青い衣は死者の着る
色だった[31]とみなされる。しかし、これではなぜ死者に「青」の衣を着
せたのかということの理由の説明にはなり得ない。青とは単に死を表
現しているのではなく、この色に象徴された「再生」を願う生者の願い
が込められているのである。それは「死」から「生」への「再生」を現す色
としての青なのである。この例として『古事記』上巻黄泉比良坂の段の
「青人草」があげられる。

> 汝、吾を助けしが如く、葦原中国に有らゆる宇都志伎青人草の、苦し
> き　瀬に落ちて　患ひ惚む時、助けくべし……

葦原中国は黄泉国と対比されていて、それは霊界＝死者の国、黒＝暗
黒の世界である。それに対比される葦原中国は当然生の国であるから、
この「青人草」は死に対する生であり、再生の意識が強く働いている[32]
のである。このように「青」とはまさに死から生への再生を願う色とし
て用いられていたものと考えられる。
　次に「木幡」が青々と繁った「木」であることも「再生」の象徴であるこ
とについてふれたい。春はすべての生命の復活であり、従って人間生

---

31) 谷川健一『常世論ー日本人の魂のゆくえ』平凡社選書、1983年、243頁。
32) 川副武胤『古事記考証』至文堂、1994年、105頁。

活も復活する。この宇宙行為の中に、すべての創造力はその最初のた
くましさを取り戻す[33]。「挽歌」において、このような「再生」の象徴と
して「木幡」を歌い込んでいることは、この巻一三の長歌が、記紀歌謡
と通じるものが多く、巻一・二に次ぐ古巻である[34]と見なされている
点からも、記紀の神話的世界の詩的叙情の表出として解釈し得ると思
われる。母神の持つ「恵み」を人間に認識させるのは、なんといっても
山が冬の枯れ木から春の青々とした姿を現すときである。春山の緑の
深さは、自然から離れてしまいがちな現代人さえ、新しい生命の息ぶ
きとして、その美しさに感動させられずにはいられない。

3)忍坂の山

　次ぎに、雄略紀の歌では「隠国の初瀬の山」のみが褒められているの
に、何故この挽歌においては「忍坂の山」が詠まれなければならないの
か。ここで「泊瀬」と「忍坂」の組み合わせが、息子である雄略天皇が「大
泊瀬幼武天皇」であり、その母の名が「忍坂大中姫命」であるという点が
注目される。地名というものは、単なる標識ではなく、その来歴のこ
められているものだからである。允恭后オシサカノオホナカツヒメ(『古
事記』は忍坂之大中津日(比)売命、『日本書紀』は忍坂大中姫命と表記す
る)は、雄略天皇の母であり、安康即位前紀に稚淳毛二岐皇子の女とあ
り、この皇子は応神天皇の皇子であることから、忍坂中姫命は、息長
系つまり神功皇后の血をひいていることとなる。雄略天皇の系譜的考
察によれば、その実在性に疑問がもたれる[35]にも拘らず、この皇后は
息長系であるということにより、その神霊を司る女性として特別な意
味を有していた者であると考えられるのである。こような忍坂中姫命
のことを示す重要事項としては、まず、允恭天皇の即位前紀の記載が

---

33) エリアーデ『大地・農耕・女性』堀一郎訳、未来社、1989年、181頁。
34) 日本古典文学全集『万葉』三、小学館、解説。
35) 黒田達也「オシサカノオホナカツヒメと雄略天皇についての系譜的考察」『日
　　本書紀研究』第17冊、塙書房、185頁。

あげられる。

　允恭天皇は、仁徳天皇の第一子であったが、壮年に至ってから病弱であったため、群臣が強くその即位を推すにも拘わらず拒み続けた。この時、忍坂大中姫命が、冬の十二月風の激しく吹く日、洗手水をとって皇子の前に進み出て即位を促すが、皇子は何も答えず、妃は寒さの余り正に死にそうになる。これを見てやむを得ず承諾するのであった。

　　　元年の冬十有二月に、妃忍坂大中姫命、群臣の憂へ吟ふに苦みて、親ら洗手水を執りて、皇子の前に進む。仍りて啓して曰さく、「大王、辞ひたまひて位に即きたまはず。位空しくして、既に年月を経ぬ。群臣百寮、愁へて所為知らず。願はくは、大王、群の望に従ひたまひて、強に帝位に即きたまへ」とまうす。（『允恭紀』）

このことは何を意味しているのであろうか。柔弱な不具の皇子と強固な意志の持ち主の妃の組み合わせは、天皇の即位に関わる権威を掌握しているとまでは言えなくともそれを左右し得る力がオシサカノオホナカツヒメが持ち備えていたことを示している。またこれは妃が息長系である点からも可能であったと言える。次にまたこの妃が、コノハナノサクヤヒメや神功皇后のような母神的性格のあったことを示している事項として、息子雄略の出産の場面があげられる。

　　　大泊瀬天皇を産らします夕に適りて、天皇、始めて藤原宮に幸す。皇后、聞しめして恨みて曰はく……乃ち自ら出で、産殿を焼き死せむとす。（『允恭紀』）

このように母であるオシサカノオホナカツヒメが雄略天皇の誕生の際、夫の允恭天皇が弟姫の藤原宮に赴いたことを知り、嫉妬の余り「自ら出て、産殿を焼いて死せむ」としたいわゆる「火中の誕生」として書かれている。「火中での出産」というモチーフは第一節でも述べたが、日向神話のコノハナノサクヤヒメの場合と、『古事記』のサホヒメの物語が挙

げられる。コノハナノサクヤヒメがホホデミを火中で生んだのも、サホヒメが燃える稲城の中でホムチワケを生んだのも、ともに穀神の誕生を意味する。このように聖なる御子の誕生に関わるオシサカノオオナカツヒメも母神的な女性なのである。「青幡の忍坂山」とは、まさに死から生をもたらす再生の象徴としての山であると考えられる。ここでの「忍坂」と「泊瀬」の組み合わせとは、単なる地理的な意味を示すのみではなく、「死」からの再生の場としての、母の胎内への「隠り」を象徴するところの「隠国の泊瀬山」を先ず詠み、そこからの甦りである「青幡の忍坂」を共に組み込むということにより、それらの山の神である母神の持つ「再生」力への思いを表出しているのである。

4)『日本書紀』允恭天皇紀の新羅人の山ほめ

允恭天皇の崩御の際の次の挿話を通じ、この歌の底に流れる母への思いと山との重なりを考えてみることにする。

> 冬十一月に、新羅の弔使等、喪礼既にやみて還る。爰に新羅人、恒に京城の傍の耳成山　畝傍山を愛づ。即ち琴引坂に到りて、顧みて曰はく、「うねめはや、みみはや」といふ。是風俗の言語を習はず。故、畝傍山を訛りて、うねめと謂ひ、耳成山を訛りて、耳と謂へらくのみ。(『允恭紀』四十二年)

新羅から弔使らが使わされたが、彼らが帰るとき、恒のごとく、耳成山と畝傍山をほめて「うねめはや、みみなしはや」と言ったのだが、彼らに従っていた倭飼使部がこれを聞いて、采女と通じたと誤解して、王泊瀬皇子に告げたが、聞き違いであったことが後でわかったという事件が起きた。

この挿話は、普通ウネビとウネメとの、ビとメとの発音のことと考えられているが、この誤りにはもう一つは「ハヤ」の齟齬があると考える。「采女はや」と聞いた方は、この用法を、別れ、失うものへの強い

哀惜と受け取ったのに対し、新羅人はただ山を愛でたのだと言う。恐らくこのように言うものだという観念にもとづいての発言であろう。「ハヤ」の例としてヤマトタケルが亡妻を思っての「阿豆麻波夜」がある。

　　　　故、その坂に登り立ちて、三たび歎かして、「阿豆麻波夜」と詔云りたまひき。故、其の国を号して阿豆麻と謂ふ。(記・中巻)

一般的に、嘆きの言述のみが強調されているが、この中には土地の命名ということを通しての、地名の由来としての「土地ほめ」の意味がある。これは嘆きとともに、それと不可分に讃嘆の情念が了解されていたものと考えられ、讃えることと嘆くこととが辯別されないままに、一つの情念として喚体文をなしている。つまり「ハヤ」は表裏するふたつを二重のまま保ちつつ統一している。新羅人の誤用は、その二重性のうちの讃嘆を表面とするところにあった[36]。新羅人が畝傍山と耳成山に寄せた思いの深さは、この「ハヤ」に込められている。それは「極限的な状況にある対象への強い感動」の表出なのである。『允恭紀』の「爰に新羅人、恒に京城の傍の耳成山・畝傍山を愛づ」と言う記述は、彼らの山神信仰の深いことを、十分認識していたことを物語っている。このように記録されるほど彼らの「山」への執着は、前述のごとく新羅人の山への信仰と深く結びついていると考えられる。新羅の祭祀では三山、五岳以下名山大山を分けて大・中・小祀としており、このことは中国の文献にまで記されている[37]ほどであって、その山々は非常に母性的な名称を持ち、始祖の誕生とも関わっている。日本の修験道において、山に入ることが母胎に戻り、再生を意味しているように、新羅の青年集団である「花郎」にも、神霊の来臨する聖域である山とか森林での遊娯の伝説がある。これは、青年式を受ける若者がある一定の期間だけ神聖な地域に隠って、祖霊と交触するための種々の修業を行う

36）内田賢徳「記紀歌謡の方法－意味と記憶－」『万葉研究』16、塙書房、43~45頁。
37）洪容駿「日本神話と韓国神話」大林大良編『日本神話の比較研究』法政大学出版局、1974年、16頁。

という習俗の一例である[38]。新羅における祖霊とは、その山神信仰の示しているように、山の神＝母神なのである。

　縄文文化の特徴の一つとして、母性を象徴する土偶がすべて破壊された形で発見され、しかもそれは元々ある一定の部分に分離するよう造られていたが、母となるべき女、子供を宿す女、子供を育てるべき女の三形態に分けられる。土偶は母となるべき状態として誕生し、その後、母となる胎児の出生にあたり、死を与えられるものとして人為的に破壊され、死後ムラのすべてに新生の力を与えたとする。つまり土偶は懐胎ー死ー再生・誕生という輪廻観を持つ祭祀に使用されたと理解する[39]この時代には原始的な焼畑農耕が行われ、後の稲作文化における弥生文化の大地を母とする信仰に対し、彼らを守り且つ脅かすところの「山」を母なるものとしていた。彼らの山の神への思いは、土偶の持つ懐胎ー死ー再生・誕生という母神へのそれと重なりあうのである。これらの山は後の山岳信仰や霊山と呼ばれる山々とは異なり、三輪山などのような生活圏の中にある小高い山々であった[40]。泊瀬の山は、三輪山の南の麓を、東に細長く入り込んだ袋地を造り、三輪山の向かいは忍坂で、このふたつの山の間を東に分けて入ると平地がなくなって山になる[41]。『日本書紀』77番歌は、このような地形の中で詠まれているのである。

　山は母なる神の座する所であり、農耕の時代に入ってもそれは引き続き変わることがなかっただろう。『日本書紀』77番歌を、「山ほめ」歌が「死」季節の冬から「再生」の季節である春に歌われていることは、単なる自然への礼賛のみではなく、人々の心の深層にある「母胎への回帰」という再生意識表出としてもとらえ得るという点を山と母神との関わりからの解釈により試みた。

---

38) 三品彰英『新羅花朗の研究』三品彰英論文集第6巻、平凡社、151頁。
39) 義江明子「古代の村の生活と女性」『日本女性生活史』1、東京大学出版会、1990年、145頁。
40) ネリー・ナウマン『山の神』言叢社、1994年、19頁。
41) 和田吉男『泊瀬小国ー記万葉の世界』桜楓社、1991年、6頁。

　特に類歌である万葉の巻十三の3331番挽歌の「青幡の忍坂の山」という表現を叙景的なものとしてではなく、母性と再生の象徴としての「青」、雄略天皇の母としてのオシサカノオホナカツヒメを象徴する「忍坂」の二つの組み合わせとして認識することにより、この挽歌に込められた死者の再生への思いをより明らかにし得た。また、山の神が女神である点は、新羅においても同様であるものの、歌謡としての資料はなく、『日本書紀』の挿話に新羅人が山を愛でた表現がみられる。新羅の山の神が母性的な性格を有し、「花郎」たちの青年儀礼としての山や森林での遊娯を考えると、彼らの山への思いにも母胎回帰的な側面が窺える[42]のである。

　近代の代表的詩人である石川啄木は

　　故郷の山に向かひて言ふことなし故郷の山はありがたきかな

と歌っている。「ありがたい」とは、疲れた心を癒してくれる「母」的な存在であり、豊穣をもたらすところの山への思いであり、これはまさに古代の人々の山、母なる山への思いと重なり合うものなのである。

5)置目老嫗

　顕宗記に、老女置目にまつわる次のような話がある。

　　此の天皇、其の父王市辺王の御骨を求めたまふ時、淡海国に在る賎しき老嫗参出して白しけらく、「王子の御骨を埋みしは専ら吾能く知れり。亦其の御歯を以ちて知るべし。（御歯は三枝の如き押歯に坐しき）」とまをしき。爾に民を起して土を掘りて、其の御骨を求めき。即ち其の御骨を獲て、其の蚊屋野の東の山に御陵を作りて葬りたまひて、韓俗の子等を以て其の陵を守らしめたまひき。然て後に其の御骨

を持ち上りたまひき。故、還り上り坐して、其の老媼を召して、其の
失はず見置きて其の地を知りしを誉めて、名を賜ひて置目老媼と号け
たまひき。仍りて宮の内に召し入れて、敦く広く慈びたまひき。故、
其の老媼の住める屋は近く宮の辺に作りて日毎に必ず召しき。故、鐸
を大殿の戸に懸けて、其の老媼を召さむと欲ほす時は、必ず其の鐸を
引き鳴らしたまひき。爾に御歌を作みたまひき。其の歌に曰りたまひ
しく

・浅茅原　小谷を過ぎて　百伝ふ　鐸ゆらくも　置目来らしも
（記歌謡・111）

とのりたまひき。是に置目老媼白しけらく、「僕は甚耆老にき。本つ
国に退らむと欲ふ」とまをしき。故白しし随に退る時、天皇見送りて
歌曰ひたまひしく

・置目もや　淡海の置目　明日よりは　み山隠りて　見えずかもあら
む（記歌謡・112）

とうたひたまひき。

この置目老女について折口は

語部の能力が、古詞を伝承すると共に、現状や未来をも透視する方面
が考えられてきたらしい。すなわち語部と其の詞章の源発想者との間
に或区別を考えない為に、語部の物語る間にそうした能力が発揮せら
れて(神ががりの原形)新しい物語を更に語り出すものとした。顕宗紀
に見えた近江の置目などがこれである。父皇子の墓を告げて以来、大
和に居て神意を物語って、おきつべき事を教へたのであろう「おきめ」
は置き女である。予め定めおきつるのが、おくの原義である。日置部
の「おき」なども、近い将来の天象、殊に季節交替についてのおきをな
し得たからである。云々[43]。

_____

43）折口信夫「国文学の発生」『折口信夫全集』第一巻

と述べているが、まずこの二首の歌謡から置目がどのような老女で
あったのかを見ることにする。

「浅茅原」とは、短い茅の生えている野原であるが、倭迹々日百襲姫
崇神紀7年2月に「於是、天皇乃幸于神浅茅原、而会八十万神、以卜問
之。是時、神明憑倭迹々日百襲姫命」とあるように、大物主神が倭迹々
日百襲姫に神がかりし、神と交流するために標縄を結んで女が隠る場
所であった。『万葉集』では

> ・浅茅原小野に標縄結ふ空言をいかなりと言ひて君をし待たむ
> (万11・2466)
> ・浅茅原刈り標さして空言も寄そりし君が言をし待たむ (万11・2755)
> ・浅茅原小野に標結ふ空言も逢はむと聞こせ恋のなぐさに
> (万12・3063)

など「空言」の序詞に使用されているが、元来は慣用句を成していたと
みられ、一つの標野として神聖不可侵の観念を強めており巻十六の「怕
物歌三首」に

> ・天なるやささらの小野に茅草刈り草刈りばかに鶉を立つも
> (万16・3887)

天上界にあると信じられた、「神楽良(ささら)」に設定されてきている。
いずれも茅原の持つ神秘性を暗に示唆するものと言えよう。茅は血・
乳とは同語源、霊とも別物でなかった[44]。

「鐸」は、諏訪上社の鉄鐸に見られるように古来諏訪の神宝の中でも
特別な地位を占めていた重宝であり、大御立座神事にも用いられると
いう。これを身に懸けることが、即ち神意を身に添えると考えられて
いたようである。また同じものが小野神社にも蔵せられていて、平常
は神体同様の扱いを受けるが、鉄鐸がほとんど隠れてしまうほどホヤ

---

44) 小畑喜一『古代文学序説』桜楓社、1968年、311頁。

のススキと麻が結び垂れている。これらの鉄鐸は諏訪では、「宝鈴」「大鈴」「サナキの鈴」などと呼ばれているが、『古語拾遺』天石窟の段に「令天目一箇神作雑刀・斧及鉄鐸。＜古語、佐那伎＞」とあり、古くサナキと称されていたことも明らかである[45]。この記述にひき続き「手持着鐸之矛、而於石窟戸前覆誓槽」とあるが、天鈿女が天岩窟で着鐸之矛を持って宇伎槽を衝くのは、鐸の揺れ動く音が霊魂を誘発する効果を持ったからであり、更にその本義に遡れば、古く鐸の鳴る音によってその中に籠もり憑る神霊の顕現が信じられた時代があったものと考えたい。つまり、神社に吊されているような大きな鈴や、時宗の僧たちが手にしていた鉢、或いは巫覡の徒が用いることの多かった鉦・太鼓は、善霊を異界から呼び招くにせよ、邪霊を追い払うにせよ、或いは人間が神へ呼び掛ける合図にせよ、逆に神霊のたぐいが人間に呼び掛ける合図にせよ、これらの器具などによって生ずる音が、この世とあの世とを繋ぎうる特殊な霊力を持つ道具として意識されていた[46]」からである。

　「置目来らしも」の「らし」は他界について強い確信を伴った「推量」を示す。神が他界、隔絶した神々の世界について、「推量」するのが＜らし＞の基本構造である。主体・対象が共に神であるなら、その「推量」は疑問の余地のない確度の高いものとなる。また、＜らし＞の確信の根拠は「感覚」による[47]。

　　・桜田へ鶴鳴き渡る年魚市潟潮干にけらし鶴鳴き渡る（万3・271）

　高天原と葦原中国の位置を水平方向に移動した構造を持つ歌であ

45）佐野大和「佐奈伎・奴利弓」私考」斉藤忠編『日本考古学論集3(呪法と祭祀・信仰)』吉川弘文館、1986年226頁。「伴信友は「鐸考」で「ヌデはネリデの理を省ける名なりと説はれたるが如し」と云っているが、東雅(七器用)には「鐸亦読みてヌデといふは百済の方言に出し所と見えたり」とあって、朝鮮語源説をとっている。」
46）小松和彦『神隠し―異界からのいざない』弘文堂、1991年、73頁。
47）古代語誌刊行会編『古代語誌』桜楓社、1989年、159頁。

る。桜田は、広い年魚市潟の中の一角を占める。潟は、遠浅の海岸で、引き潮の時だけ姿の現れるところをいう。葦原中国の位置に相当する。ふだんは波の下に隠れている神の領域であるが、時として始源世界である海底を見せるところである。歌い手の所へ、遠くから鶴声が聞こえてくる。歌い手は、潟の出現を目にすることなく、現れた潟の霊異を鶴声の内に認めた断定を＜らし＞と表している。

　神意を告げる一種の特殊な性格を持った老媼置目、それはある意味では神とも解釈出来るわけであるが、その置目が姿を現すときには、遥かに縄に引かれて揺らぐ鐸の音が神韻と聞こえてくるのであった。＜らし＞が平安朝に「古詞」と化したのは、神々の世界が背景に退いたことを何よりも示す[48]ものであった。

　「浅茅原小谷を過ぎて百伝ふ鐸ゆらくも置目来らしも」は山の神である老媼が、その聖なる浅茅原から、鐸の音を響かせながら山を越え、谷を越えて此方へやって来る姿を詠んでいるのであり、宮の傍らの家から置目が参内するのを浅茅原や小谷を過ぎて、遥々やって来るかのように戯れて歌ったとするものではない。

　小谷は谷の浅茅原とともに「百伝ふ」の枕詞であるといわれているが[49]、遥か遠くからということの表現としてなぜ「山」が歌われなければならないのか。第二首の「み山隠りて」は、挽歌として無理なくよめる[50]のではあるが、置目が「本つ国」へ帰るというのは、第一首で詠まれている浅茅原のあるところと考えられる。山から訪れて来る神は、やがて山へと帰って行くのである。それはこの老媼が、山入りの女性として山姥の極めて古い姿を保っていることを示唆する[51]。

　古代における山と母神信仰の深さは、韓国の「山神」信仰にも顕著に現れている。これらの山神と『三国史記』に多く登場する「老媼」とは、その性格が重なり合う[52]。つまり、山神は女性として認識され、万物を

48）前掲47

49）土橋寛『古代歌謡全注釈古事記』角川書店、1972年、381頁。

50）倉塚曄子『古代の女』平凡社、1984年、265頁

51）前掲44、309頁。

成長させる母という概念がある。老媼もまたこのような性格を有し、互いに深い関連を持つ。

　老媼は山の神として母なる力の持ち主でもあった。日本の地名には「姥が懐」(うばがふところ)という地名がある。何れも暖かな南面の谷間を指す語である。そこには乳母と童子の伝説が絡んでいるものが多い。乳母と子の関係は、神に仕える巫女が神の子を育て、自分の育てた神の子の妻となるところから、母子信仰との結びつきが考えられる。「姥が懐」は母の母胎に当たる。単なる地形名ではなく、姥神と結びつけられる。姥神は母神の意味であり、神母、聖母というのとも同じである[53]。

　このような媼のもつ役割も9世紀末に成立した『竹取物語』においては、翁の陰に隠れてしまう[54]。ここでは翁の活躍ばかりが目立ち媼はほとんど登場しない。なぜ媼が登場しないのかといえば、媼は母として「養育」の役割が与えられており、養育といった家の内側に籠められた日常は、おそらく物語の描く表の世界には出てこないためだと言えるだろう。そしてそれが強調されるのが9世紀という時代の家族における母の役割だった。

第2節　万葉集に見る母性の詩的表現

1. はぐくみの「鶴」と「手」

　万葉集における「喩」の象徴的イメージは「寄物陳思」と「正述心緒」において随所にみられる。とりわけ、寄物陳思においてそれは濃厚である。このような事実は作者の表現意識の中にはすでに「喩」の意識が受

---

52) 姜英卿『新羅伝統信仰の政治・社会的機能研究』博士学位論文淑明女子大(ソウル)1991年
53) 谷川健一『日本の地名』岩波新書、1997年、95頁。
54) 三浦佑乃『万葉人の「家族」誌ー律令国家成立の衝撃』講談社、1996年、258頁。

け手の理解の問題まで考慮に入れて、歌作の契機としてはじまってい
たのである。

　　　・葛飾の真間の浦廻をこぐ船の船人騒く浪立つらしも（万14・3349）

上記の歌をアララギの歌人たちは叙景歌として受け取ったが、そうで
はなく、荒びた自分の心を叙しているのだとも解釈することができる。
作歌の現場の比喩として「全体喩」ともみられる。防人歌をみれば

　　　・松の木の並みたる見れば家人のわれを見送ると立たりしもころ

　　　　　　　　　　　　　　　　　　　　　　　　（万20・4375）

と「松並木がズラッと並んでいるのを見ると、自分が出発する時に送っ
てくれた人々を見るようだ」という表現意識であるが、「松」には懸詞と
しての「待つ」があることから、松と人物を比喩として、重ね合わせた
伝統的表現意識が察せられるのである。くねくねと曲がっている松の
列が、いろいろな格好をして手を振ったり、お辞儀をしたりしている
複数の人間のイメージと対応しているのである。言語としての「松＝待
つ」が見送る人の行列の映像把握に基づいている映像の喚起力、あるい
は映像の受け手の感性が時代を隔てて今日のわれわれの胸に迫ってく
るのである。このようなイメージの重層を母への想いの表現意識に基
づき「母＝鶴」「母＝手」のイメージをとおして察することにする。
　日本では鳥は霊界の使者とみなされていた。記紀が伝える天若日子
の話や、『古事記』が語る英雄倭建命の死、その魂が白智鳥に化して永
遠に飛翔する描写もその例としてあげられよう。倭建命の魂が八尋白
智鳥と化したのは言うまでもなく、鳥を霊的存在とする古代的霊魂観
に基づく発想であろうし、自由に天と地の間に飛翔できる鳥への憧れ
という悲願の現実[55]でもある。このように古代的霊魂感では、鳥は天
と地の間を自由に往来できる霊的存在であるが、日常的な感覚からし

---

55) 張竜妹「古代の鳥ー心の遊離」『国語と国文学』1997年6月号

ては、鳥はまた自由に現実から離脱することのできる、憧れの存在で
もあった。思う人と引き裂かれている場合など、自身を取り囲む現実
から脱出しようと思ってもできないわが身と対象的な鳥の存在への憧
憬はかなり強いものであったと思われる。然し、記紀歌謡の中での比
喩の技法は言語的な関心にとどまりがちな点で万葉歌との相違が見ら
れる。つまり多様な物象現象が固有の心象風景になるためには記紀歌
謡のそれは余りに断片的、あるいは日常的に過ぎるのである。心象を
現わす叙述と事物現象を描く叙述とが対応しあう形式が「心物対応構造」
であり、感性的な響き合いの関係によって和歌が独自のイメージの世
界を形象することができたと言うことである。例えば

　　　・大和恋ひ寝の宿らえぬに情なくこの渚埼廻に鶴鳴くべしや（万1・71）

文武天皇の歌であるが、孤独な鶴の鳴き声によって故地大和への郷愁
をかたどっている。いずれも固有の心象の風景を成り立たせているの
である[56]が、こうした風景の固有性を万葉作家の個々が至大に確立し
ていく。
　山上憶良の歌には鳥がしばしば登場する。前掲の「男子名は古日に恋
ふる歌三首」の長歌では「手に持てる我が子飛ばしつ」と子の死を鳥の飛
翔に譬えているが、「惑へる情を反さしむるの歌」での「もち鳥」は

　　　・父母を見れば尊し　妻子見れば　めぐし愛し　世の中は　かくぞ道
　　　　理　もち鳥の　かからはしもよ　行方知らねば……（万5・800）

父母妻子の関係という現実の中に身を委ねる他無いと認識しながら、
なお底流として執拗に現実からの離脱を希求するという離脱の願いを
飛翔というイメージとして抱いていたことの現れ[57]であり

56）鈴木日出男「記紀万葉と万葉和歌の叙情ー鳥の歌をめぐって」日本文学研究
　　資料叢書『古代歌謡』有精堂1985年、236頁。
57）高野正美「憶良と鳥」『万葉の発想』桜楓社、1997年。

・天飛ぶや鳥にもがもや都まで送り申して飛び帰るもの（万5・876）
・世間を憂しとやさしと思へども飛びたちかねつ鳥にしあらねば

（万5・893）

「鳥にしあらねば」は、鳥ではないことが自明な事柄でもあるにもかかわらず、あえて「鳥」を持ち出し、「鳥」に執拗する。この意識の底には、なお断ち切れぬ飛翔への願いが宿されている。憶良は鳥には成りきれなかったのである。

　一方、子を偲う数少ない歌の中に「鶴」が詠まれている。

　　　大伴坂上郎女従竹田庄贈女子大嬢歌二首(中一首)
　　・うち渡す竹田の原に鳴く鶴の間無く時無し吾が恋ふらくは

（万4・760）

　　　天平五年癸酉、遣唐使舶発難波入海之時、親母贈子歌一首并短歌
　　・旅人の宿りせむ野に霜降らば我が子羽ぐくめ天の鶴群（万9・1791）

「鶴」は「タヅ」とよばれ、「タヅ」を擬声語とする見方もあるが、「ツル」と「タヅ」の語形上の関係は明らかにされておらず、韓国語の「turum」との関係が言われている[58]。柳田国男は、女性のもつ霊力を「妹の力」と表現したが、その中で「母一人子一人」の結合することに一つの意味を求めようとした。子を背負った母親が、大水を止めるためには自分達を生き埋めにすると良いと申し出る人柱伝説において、母親独りですむはずなのに、何故子を一緒にして二人で死のうとするのか。そして母と子が投身するという説明に対し、それを聞く人々が何の疑問を感じないのか。そして人柱となった母親の名に「鶴」がしばしば採用されている点は偶然ではないとするのである。鶴は、現世と他界を往復する力を持つとされる故に、両義性を帯びていると信じられていた[59]。又、761番歌でも「鳥のよしを」とよりどころのない鳥に、母から離れ、

58) 村山七郎「日本語の系統と語彙」『日本語の語彙の特長』(明治書院)25頁。
59) 宮田登『ヒメの民俗学』青土社、1987、109頁。

淋しくいる我が子を比喩し、鳥に感情移入をしている。

　760番歌では、田庄に滞在する時、眼前に広がる広い原とわびしげな鶴の鳴き声がそのままに作者郎女の娘を思う心(60)をひきだしている。鶴の鳴き声は

　　・夕にあさりする鶴潮満てば沖波高み己妻呼ばふ（万7・1165）

満ち潮の立ち去り時を告げる警告であるかもしれないが、不安におののいて、互いに相棒を呼び合う心細さがうけとられる(61)。『白氏文集』「新楽府」の「五絃弾」の一句に

　　・第三第四絃冷冷　夜鶴憶子籠中鳴

とあり、霜の夜に子をはぐくみ、籠の中で悲痛な声をたてている鶴の習性が、人々に知られていた(62)ともいえる。大伴坂上郎女は母として、家恋しく娘恋しい心と田舎での淋しい思いが、鶴の鳴き声によりつのるのであり、遣唐使の母は自分が羽ぐくむことのできない代わりに羽ぐくんで欲しいと「わが身と鶴を錯覚し、一緒に行くと言わずに、遠い土地のものに願望を托した」(63)のである。

　ここでも憶良の如く「鳥」と「願望」が重なり合うのではあるが、その願望は全く反対の方向に向けられている。母たちの願望は決して彼のそれのように「わが身の飛翔を断念せねばならないところからの心の飛翔(64)」なのではなく「願望と自己とを一体となしえた飛翔」なのである。それは「自然との間を自在に往復し、自然そのものになりきってしまうことができるという感性に支えられているのであり、女の魂は生身の

60）服部喜美子『万葉女流歌人の研究』桜楓社、1985年、149頁。
61）犬養孝「万葉の鶴—しほひ・しほみち」（関西大学国文学52号）181頁。
62）池田弥三郎『万葉人の一生』講談社、66頁。
63）前掲57。
64）中西進『万葉の長歌 下』教育出版、1982年

肉体から遊離しやすいこととも表裏の関係にある」65)とする女性に独特に備わっている感性として、人にも物にも、植物や動物にも、ある時不思議な分身感を飛躍的に持つ66)ことができるからなのである。この分身感と一体感こそは「母なるもの」であるといえる。このような感性と母が子を思う愛が重なり合い、美しい母の歌が歌いあげられたのである。

　憶良は愛子の死を受け入れる表現として「手に持てる我が子飛ばしつ」と歌っているが、この「手に持てる我が子」とは斬新な詩句であり67)古日がかけがえのない「ひとり子」であったことから導かれた表現であろうと思われる。

　「手」を詩語としてみると、正述心緒でも「たらちねの母が手離れ」(万11・2368)と子供の成長が母の手元を離れると表現され「大切に守り育てる」という母のイメージと重なる。これはまた「仏像における手」として具象化されている。確かに『万葉集』が仏教的美術作品と仏教それ自身からほとんど影響を受けなかったということを、どのように説明するかという問題点はあるが、当時の写経文献によると、「奈良時代の寺院や貴族の私宅には、多数の密教経典が所蔵されたが、観音経典にみれば、千手観音関係の経典が最も多い」68)のであった。この「千手観音」とは正に、仏教における手のイメージの象徴ではないだろうか。「千の手」の描き出すイメージは和辻哲郎が述べる如く

　　　　かつて、ラインハルトの試みた「奇蹟」の舞台写真を見たことがある。数百の一あるいは千以上の手が中央の高い壇上に立つ女主人公に向かって高くささげられている光景である。わたくしは、この手の効果にうたれた。しかし、今思えば、純粋に手の効果をねらった芸術として、すでに千手観音というものがあったのである69)。

65) 久富木原玲「女歌的なるもの」『国文学』1987年、1、9頁。
66) 馬場あき子「女流歌人の特質」『短歌』1986年、11。
67) 伊藤博『万葉のこころ』塙書房、1983年、197頁。
68) 速水侑『観音信仰』吉川弘文館、1986年、60頁。
69) 和辻哲郎「古寺巡礼」144頁。

千の手によって生みだされる奇異な力と観音のもつ慈悲の力が重なり
あい、観音信仰の中でも、千手観音が特異な存在となったのであろう。
日本霊異記下巻の「二目盲男敬称千手観音日摩尼手以現得明眼縁第十二」
の説話も「観音の功徳と盲人の信心の深さ」を説いており、千手観音の
慈悲のイメージが浮きあがってくるのである[70]。仏教的な「慈悲」の象
徴としての手と、親の子への深い愛情の象徴としての手のイメージの
重なりにより憶良は「手に持てるわが子飛ばしつ」とこの上もなくいと
おしく愛でた古子を「手に持てる」と表現している。

2. 命を隠める白玉と繭玉

1)白玉

　「タマ」は古代における霊魂観念を現す言葉の代表的なものである。
古代の霊魂観念の代表的なものとしては、タマ、カミ、チ、モノ、オ
ニがあるがこの中で最も原初的な観念がタマで、タマのよい面から神
が成立し、タマの悪い面からモノ(オニも同じ観念)が発生した[71]とす
る一方、チは一つの神秘的な力能、タマは人の子やその他の生物(動物
でも植物でも)、鉱物にさえこれを生かすものとしてのあるもので、そ
れは玉のように丸いもの、光り輝くものそしてミタマノフユ・タマフ
リの語が表しているように、殖え、触る力能を本質的に供えているも
のとする。タマが表す霊力・生命力の観念は、タマの語以前に「チ」・
「ニ」・「ヒ」・「ケ」・「イ(ユ)」などの一音節の古い日本語が表していた。
それらは古典に於いては単独には存在しないが、他の独立語又は付属
語と複合して、名詞や動詞として用いられたものが記紀や『万葉集』に
見えている。タマという二音節の語は、それ以前の一音節の語が表し
ていた霊力の観念を表すと共に、一音節の語が表すことの少なかった

---

70)　金東旭「新羅観音信仰と祷千手大悲歌」においても、「慈母と祈子」と表現し
　　ている。
71)　折口信夫「オニの話」「霊魂の話」「鉢巻きの話」『折口信夫全集』第三巻。

霊魂の観念[72]をも表している。

　「玉」とは、このように霊を具体的に象徴するもので、それは丸い物と考えられていた。宝石や真珠に限らず丸い石や貝、竹の管や植物の実などをも言うが、「しらたま」は万葉中32例見られ、白い玉であるが、既に「真珠」の文字を当てたものが3例あり、真珠が代表的な白玉だったと見られる。しかし、古墳時代の真珠が発掘されることはほとんどない。一方、昭和54年に発見された太安麻呂の墓からは4個の真珠が出ている。伊勢・志摩方面の海で採れたもので極めて良質のものと鑑定されていて、真珠が白玉の代表と見られるようになるのは万葉の時代[73]とも考えられる。古代人にとって真珠は正に受胎のシンボルであり、至る所で貝殻・真珠は愛と結婚の印に囲まれて姿を現し、葬儀儀礼の中では正に復活を意味しているのである。更に水性と生殖力の象徴であった真珠は、後に強精剤となり、媚薬となった[74]のである。

　　　　為贈京家願真珠歌一首并短歌
・珠洲の海人の　沖つ御神に　い渡りて　潜き取るといふ　鰒玉　五百箇　もがも　はしきよし　妻の命の　衣手の　別れし時よ　ぬばたまの　夜床片さり　朝寝髪　掻きも梳らず　出でて来し　月日数みつつ　嘆くらむ　心なぐさよ　ほととぎす　来鳴く五月の　あやめ草　花橘に　貫き交へ　かづらにせよと　包みて遣らむ（18・4101）
・白玉の五百つ集ひを手にむすびおこせむ海人はむかしくもあるか
　　　　　　　　　　　　　　　　　　　　　　　　　（万18・4105）
・……玉の浦に　船を留めて　浜びより　浦磯を見つつ　泣く子なす　音　のみし泣かゆ　わたつみの　手巻の玉を　家づとに　妹に遣らむと　拾ひ取り　袖には入れて　帰し遣る　使なければ　持てれども　験をなみと　また置きつるかも（万15・3627）

万葉人にとり、求めて止まぬものが真珠であったが、良質の真珠を求

72）土橋寛『日本古代の呪祷と説話』塙書房、1989年、227頁。
73）稲岡耕二編『万葉の歌ことば辞典』有斐閣、1985年、207頁。
74）エリアーデ『イメージとシンボル』せりか書房、1971年、167～189頁。

めることは命がけであった。

　　　・大海の海底照らし石著く玉斎ひて採らむ風な吹きそね (万7・1319)
　　　・海神の持てる白玉見まりく欲り千たびぞ告りし潜きする海人
　　　　　　　　　　　　　　　　　　　　　　　　　　　　(万7・1302)
　　　・潜きする海人は告れども海神の心し得ねば見ゆといはなくに
　　　　　　　　　　　　　　　　　　　　　　　　　　　　(万7・1303)

いくら唱えても、海神の心を得ずしては(玉)に逢えないのであり、正
に母の許しが無くては恋は結ばれることはないのである。

　　　・玉主に玉は授けてかつがつも枕とわれはいざ二人寝む (万4・652)

大伴坂上郎女のこの歌の「玉」、「玉主」については諸説があるが、「玉」
を大嬢、「玉主」を娘を託すべき婿家持ととれる。最愛の娘を子供同様
に可愛がってきたとはいえ自分とは別個の人格である一人の男性の妻
として手放す淋しさの中にも、なにやらほっとした安堵の溜め息も窺
えるようである。

　　　為家婦贈在京尊母所誂作歌一首并短歌
　　・ほととぎす　来鳴く五月に　咲きにほふ　花橘の　かぐはしき　親
　　　の　御言　朝夕に　聞かぬ日まねく　天離る　鄙にし居れば　あし
　　　ひきの　山のたをりに　立つ雲を　よそのみ見つつ　嘆くそら　安
　　　けなくに　思ふそら　苦しきものを　奈呉の海人の　潜き取るとい
　　　ふ　白玉の　見が欲し御面　直向ひ　見む時までは　松柏の　栄え
　　　いまさね　貴き我が　君 (万19・4169)

　　　従京師来贈歌一首并短歌
　　・海神の　神の命の　み櫛笥に　貯ひ置きて　斎くとふ　玉にまさり
　　　て　思へりし　我が子にはあれど　うつせみの　世の理と　ますら
　　　をの　引きのまにまに　しなざかる　越道をさして　延ふ蔦の　別

　　　　れにしより　沖つ波　撓む眉引き　大船の　ゆくらゆくらに　面影
　　　　に　もとな見えつつ　かく恋ひば　老いづく我が身　けだし　堪へ
　　　　むかも　(万19・4220)

母と娘の愛情を繋ぎ合う象徴は正に海深く海神の守る真珠であった。
真珠とは、母に固く守られ美しく成長した娘である妹であり、また母
と娘の心を結ぶ象徴として詠みあげている。大事な娘を守るが故にこ
そ、母は恋の障碍にもなりうるのであった。その深層にあるものは、
母に固く守られた貴い子のイメージであると言える。

2)繭玉

　　　・夏蚕の衣二重着て隠み宿りは良くもあらず　＜紀・49＞

　この歌の意味は「夏蚕は二度繭を作ってこもりますが、二人の妃を
娶ってその中にこもり宿るようなことは決してよくはありません」とい
うことである。「ムミ」は一般的な虫のほかに蚕をいうこともあり、「ヒ
ムミの衣」とは繭のこととみれる「夏蚕」の習性を充分知った[75]上での歌
であろう。
　『万葉集』には「繭隠り」は

　　　・たらちねの母が養ふ蚕の繭隠り隠れる妹を見むよしもがも
　　　　　　　　　　　　　　　　　　　　　　　　　　　(万11・2495)
　　　・あらたまの　年は来さりて　玉梓の　使ひの来ねば　霞立つ　長き
　　　　春日を　天地に　思ひ足らはし　たらちねの　母が養ふ蚕の　繭隠
　　　　り　息づき渡り　我が恋ふる　心の中を　人に言ふ　ものにしあら
　　　　ねば……　(万13・3258)

「繭ごもり」という歌語は何を意味しているのであろうか。「繭」と「隠り」

---

75) 土橋寛『古代歌謡全注釈』日本書紀編、角川書店、1976年、175頁。

に分けて考えてみる。いずれも「たらちねの母がかふ蚕の繭」であり、繭の中にいるのは女性、それも「母が養ふ」乙女である。

　万葉集中「たらちねの母」の例は23例である。それらは次の5種に整理することができる。

　　①女歌にその女を産み育てて監督している母(1774・2364・2368・2517
　　　・2527・2537・2557・2570・3102・3285・3314・3811)
　　②母という人のなりわいを歌う(1537・2991・3258)
　　③旅先に客死した男子の、家に待つ母(443・3688・3691)
　　④防人の、家に待つ母(4331・4384・4398)
　　⑤家持の娘婿藤原二郎の尊母(4214)

他に「たらつねの母」(11・2494)「たらちしの母」(5・887)「たらちしや母」(5・886)「たらちし母」(16・3791)と歌う例がある。

　「たらちねの」語義は未だ明らかにされていない。記紀などに例がなく、古い用例を見ることができない。万葉集では訓辞表記の場合「帯乳根ノ」「足乳根ノ」「垂乳根ノ」「足千根ノ」「垂乳為」とあり、「帯」は古代人の人名に「帯」が「タラシ」としてよく用いられ、やはり充足しているという讃詞であったから「垂」「足」と同意であろう。それによれば、タラは垂れる意より満ち足りている意の方が強いと言える。チは「乳」「千」が用いられているが、「乳」は具体物を指しているので「たらちねの」の語が与える語感として、「乳」の意が存在したことを確認することができる。「たらちねの母」と歌う心は、その子を産み、乳房をふくらませて育てた母なる人を意識しないではあり得ない[76]。

　「蚕」のことを「ヒメコ」と呼ぶ例として雄略紀6年三月条があげられる。

　　　天皇、后妃をして親ら桑こかしめて、蚕の事を勧めむと欲す。蜾蠃
　　に命せて、国内の蚕を聚めしめたまふ。是に、蜾蠃誤りて嬰児を聚め

---

76) 小野寛「大伴家持の母をめぐって」『駒沢国文』20、1983年。

　　　て、天皇に奉献る、天皇大きに咲ぎたまひて、嬰児を蜾蠃に賜ひて日
　　　はく、「汝、自ら養へ」とのたまふ。即ち嬰児を蜾蠃宮墻の下に養す。
　　　よりて姓を賜ひて、少子部連とす。

　「ヒメコ」を「嬰児」若い女性、乙女と錯覚したのであるが、これは蚕が
一般的なものではなかったことをも示しているのではないだろうか。
　　もう一例として『風土記』の「播磨国飾磨郡」に昔、大汝命の子、火明
命が強情で行いが荒々しい為、その子を因達の神山に置き去りにしよ
うとしたが、逆に苦しい目にあわされた時、地名の由来として「蚕子落
ちし処は、即ち日女道丘と号く」とし「蚕」を「ヒメ」または「ヒメコ」と呼
んでいる。
　　このように蚕を「ヒメコ」と見なすことは中国の文献にも見られる。
娘が蚕になることは、『山海経』海外北経に「欧糸の野というものが、大
踵の東にある。一人の娘が跪づいて、木に拠まって糸を吐いている。
(桑を食べて糸を吐くという意味である。つまり蚕のたぐいであろう)」
とあり、これは『原花伝拾遺』の「馬頭娘」と同系列の断片であると考え
られる。

　　　　上古高辛帝の時代、ある男が捕虜となり、その妻が夫の乗馬に向
　　　かって、「もしおまえが夫を連れて帰って来てくれたなら、娘を嫁に
　　　やるのだが。」と言ったところ、馬は急に走り出し、夫を連れて帰っ
　　　て来た。ところが、馬は帰ってきても、鳴いてばかりいて馬草を食べ
　　　ようともしない。夫は妻からその事情を聞くや、怒ってこの馬を殺し
　　　てしまい、その皮を庭に曝しておいた。するとこの皮は側を通りか
　　　かった娘を巻き込んで桑の上に舞い上がった。娘はそのまま蚕とな
　　　り、桑の葉を食べて糸を吐くようになった。これが蚕の始まりで、
　　　人々はこの娘を馬頭娘と呼び、養蚕の神として信仰したという[77]。

　「蚕」つまり繭の中にいるサナギを「乙女」と考えることは、これら中国

───────────
77)『山海経・列仙伝』全釈漢文大系、集英社、1975年、423頁。なお、『捜神記』
　　巻14にも「馬の恋」として此と同類の話がある。

の漢籍による影響も見逃すことはできないと考える。

　「繭隠り」の「隠り」は、折口信夫が古代霊魂観のポイントとして指摘している[78]。「隠り」とは外界から遮断された空間の中に身をおく状態を意味し、「隠り」の空間とは一種の聖空間である。ここでは「再生の場としての隠り」と「神迎えの場としての隠り」を考えてみる。

　生命力を再生させる場として考えるならば「繭隠り」とは、サナギが繭にこもり、羽化して蛾に生まれ変わる不思議は、見るものに再生にあずかる「隠り」の神秘を納得させたに違いない。磐之媛物語の中で、『古事記』には、仁徳天皇が、皇后の留守に八田若郎女を婚ったことに怒り、筒木の奴理能美という韓人の家に滞在する話があるが、この奴理能美が養う虫は、「一度ははふ虫に為り、一度は鼓に為り、一度は飛ぶ鳥に為りて、三色に変わる奇しき虫有り」と表現され、最初は渡来系の人によって飼われ珍しい物とされていたのである。卵生の鳥や蛇も変形はするのであるが、蝶のそれは最も激しいのである。

　次に神迎えのための忌みの状態も「隠り」であると考えられる。この場は、外界から遮断された聖空間である。この神迎えの典型的な例は、笠狭の御崎の波打ち際に「八尋殿」を建て、瓊瓊杵尊の来臨を迎えた大山祇神の女、磐長媛と木花開耶姫姉妹の物語であるが、この「八尋殿」は別に「無戸室」「無戸八尋殿」と表記されるように「隠り」の場の密室性をよく示している[79]。これは正に風が当た暖かい穴倉の「蚕室」と重なるものである。また、この磐長姫という名は、磐之媛と姻故を引くものであり、神代の織姫と磐之媛との繋がり[80]が考えられる。

　土の民にとり「養蚕」が、母に守られた娘＝蚕であるのとともに、海の民にとっては、娘＝真珠という、何れも女性の生業と深く結びついたところの多くの恋の歌が詠まれているのであり、此の恋を牛耳る母の力は、其の生業を担う女たちの姿の現れでもあると言えよう。

78）折口信夫「若水の話」「霊魂の話」全集23巻。
79）古代語誌刊行会編『古代語を読む』桜楓社、1988年。
80）高崎正秀『文学以前』桜楓社、1958年、200頁。

3. 母胎としての「斎瓮」

1)「イハフ」と「コヒノム」

祈祷と普遍的に我と汝の特徴をもった抒情形態であるが、根本的には、最高の存在に対して請願する様式であることが察せられる。つまり、神格的対象に対する懇願が必要素である。祈りとは、神とその神を信ずる人との間の心と心の交わりである。しかしながら、祈りが行われるのは有神的な宗教体系に限る。たとえば、原始仏教や禅体系には祈りはない。祈りの相手になる神が存在しない[81]からである。このような祈祷は、祈祷自体が請願呪術よりはじまったと言われる点からも、呪言的特性を排除することはできないが、一般的祈祷と呪言にまつわる祈祷の区分については、

> 祈祷の言語は、その語調に制限を受けず、即興的であるがゆえに、特別なる場合を除いては、stereotypeな形態とその反復がある場合もある。これに比べて呪術に使用される呪言は、その古体的な意味よりも、語音に含まれている潜在力がより重要である[82]。

つまり、呪術は超自然的な能力をよびおこそうとする場合、その行為自身(呪言)が超自然的能力を発動させる効力をもつようになるのである。

古代の呪術信仰の表現として「イハフ」「イム」「ハラフ」「ホカフ」「マツル」「トコフ」「ノロフ」が挙げられる。「ワザハヒ」や「ケガレ」を近づけまいとして「イハフ」「ワザハヒ」や「ケガレ」に近づくまいとして「イム」「ワザハイ」や「ケガレ」を遠避けようとして「ハラフ」「サヒハヒ」を得ようとして「ホク」あるいは「ホカフ」、神のたたりによる「ワザハヒ」を逃れようとして神を「マツル」、他人に「ワザハヒ」を蒙らせようとして「トコフ」「ノロフ」[83]のであった。

---

81) 岸本英夫『宗教学』大明堂、56頁。
82) 宋哲来『韓日古代歌謡の比較研究』学文社1983年、73頁。

　「イハフ」は「イ（ユ）」並びにその一連の「イム」と繋がっていることは、共に「斎」という文字表記で通じ合っていることから確認される。従って「イハフ」は「イム」と近似する「ケガレ」を遠避けようとする禁忌性を負った語であることは言える。

　　　・誰れぞこの屋の戸押そぶる新嘗に我が背を遣りて斎ふこの戸を
　　　　　　　　　　　　　　　　　　　　　　　　　　　　　（万14・3460）

というように、新嘗祭の時、女が男を近づけない物忌み生活をしていると、戸を叩く音がする。誰なのかと、祭りの日の禁忌とそれが破られる緊張感をあまり重々しくない調子で歌っている。また「イハフ」は禊ぎに関しても用いられている。

　　　・玉くせの清き川原にみそぎして斎ふ命は妹がためこそ（万11・2403）

　「アガフ」「コヒノム」も現代語の祈るの意味で用いられているが、「イハフ」は自分の身の潔斎を前提としている。「コヒノム」は

　　　・……乱るる心　言に出でて　言はばゆゆしみ　砺波山　手向けの神
　　　　に　幣奉り　我が　祈ひ祷まく　はしけやし　君が直香を　ま幸く
　　　　も　ありたもとほり　月立たば　時もかはさず　なでしこが　花の
　　　　盛りに　相見しめとぞ（万17・4008）

のように後に旅の安全祈願詞「はしけやし……相見しめ」が続くのに対し、「イハフ」は祈願の言葉が表現されずに内包されているという点が特徴である[84]
　山上憶良の「恋男子名古日歌」は、第二章で述べたように子の死を悲しむ父の深い愛情表出であると言えるが、彼の祈りは「まそ鏡手に取り

83）金子武雄『上代の呪術信仰』。
84）古代語誌刊行会編『古代語誌Ⅱ』桜楓社、1989年。

持ちて天つ神仰ぎ乞ひ祈り」「国つ神伏して額づきかからづもかかりも
神のまにまに立ちあざりわれ乞ひ祈めど」と呪力による潜在力、言霊信
仰が内在[85]している。ここでの祈りは原始的集団詠唱にみられる如き、
祈願の言葉の表出された形態という「コヒノム」が用いられている。

2)イハヒ瓫

「イ」は祭りの祭具、施設に対して用いられ、それは神聖化すること
によって神聖性を帯びたものである。神聖化することは「イハフ」で「イ
槻」はそれ自身が神聖な木であるのに対し

　　　・天飛ぶや軽の社の斎ひ槻幾代まであらむ隠り妻ぞも（万11・2656）

「イハイ槻」は神社の境内の槻木をイハヒヌシ(斎主。神主のこと)が神
木として神聖化したものであり、神聖化するとは俗なる樹とは聖別す
ることであり、それを犯したものは神罰を蒙る。神祭に用いる瓫も物
そのものは俗なる瓫と異なる物ではないが、

　　　天平五年癸酉遣唐使舶発難波入海之時親母贈子歌一首并短歌
　　　・秋萩を　妻どふ鹿こそ　独り子に　子持てりといへ　鹿子じもの
　　　　我が独り子の　草枕　旅にし行けば　竹玉を　繁に貫き垂れ　斎瓫
　　　　に　木綿取り垂でて　斎ひつつ　我が思ふ我が子　ま幸くありこそ
　　　　　　　　　　　　　　　　　　　　　　　　　　　　（万9・1790）

神まつりの用に供するために、木綿を取り垂でて神化した物[86]が「イハ
ヒ瓫」でありイツ瓫でもある。しかしこれだけでは何故それが「瓫」でな
ければならないのかの説明とはなり得ない。
　「瓫」とはいわゆる中が虚ろな物で短頸又は長頸の壺のことである。

---

85) 前掲80、74頁
86) 土橋寛『日本古代の呪祷と説話』塙書房、1989年、204頁。

酒食を入れるとされているが、太宰府の須恵器出土状況によると壺中には水晶、小石が詰まっていた例もある。これは単なる酒器ではなかったことを示している[87]。「イハイ瓮」の外にも「於味白梼之言八十禍津日前居玖訶瓮」(允恭記)の「クカヘ」などがある。このような虚ろな物ー箱・曲げ物・壺などーはその中に神が宿るとする古来からの信仰があり[88]。1790番歌に見られるように、旅人を「イハイテ待つ」具体的方法として「イハイベ」を据える、置くという行為が認められるが、これは旅に限ったことではなかった。

　古事記では孝霊記に「針間の氷川の前に忌瓮を据えて」、崇神記に「丸迩坂に忌瓮を居へて」と、戦いの際にも「イハイベ」は用いられた。これには境を定めたとする説もあるが、古事記伝や古事記注釈が指摘するように、戦勝祈願と捉えられる。なぜこのように「地中に掘り据える」物であったのか。単なる酒器であれば何故その必要があったのか。「イハイベ」とはそこに隠るべき母なる大地の懐を象徴していた。

　明白な理由によって、女は容器として経験される。女を肉体＝容器と見ることは、子供を自分の「内」で育み、また男が性行為においてその「中」に入る女についての人間経験の自然な表現である。女性の人格とその中で子供が庇護される包含する肉体＝容器との同一性は、女性存在の基盤に属する。その故に女はただ単に、他の身体も全てそうであるように、何かを自分自身の内に含む容器であるだけでなく、彼女自身にとってもまた男性にとっても、その中で生命が形成されあらゆる生物を育み、それを自分自身の中から世界へ放出する「生命の容器そのもの[89]」なのであり、実際古代において壺そのものが、或いは壺に目鼻を付けたものが神として、信仰の対象となっていた例は多い。このような太母的女性神と壺のような容器との自然的な結びつきは「太母元型」に由来する、人類の文化に普遍的な発想の一つと認められる[90]。

87) 稲岡耕二編『万葉の歌ことば辞典』有斐閣選書、1985年、60頁。
88) 柳田国男『定本..柳田国男集』第9巻。「ウツボ船漂着神話」における瓢もこの
　　例である)
89) ノイマン『グレートまざー』ナツメ社、1982年、42頁。
90) 吉田敦彦『神話と近親相姦』青土社、1993年、194〜200頁。

出雲国造神賀詞に

> ・……国作りましし大なもちの命二柱の神を始めて、百八十六社に坐す皇神等を、某甲が弱肩に太襷取り掛けて、いつ幣の緒結び、天のみかび冠りて、いづの真屋に薦草をいづの席と刈り敷きて、いつへ黒益、天のみかわに斎籠もりて、しづ宮に忌ひ静め仕へまつりて……

とあり、これは聖なる忌みこもりを経て新任の国造が誕生する儀礼過程を述べたものである。神聖な装束をし、浄められたムロ屋に穢れなき新草を敷き「天のみかわに斎み籠もる」という。「ミカ(甕)」は「へ(瓮)」と同じく酒などを盛る器で、両者の間にそれ程厳密な区別はなかったらしい。強いていえば大きさの違いで、ミカには一石入りというのもあった。これを単なる酒器とはかんがえられない。「ミカワに」の「に」は解釈しがたい。これはミカの中に忌み隠ることと考えられる。現に隠ったかどうかは別として、忌み隠るべき大地の懐を象徴するものであったとみなせば、こういう表現が生まれてもおかしくはない[91]。

> ・大君の命に去れば父母を斎瓮と置きて参ゐて来にしを（万20・4393）

父母を斎瓮としておいてやってきたと歌っているが、ここでは父母が「斎瓮」でないのは当然で、旅の無事を祈るために留守家族が「斎瓮」を据えて無事を祈るということである。そしてその無事を祈るのも母である。したがって「斎瓮」というのは「両親、特に母を斎瓮を据えて無事を祈る人として家に残して」という意味にとれ[92]斎瓮にこめられた母のイメージが表出されていると言える。このような「斎瓮」は枕元や床の辺に据えることが多かったようだ。

91）前掲50、213頁。
92）前掲53、253頁。

・……夕占問ひ　石占もちて　我がやどに　みもろを立てて　枕辺に　斎瓮を据ゑ　竹玉を　間なく貫き垂れ　木綿たすき　かひなに懸けて　天なる　ささらの　小野の　七節菅　手に取り持ちてひさかたの　天の川原に……（万3・420）

床は共寝の場所であるから、旅人が帰ってきて再び共寝をなし得るように、という祈願の言葉が、このような定型的な表現を生み出したものと考えられるが、『古事記』には次のような例が見られる。

三輪の大物主が丹塗矢になってセヤタラヒメに接近する。姫がこの矢を取り、「床辺」に置くとたちまち麗しい男に変じ、姫に婚した。そして生まれた子が神武の妃である[93]。次例はイクタマヨリビメのもとに毎夜通いくる素姓不明の男の正体を見破るために両親が姫に授けた策を赤土を「床前」に散らし、紡麻を針に貫き男の襴に指す[94]、というものだった。両例とも神の出現、すなわち神と巫女との神婚の場を「床」といったものである。「床」とは具体的には、屋内の板張りをした平面の中で、それよりも畳などを敷いて一段高くした一隅をいう。「床の間」もそのかたちである。そこは高貴な人の座であったり、神を招く座であったりもした[95]のだろう。

床や枕は共寝や夢見のために欠かせないものであり、神婚の道具である。従って家の中で床や枕のある場所は、神と「辺」とは、「沖津鏡。辺津鏡」（記・応神）などのように、沖（沖・奥）と対で表現されることが多い。「山城国風土記逸文」は、妊娠中の妻のために海草を取りに行って男が海辺知で笛を吹いて竜神の耳に取られたという話がある。「辺」

93）『古事記』中巻神武天皇
94）『古事記』中巻崇神天皇
95）このような例は韓国の巫の生活にも見られる。秋葉隆『韓国巫女俗の現地研究』名著出版、1980年、145頁。
　　　済州島の巫女の家では、西北隅の薄暗い穀房に神を祀っている。部屋の正面奥の天上近くに二本の丸太を渡して棚を造り、ここに神行李や神缸、神刀などを祀っている。神缸は巫堂神将マウルと称して、巫神を祀ったものであるが、このように神々を行李および缸の中に祀って、丸木の棚の上に奉ずるもので、画像などの無いのが原始的な印象を与える。

は境界であるが故に異界への入り口でもあった。「辺」は異郷の存在(神)と出会う場所であったとも言える。逆に言えばそれだけ危険な所でもあった。境界領域であるため、良いものばかりでなく人間にとって迷惑なものも向こうから入ってくる。そのため社を建て神を祀ってそれらを防いだのである。家の中で床や枕のある場所は、神と交感する為の特殊な空間だったのである「枕辺」や「床の辺」は特殊な側の力が、イハイ瓮や夢を通してこちら側に示される場所だったのである[96]。このことを端的に歌っているのが次の歌である。

　　　追痛防人悲別之心作歌一首并短歌
　・大君の　遠の朝廷と　しらぬひ　筑紫の国は　敵まもる　おさへの
　　城ぞと　きこしをす　四方の国には　人さはに　満ちてはあれど
　　鶏が鳴く　東男は出で向ひ　かへり見せずて　勇みたる　猛き軍士
　　と　ねぎたまひ　任けのまにまに　たらちねの　母が目離れて　若草
　　の　妻をもまかず……大君の　命のまにま　ますらをの　心を持ち
　　て　あり廻り　事し終らば　つつまはず　帰り来ませと斎瓮を　床辺
　　に据ゑて　白栲の　袖折り返し　ぬばたまの　黒髪敷きて　長き日を
　　待ちかも恋ひむ　愛しき妻らは　(万20・4331)

防人に徴発された夫に対し「つつまはず帰り来ませ」と祈念するのは妻である。黒髪を敷くのは、女が眠りに就く準備であった。

　　・置きてかなば妹恋ひむかも敷栲の黒髪敷きて長きこの夜を
　　　　　　　　　　　　　　　　　　　　　　　　　　　　　(万3・493)
　　・ぬばたまの黒髪敷きて長き夜を手枕の上に妹待つらむか
　　　　　　　　　　　　　　　　　　　　　　　　　　　　(万11・2631)

その際「袖折り返す」のは、愛しきひとの夢を見るためのまじないであった。

---

96) 古代語誌刊行会編『古代語誌』桜楓社、1989年、123頁。

・我が恋は慰めかねつまけ長く夢に見えずて年の経ぬれば

（万11・2814）

・白栲の袖折り返し恋ふればか妹が姿の夢にし見ゆる（万11・2937）

女達は神に祈りを捧げて眠りに就いた。古代人にとって夢とは神々に出会う回路であった。大地の懐で神と交流する機会をより多く持ったのは女性であったと思う[97]。夢の中で、恋人と逢わせて欲しいと願うために、神との出会いを祈念していると考えられるし、夢の中に立ち現れて神と恋人が二重写しになっていることもあり得たであろう。

　神と出会い、夢を現にするために、女は己が「枕辺に」「斎瓮を忌み掘り据え」て眠り、待ち続けた。夢を見つつ待つことは、月が母権的意識の象徴であるように夢も、無意識の精神的側面として解釈できる。つまり、無意識は内的な周期を持っている。この現象は昼と夜の交替をもってはじまる。昼と夜の交替は生理心理的組織内部での交替や、意識と無意識との優位の交替とつながっている。心の系統も、意識・無意識という二つの部分系統の間の関係も、従って生理・心理的な周期に従属していることになる[98]。このようにめぐり来る周期は待たねばならないのである。待たねばならないこと、待ち通すこと、これは儀礼や祭祀においては人々が描く行列や円陣に他ならない。同様に煮炊きやパン焼き、料理といった原初からの女性の密儀においては、熟することや煮えること、ものの形や質が変わることは、常に待たれるべき時の経過と切り離せない。母権的意識の自我はじっと待つことに慣れている。時が来るまで、経過が落着を付けるまで、月の果実が丸く満月を為すに至るまで、すなわち無意識から認識が生まれてくるまで待つのである。

　愛する人に出逢うことを、そしてその旅の無事を祈り続けるのであり、男たちは

97）前掲50、212頁。
98）ノイマン『女性の深層』松代洋一訳、紀伊国屋書店、1986年、15頁。

・父母え斎ひて待たね筑紫なる水漬く白玉取りて来までに

（万20・4340）

家での母の祈りの力を固く信じつつ旅に出たのである。

　以上第三章では、神話の世界における母神と山との重なりにより、山ほめ歌に内包された母への想いと、老媼と山との関わりを考察した。山とは正に「生」と「死」の場であり、老媼が山へ帰ることは、母胎回帰と再生を意味しているのである。母なるもののイメージの象徴として、女性のもつ分身力とはぐくみの「鶴」、子を愛でる母の力の「手」。命を込める「繭」「白玉」「斎瓫」が挙げられる。特に注目される点は、これらと女性の成業との重なりである。古代における女性の力とは、その霊的な能力から生じたものであるというよりは、生み育てることや日々の生活の中において彼女たちが担い司った役割に基ずくものなのであった。

第4章　日韓古代文学の女性像の比較

　韓国における婚姻形態を新羅母系相続の資料としての『三国遺事』巻5
の神呪　明朗神印をみると

　「……按埃白　寺柱貼注脚載　慶州戸長巨川母阿之女・女母明珠女・
女母積利女之子・広学大徳・大縁三重(古名善会)昆季二人　皆投神印宗
……」とあるがこれを系図化すると

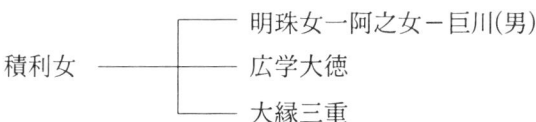

積利女 ──────┬── 明珠女─阿之女─巨川(男)
　　　　　　　├── 広学大徳
　　　　　　　└── 大縁三重

となり、広学大徳、大縁三重の血統は母系により巨川へと結びつく。
この資料により10世紀初間での母系的傾向が論証できる。又異次頓や
圓光法師の姓と関連して新羅において父系・母系の二重血統的相続制
が推定される[1]。

　一方、民俗学者達は新羅に限定せず韓国の古代を通し女系制を認め
る。「首挿石柟」説話[2]では出てくる石梅の枝を首に挿し女性の家を訪れ
るのは既に男性が仮死状態にあるので死者に挿す石柟の枝を挿して女

---

1) 今西竜『新羅史研究』図書刊行会、1970年、266頁。
2) 『大東韻府群玉、殊異伝』にある「再生」モチーフの物語。『韓国民族文化大百
　科事典』13韓、国精神文化研究院、1991年

の家に行くのであるが、たぶん男が女を訪れるときには木の札のようなものを女の家の門に置き、乙女がそれを持って家に入れば、その婚姻の承諾の印となったのである[3]。

　このようにして男が女の部屋に密かに入り結ばれ、それが何回か繰り返され両人が合意すれば父母に伝え正式に婚姻が成立し、男が婿屋に住まいながら、妻の家の労働力提供者となる。このようにして暮らしながら、子が生まれると男の家に妻子を連れていくのである。高句麗では

　　　其俗作婚姻　言語已定　女家作小屋於大屋後　名婿屋　婿暮至女家
　　戸外　自名跪拝　乞得就女宿　如是者再三　女父母乃聴　使就小屋中
　　宿　傍銭　帛至生子　已長大将婦帰家[4]

とあり、女が居るところを名詞として「女宿」と呼んでいる可能性もあり、これは有名な「婿屋」のことであり、一種の服役婚である。新郎が新婦の家に通い、新婦が子女を生んだ後夫家に行く風習は、現在でも江原道の蔚珍地方に見られる。これは正に婿屋形態の遺習で、又招婿制度は現在でも多く分布し、このような婿屋の遺習と言える。この婿入り婚の形成は道内婚が主であり、この婚姻により成立する再生産と労働の結果と収入は全て女の家に属すが、婿が女の家のために働くという観念は次第に消失し、妻も夫の家のために働くという観念が発達し、婿入り婚は妻入り婚へと移り変わっていくのである[5]。

　高句麗の婿屋制は母系制度の残留と見られるが、韓国巫俗の顕著な現象として職業巫、特に巫女が多いのも世襲巫家の巫職が母娘関係により引き継がれていることにより、これを「宗教的母系相続」とみなし、高麗時代男巫が女装する点からして推測するに、巫家の母系的傾向は実は古代社会よりの残存であることが暗示される[6]。しかし、最近は社

---

3) 金用淑「韓国女俗史」『韓国文化史大系Ⅳ』、536頁。
4) 『魏志東夷伝』高句麗条
5) 前掲3、537頁。

会人類学的視角からは以上の論理は必ずしも受け入れられないことが言われている。先ず第一に、財産の相続であれ、職業の継承であれ親族集団の血統が必ずしも併行するわけではない。つまり相続が母系的であるからと言って必ずしもその血縁集団が母系的だとは言えない。第二に、高句麗の婿屋制は、中国の広東や広西地方の「不落家」や日本の「婿入り婚」などのように一時的に妻の家に居住することに過ぎず、必ずしも母系制を意味するものではないとする。ただし、新羅中古王室に限定して考察するならば、新羅王室の血統はあくまでも父系的ではあるが、父方の単系制のみ強調されていたのではなく、母方の姻戚の比重も大きかったとは言いうる。又、言語学的にも族を指す古語「ウル」は親戚や子を示すのであり、母系としては用いない[7]。王室の婚姻は先ず同姓婚又は族内婚で、近親婚である。旧唐書新羅伝に「国人多金朴両姓異姓不為婚」、新唐書に「其建官親属為上　其族名　第一骨　第二骨以自別」とあり、兄弟・姑姨・従姉妹全てを妻とし得ることが出来た。新羅の官位制は「骨品制」といわれるが、王族は第一骨になれば其の妻も同族であり其の子も第一骨となり、第二骨の女性とは婚姻を結ばなかった。万が一妻とした場合には妾の地位であった。記録されているものとしては、新羅王妃の結婚53件中その半数に当たる26件は明確ではなく非血族婚は14件、残り13件は父系の血族婚である[8]。

　このような婚姻形態下での婚姻の年齢を見ると、三国時代又は統一新羅時代においては、明らかにされているものはほとんどないが、だいたい丁年の15歳以上であれば男女ともに婚姻が可能であると思われていたらしく16歳から20歳までの年齢が記録としてある[9]。

　炤麻立干の時、碧花という美女が王に捧げられた時16歳であり[10]温達に嫁いだ平岡王の姫が16歳であり[11]新羅後期の憲安王の二人の姫達

6) 秋葉隆『朝鮮民俗誌』民俗苑、1983年、33頁。
7) 崔淑卿『韓国女性史』古代－朝鮮時代、梨大出版部(ソウル)、1993年、134頁。
8) 前掲7、117頁。
9) 前掲7、140頁。
10) 金富軾『三国史記』金思　訳、六興出版、1981年、巻3, 炤知麻立干22年春3月
　　「秋九月。王幸捺已郡。郡人波路有女子。名曰碧花。年十六歳。」

は(三国史記巻11,憲安王)それぞれ20歳19歳で15歳(三国遺事には18歳)の膺廉(後の景文王)と結婚している[12]。なお、当時でも貧しさのため未婚のまま年を取る場合もあり、孝女知恩列伝には32歳になっても結婚せず[13]婚期を逸するかと母が心を痛めるという話もある。なお、百済では女性の服は裾が長く袖は広く、未婚の女性は髪は結って後ろに挙げ、婦人の場合は結ってから上に盛り上げた[14]という記録がある。

このように、韓国の古代においてもその母系的傾向が証され、日本における「妻問い婚」と同様な家族の絆が予想されるのであるが、このような婚姻形態下での母と子の関わりを考察する。

1. 蛇福説話

『三国遺事』巻4「蛇福不言」は次のような話である。

　　蛇福の母は寡婦であったが、夫がいないのに身ごもり蛇福を産んだ。蛇福は十二歳になっても、ものが言えず、体を自由に動かすことができなかった。それで、蛇童と呼ばれた。ある日その母が亡くなった。元暁が葬儀を　行おうと活理山の東麓に行く。蛇福が茅の茎を抜くと、下に明朗で清虚な世界があった。蛇福が死体を背負って、地中に入っていくとその地がたちまち閉ざされてしまった[15]。

この説話は、本牟智和気の物語との共通点が見られる。まず其の誕生の背景には「聖なる御子」としての要素がある。本牟智和気は、「火中

---

11) 前掲10、巻45,温達伝、「及女年二八。欲下嫁於上部高氏」
12) 前掲10、巻11、四七、憲安王四年秋九月、「王会羣臣於臨海殿。王族鷹廉年十五歳預坐焉。…朕有息女。…吾有二女。兄今年二十歳。弟十九歳。」
13) 前掲10、巻48、孝女知恩伝、「性至孝。少喪父。独養其母。年三十二。猶不従人」
14) 石宙善『韓国服飾史』宝晋斎(ソウル)、1971年、20頁。
　　百済婦人衣似袍而袖微大在室者編髪盤於首後垂一道為飾出稼者而乃分為両道(唐書巻二百二十)
15) 一然著、金思燁訳『全訳三国遺事』六興出版、1980年、347頁。

出産」をし、虫也福は「不夫」で生まれた。本牟智和気も虫也福も成人に
なるまでものが言えないと言う。また、ともに母なるものの象徴であ
る「木」の霊力に頼る。「茅の茎」は単純に他界の出入り口ではなく「宇宙
の木」の変形と見られる。この木は、宇宙の中心に位置していることも
重要ではあるが、周期的再生力と豊かな生産力を持つ樹木であり、茅
穴は大地の中心であり再生の約束された母胎なのであり16)本牟智和気
と同様、虫也福も此の世への移行が完全にはなされなかったための母
胎回帰であるとも考え得るのではないだろうか。

　次ぎに、仏教文化の日本への伝達的位置にある新羅における最初の
追善的な詩もやはり「母」への歌である。蚆福は元暁の先輩に当たり、
その「葬母偈」は新羅の七言古詩としては、最も初期のものである。こ
の詩は文学的価値が高いというよりは、修道僧として母親の冥福を祈
る心情を純粋に歌いあげている17)。

　　　昔釈迦往牟尼仏　　裟羅樹間入涅槃
　　　于今亦有如彼者　　欲入蓮花蔵界寛

新羅においても母への追善歌が残され、観音信仰における母性の尊重
と仏教的祈祷意識が込められている。
　「コヒノム」のような「祈願の言葉の表出」された祈りの歌として、新
羅郷歌の盲児の眼をなおそうとして、一心に念唱している母性愛の告
白としての「祷千手大悲歌」がある。

　　　膝肹古召㫆　　　　　　　　膝を折り
　　　二尸掌音毛乎攴内良　　　　両手合わせて
　　　千手観音叱前良中　　　　　千手観音の前に
　　　祈以攴白屋尸置内乎多　　　請い奉る
　　　千隠手叱千隠目肹　　　　　その千の手もて、千の目の中

---

16) 黄浿江『韓国叙事文学研究』檀大出版、1982年、178頁。
17) 池俊模「新羅漢詩の発展過程」『新羅文学の新研究、書景文化社(ソウル)1981
　　年、237頁。

一等下叱放一等肹除惡支	ただ一つ抜き　ただ一つ取り
二于万隱吾羅	両の目ながら盲たる
一等沙隱賜以古只內乎叱等邪	この身に一つ　授けくだされ
阿邪也　吾良遺知支賜尸等焉	ああ、我に贈り賜わば
放冬矣用屋尸慈悲也根古	よしや抛つとも慈悲こそ大なるべけれ[18]

なぜ、母希明が千手大観音の前へ向かったかと言えば「千手大悲画は、千眼を持つ仏画であり、盲児の得眼のためにその前へ行き、眼(光)を求めたのは、同種呪術の心理である」[19]が、千手とは正にその慈悲の象徴なのではないだろうか。この祈祷意識を考察するならば、この詩は四段階に分けることができる。

　①二行目までは、合掌坐臥する、祈りの行為であり、敬虔的な姿で、祈りに導入する段階。②三、四行目は、礼拝対象の名称が明らかにされている。「お祈りします」の表現により、精神が浄められ、祈りを始める態度が示されている。③五、六、七、八行目は、祈願者の悲劇的な立場が告白され、救いを求めていることが表されている。④九、十行目は、自己の請願を受け入れてくれるであろう対象への礼賛として終わっている[20]。③は、「コヒノム」と同じく祈りの言葉の表出である。千手観音と盲児の「同種呪術の心理」より、呪術は伝統の所産であるがために、伝統的呪術に依存したものであるとする[21]見解もあるが、千手大悲歌においては、呪術それ自体が、呪力としてこの歌を支配したものではなく[22]、仏教的祈祷意識と呪力が詩の内面に併存しているとみられる。

18)『三国遺事』
19) 林基中『新羅歌謡と記述物の研究』二友出版社、1981年、251頁。
20) 李亨淑「新羅郷歌祈願的構造研究」誠信女子大学大学院。1981年(ソウル)。
21) 前掲19、183頁。
22) 宋哲来『韓日古代歌謡の比較研究』学文社、1983年、79頁。

2. 母なるものの象徴

　母神とは、女性のもつ「産む力」に基づくものであるが、中国の例として月の真ん中に三本足のひきがえるがいるという民俗信仰があり、神話は姮娥という女神が月中にいる、あるいは月に昇っていって、ひき蛙になったと語る。姮娥は12人の月の神の娘を産み、この娘達を扶育する母神であるといわれている[23]。結びつかなければならない必然性もないと思われるものが結びつけられたり、あるいはバラバラに信じられ語られているように見える月中のひき蛙と女神が、再生・出産を司る神、つまり「母神」という有機的な一体のものに集約されうる[24]。

　韓国においても明らかに地母神と見られる土偶、骨製神像が発掘されている。これらは新石器後期のものと考えられる。西浦項の4期層(新石器後期)から5個の骨像が発見されたが、その中の一つは神像である。これは護身符のようになっているが、骨製の自然な形を利用して、そこに女性像を彫刻したものである。この骨像は長さ9・5センチで四角の頭の部分には目と口が3個の陰点として現されており、身体と四肢は長い大根のような形で現されている。身体の中央部分に中心点とそれを囲んだ7点が現れているが、これは女性の性器を示しているものと考えられる[25]。

1)山と母神

　韓国における山神信仰の中には母神と山の神との重なりが見いだせる。この点については、早くから、韓国の民俗学者である孫普泰氏により指摘されている[26]。現在では寺の山神閣や巫覡の山神堂内に奉ら

23) 袁珂『中国古代神話(下)』伊藤敬一訳、みすず・ぶっくす、1960年、49-50頁。
24) 喜多路『母神信仰』錦正社1994年、35頁。
25) 李恩奉「天神配偶者としての地母神信仰の構造」『韓国古代宗教思想』集文堂（ソウル）1984年161頁。
26) 孫普泰「朝鮮古代山神の性について」『民族文化論叢』第二冊、民族文化社、1981年、252頁。

れている神の姿は、虎に乗った白髪の老人(神仙)であるか、虎を捕ら
えようとしている白髪の老人として描かれており、山神が男性として
現されていることがわかるが、果たしてこれが山神の源初的な姿であ
るかどうかは疑わしい。というのは、昔の山神と関連する古伝説を分
析すると、山神の性は元は男性ではなく、女性であったことが明らか
にされるからである。

　『三国遺事』南解王条に現れた雲梯夫人の伝説もその一例である。雲
梯夫人は新羅第2代の南解王の王妃として雲梯山の聖母であり、現在で
も祈雨祭には霊験があると伝えられている。これは南解王が次次雄と
いうシャーマン的な性格を持っているのと同じように、心霊的な神仙
的性格を聖母という名によって表現し山神の神仙性を現しているもの
である。従って山神として表記されている聖母は女性とみなせる。ま
た、慶州西岳仙桃山聖母伝説や加耶山正見母主伝説、智異山の聖母伝
説は、その類型は多少異なるが、山神が女性であるという点からは同
類とみなすことのできる鴟述嶺神母伝説などにより立証することがで
きる27)。

　　山神を「聖母」と称する理由として聖母とは、韓国語の「ハルモニ」の漢
語訳であるという。韓国語においては、普通年老いた婦人達を、また、
父の母親を、そのうえ厳楽な神霊に満ちた神に対しても同様に「ハルモ
ニ」と呼ぶ。つまり、この呼称には三種類の意味があるのである。これ
らはそれぞれ、「老姑」、「聖母」、「聖母」または「神母」と呼ばれる28)。

　　また、古山名によれば、男性的な山名は、新羅の五岳中の一つであ
る父岳があるのみであり、母岳に相当する山名は23カ所にもいたると
いう事実からも山神の性が女性であるということが言える。『新増東国
輿地勝覧』の記録によれば、山名中母岳・母岳山など母の字のある山名
は23個中18個ありその大部分を占め、残りの5個の場合は婦山など婦の

---

27) 洪淳昶「新羅三山・五岳について」『新羅民俗の新研究』4、書景文化社(ソウ
　　ル) 1991年、37頁。
28) 金映遂「智異山聖母祠について」『韓国民族研究論文選』1、一潮閣(ソウル)198
　　2年、314頁。

字の入っている山名で、その他の3個には女貴山など女の字がある山名
がある。母や女や婦はどれも女性を象徴する文字であるから、山神の
本来の性格は女性であったと考えられる。『新増東国輿地勝覧』巻29の
伽耶山正見母主伝説は、大伽耶国と金官国の始祖の聖母として伽耶山
神が表現されている。原初的には、生産神としての女神または母権社
会における女神尊重の宗教思想によるものと考えられる。後世におい
て父権社会が成立し、父権中心思想の形成に伴い、山神は女性神から
男性神にとって代わられ、女神は男性神である山の神の妻になってし
まったのである[29]。

　韓国における山神信仰の要素の一つとして、「動物の主」としての概
念が存在している。この神格は韓国では「山神」と呼ばれているが、動
物の主としての山神霊は北ユーラシアの多くの狩猟民の間に見いださ
れる信仰である。山神はしばしばその支配下にある虎・熊・鹿・狐な
どの動物的な形態をとって現れるが、韓国では特に「虎」と山神の関係
が密接で虎は山神・山君・山中の英雄などと盛んに信奉されている。し
かしかつては虎も「山神」であり、しかも「寡婦」として登場している[30]。
「熊」も山神の一形態としての聖なる動物であった痕跡が認められる。
動物的形態をとる山神は極一般的に「女神」として観念されており、こ
の女神の寵を得た狩人には好運が約束されるというテーマからなる多
くの伝承(動物報恩譚)が伝えられている。なお山の神と再生との関わ
りを示す「骨からの再生」、骨だけになった動物や人間がその骨をもと
にして生まれ変わるという説話の分布もある[31]。

　このように、日韓両国において、母神信仰が山神信仰と重なりあっ
ていることは明らかであり、生と死を司る母神信仰と重なり合う側面
を内包している心情表現としても充分に考えられると言える。

---

29) 前掲25

30) 前掲25

31) 依田千代子「朝鮮の山神信仰1－狩猟民の神及び朝鮮の狩猟文化」『一然と三
　　国遺事』16、中央僧伽大学仏教史学研究所1994年、463頁。(『朝鮮学報』75)

2)老媼考

　古代における山と母神信仰の関連の深さは、韓国の「山神」信仰にも
顕著に現れている。またこれらの山神と『三国史記』に多く登場する「老
媼」とは、その性格が重なり合う[32]。つまり山神は女性として認識さ
れ、万物を生成させる母という概念がある。老媼またこのような性格
を有し、山神と重なり合う。
『万葉集』巻三には次の歌がある。

　　　　天皇賜志斐媼御歌一首
　　・いなと言へど強ふる志斐のが強ひ語りこのごろ聞かずて我れ恋ひに
　　　けり（万3・236）
　　　　志斐媼奉和歌一首媼名未詳
　　・いなと言へど語れ語れと宣らせこそ志斐いは申せ強ひ語りと言ふ
　　　　　　　　　　　　　　　　　　　　　　　　　　　（万3. 237）

媼「志斐」は「シヒ語りを管掌する、語り部シヒ氏の出の巫女であろう[33]」
とされ、この媼の、出自が蕃別の百済系の帰化人シヒ氏の出であり、
その家が、文筆、陰陽道、天文暦法、亀卜などの大陸文化の知識、技
術を代々職掌しているのであるから、この媼の語ったものもおそら
くそうしたものではないか[34]と考えられる。日本における陰陽道や天
文暦法の、公式の渡来は『日本書紀』を見ると、6世紀半ば頃から、7世
紀初頭にかけてであったらしい。「欽明紀」14年(553)6月条に

　　　遣内臣、使於百済。……別勅、医博士・易博士・暦博士等、宜依番
　　　上下……又卜書暦本・種々薬物、可付送。

---

32) 姜英卿「新羅伝統信仰の政治・社会的機能研究」淑明女子大学博士学位論文1
　　991年(ソウル)
33) 折口信夫「日本文学の発生序説」全集7。
34) 松前健『日本神話と古代生活』有精堂、1972年、302頁。

とあり、翌15年には五経博士王柳貴、易博士王道良、暦博士王保孫、医博士王有悛陀、採薬師潘量豊以下の諸博士が来朝している。7世紀頃の天皇の側近としてシヒ氏は百済伝来のこうした知識を持って経書や、呪法の知識を伝えたのであった。このように欽明紀、推古紀には百済からの博士達の来朝があったが、この歌の詠まれたと思われる[35]天武、持統、文武天皇の白鳳後期(672-710)時代は、大伴坂上女郎の挽歌[36]に見られるように新羅の尼僧の来朝もあり、この時代における新羅との関わりは深いと考えられる。

　『三国史記』には多くの「老嫗」が登場するが、その役割は新羅の「日官」との重なりがある[37]。新羅における日官が記録に初出するのは炤知王の時代で、これは百済に日官部が設置されていたことから見て(『三国史記』、巻40、司職官下)新羅においても日者を官職として取り入れた後、日者が日官とされたものと見られ[38]『万葉集』の「志斐嫗」と新羅の「老嫗」との繋がりが考えられる。

　新羅の日官は、『三国遺事』紀異1「延烏郎細烏女」条に

　　　阿達羅王即位四年……是時新羅日月無光　日者奏云　日月之精　降在　我国　今去日本故致斯怪

とあり、新羅第8代阿達羅王4年に東海浜の延烏郎と細烏女が日本へ行ってしまい新羅の日と月が輝かなくなってしまったというのであるが、この時日官がこのことの原因を探し出してその解決方法を上奏したというのである[39]。

　司祭的機能を持つ日官の例としては、神文王が、東海辺で起きた異

---

35) 此の巻三の歌は文武天皇と考えられる(沢潟、万葉集注釈)
36) 『万葉集』巻三460番歌の題詞には「大伴坂上郎女悲尼理願死去作歌」461番歌左註には「右、新羅国尼、名曰理願也」とある。
37) 前掲32
38) 辛鍾遠「新羅初期仏教史研究」高麗大博士論文、1988年(ソウル)
39) これ以外の『三国遺事』日官の用例は　①紀異1「射琴匣条」②感通7「月明師兜立歌条」③塔像4「柏栗寺条」④紀異2「万波息笛条」⑤紀異1「太宗春秋公伝」

変の原因を探るよう日官に占之をするように命じ、日官は王の側近で
王の命により占卜する者である40)。また、百済の始祖温祚王の時、王
宮の井戸水がにわかに溢れた。漢城の人家の馬が牛を生んだ。首は一
つであるのに胴体は二つであった。日官は「井戸水が急に枯れたのは、
大王の勃興する兆しであり、牛が頭一つ、胴二つであるのは、大王が隣
国を併合する印です」といった。ここでは日者は異変の意味を解釈し、
将来を予言する41)のである。卜地を行うのも日官が関連している42)。
やはり、温祚王の時、大きい雁百羽が王宮に集まった。日官は「大きい
雁は百姓の象徴であります。正に遠いところにいる人が此の国へやっ
てきて投降するでしょう」と言った。このように日官は王の下で王の為
に王命により占卜し予言を行う祭祀的な機能をする者であった43)。

　新羅においてこの日官と同じ働きをする者として「老嫗」があげられ
る。「老嫗」が初めて新羅の文献に現れるのは始祖妃である閼英の誕生
と関わる。

　　　竜見於閼英井　右脇誕生女児　老嫗見而異之　収養之　以井名名之
　　　及長有徳容　始祖聞之　納以為妃　有賢行能内輔　時人謂之二聖44)

竜が閼英井に現れ右脇から女の子が生まれたが、これを見ていた老嫗
が連れていって育てた。新羅始祖王妃の養母という立場である。また、

　　・是始祖赫居世在位三十九年也　時海辺老母　以縄引繋海岸45)
　　・南解王時　……至於　林東　下西知村阿珍浦　時浦辺有一嫗　名阿
　　　珍義　先　乃赫居王之海尺之母46)

40)『三国遺事』紀異2、万波息笛条
41)『三国史記』巻23、温祚王25年条
42)『三国史記』巻23、温祚王43年
43) 前掲35
44)『三国史記』巻1、始祖赫居世王5年条
45)『三国史記』、巻1、脱解尼師今条
46)『三国遺事』、紀異1、第四脱解王条

　　・来至阿珍浦村長阿珍等開出卵[47]

脱解王を養育する母(乳母)としても老媼が登場している。

　このような王や王妃の養育者という新羅の老媼の役割は、「志斐媼」
の「皇子達の側近には、陰陽道、天文暦法、占などを扱う帰化人系の巫
女がいて、其の教育に参与するという習慣があったのであり、其の習
慣に基づいてシヒ氏の老女が天皇の側に召されたのかもしれない[48]」と
いう、シヒ氏の老女の役割とも重なり合う。

　ではこの老媼達は何を語ったのであろうか。炤知王が22年(500)9月
に、捺已郡から帰る途中古陁郡の老嫗家で一夜を明かしながら「今人々
は王をどの様に思っているのだろうか」と聞いたところ「皆聖人と呼ん
でいますが、私はそのようには思いません」と言った。何故かと尋ねた
ところ「聞くところによりますと、王は捺已の娘を愛しみしばしば訪れ
ると聞きました。たとえ竜であっても魚に化ければ漁師に捕まります。
今王は民を治める立場にありながら、思慮深く振る舞わないのに、も
し王のことを聖人だというならば誰が聖人でないものがありましょう
か」と言った。王はこれを聞いて恥ずかしく思った[49]。このように老媼
は王に対し忠告をしているのであるが、老媼の家に泊まったというこ
とは、平民ではなく何らかの地位のある者であると考えられる[50]。又、
扶余の老媼も王の諮問に次のように答えている。

　　　扶余王帯素の使臣がが高句麗の瑠璃明王に事大の礼で扶余国王に事
　　えるように言った。王子無恤は自ら使臣に会い帯素王に「今ここに卵
　　が積んであるが、もし王がこの卵を崩さないとなれば臣は王に事えま

---

47)『三国史節要2』、脱解王元年条
48)　前掲32、329頁。
49)『三国史記』巻3　知麻立干22年条
　　　炤知麻立干二十二年秋九月王幸捺已郡……路経古陁郡
　　　宿於老嫗之家……曰衆人以聖人　妾独疑之……夫竜為魚服
　　　為漁者所制
50)　前掲42

すが、崩すとすれば事えません」と言い送った。扶余王がこれを聞き
臣下に尋ねたところ、ある一人の老嫗が答えるには「卵が積んである
ということは危険なことを意味するのであるが、その卵を崩さなけれ
ば安全だと言うことです。王は自身の危険は知らず、相手が屈従して
くるのを望んでいます。危うきを安らけく自らを治めるに如くはあり
ません51)。

　このように国家の重大な決定を下す際に老嫗が大きな役割を示して
いるのである。老嫗の語る言葉は機知に富み、単なる老女ではなく常
に王の諮問に答え知恵を与える位置にいる。これは、いわゆる＜あが
った＞女たちのある種のパワーが認められていることと関わってくる
のであろう。

3)生と死の二面性
―コノハナノサクヤビメと済州島の産神ハルモニ―

　日韓神話の比較には、古典神話ばかりでなく、現代の伝説などの資
料も活用する必要がある。例えば、韓国には『古事記』『日本書紀』のよ
うに開闢神話のまとめられている文献がない。『三国遺事』を見ても、
天降った桓雄の息子檀君が、国を開いたという国祖神話から始まって
いて、その以前の天地開闢を説明する話は一言もないのである。それ
で韓国の開闢神話を見るには、現在の伝承説話によ外はない52)。古典
神話の中に採用された神話は古代における日本と朝鮮の神話全体のご
く一部である。支配者ではなく一般民衆の神話、中央ではなく地方の
神話の多くは古典神話の中には現れていない。しかし、それらは大な

---

51)『三国史記』巻13、瑠璃明王二十八年八月条
　　瑠璃王明王二十八年 秋八月…扶余王聞之 徧問羣下
　　有一老嫗対曰 累卵者危也 不毀其卵者安也 其意曰
　　王不知己危 而欲人之来 不如易危以安而自理也
52) 玄容駿「日本神話と韓国神話」大林太良編『日本神話の比較研究』法政大学出
　　版局、1974年 70頁。

り小なり変形した形で今日の伝承中に残存している可能性がある[53]。

　コノハナノサクヤビメをめぐる記紀の神話としては、火中出産話と皇祖の寿命短命起源神話が、その主なものと言えよう。

　山の神オホヤマツミの娘のコノハナノサクヤビメは、天孫のホノニニギノ命に日向の笠沙の岬で見初められてその妻になった。この女神は、ただ一度だけの契りによって妊娠した為に夫の神から貞操を疑われた。そこで燃える火の中で三人の男児を次々に出産した。そしてそれによってその子等が、間違いなく天神のホノニニギの種であることを証明した。

　ところでこのコノハナノサクヤビメには、咲く花のような絶世の美女であったとされている彼女自身とは打って変わって、岩のようにひどい醜女だった姉がいたことになっている。父のオホヤマツミは、コノハナノサクヤビメを見初めたホノニニギに当然のように二人の娘を妻として奉った。しかし、コノハナノサクヤビメだけをその夜留めて夫婦の契りを結んだ。これに怒ったイハナガヒメは、コノハナノサクヤビメから産まれるホノニニギの子の寿命が、短くなるように呪いをかけたという話の後に、「一に曰く」という書き出しで、もう一つの異伝が付記されている。そしてこの異伝では、この時イハナガヒメの呪詛によって、短くされたのは、代々の天皇だけでなく、全ての人間の寿命だったことになっている。

　サムスンハルマンポンプリは済州島巫俗の一般神の本解[54]の一つである。産育神であるサムスンハルマンの降臨譚だ。「命長国生仏ハルマンポンプリ」又は「ハルマンポンプリ」とも言って祈子儀礼の際に歌われ

53）大林大良『神話の系譜』講談社、1993年、130頁。

54）秋葉隆『朝鮮民俗誌』民俗苑、198年、203頁。済州島は火山島で、昔は耽羅という一国を為していた。従ってその民俗は半島陸地のそれとは異なったニュアンスがあると共に、古来半島特にその南部との関係が深かったことも示唆する。そしてこのことは、この島に今なお生きて語り伝えられる神話の中にも見られる。すなわちこの島の村々には、本郷堂と称する村神の社があってそこに祀ってある本郷神すなわち村神の神話が、村祭りの時に主巫によって語られる。これを本解という。

る。その内容は次のようである[55]。

　東海竜王の娘がいくつかの罪を犯したので竜王は娘を殺そうとする。母は娘をサムスンハルマンとして人間世界に行かせ命を救おうと思い、石箱に入れて捨てるように竜王に勧める。母は急いで娘に妊娠の仕方を教えたものの、ちょうど出産の仕方を教えようとしたところ、竜王は娘を石箱に詰めて海に捨ててしまった。この石箱は人間世界に漂着し、子供のいないインパクサに拾われ開けられた。

　東海竜王の娘はインパクサに着いて行きまず母が教えてくれた通りにインパクサの妻に子供を授けた。赤ん坊はお腹の中で少しずつ大きくなったが、出産のやり方がわからず慌てふためいた。12ヶ月が過ぎると急いで、イムパクサの妻の脇の下から子供を出そうとするが、母親も赤ん坊も死にそうになった。イムパクサは(玉皇上帝)に何とかしてくれるように訴えた。(オクハンサンジェ)は一人の命長国の娘を選びサムスンハルモニとして遣わしこれを解決させようとした。ところが、二人の乙女が途中で出会い、どちらがサムスンハルモニになるか競い合ったが決着が付かなかった。二人は(オクハンサンジェ)の所へ行き審判を下して欲しいと言った。

　話を聞いた(オクハンサンジェ)は二人に、花を咲かせて勝った者をサムスンハルモニにさせるといった。二人はそれぞれ砂畑に花を植えて育てたが、命長国の娘が大きな花を咲かせた。(オクハンサンジェ)は勝った命長国の娘をサムスンハルモニにさせ、人間世界に行き妊娠を司らせ、東海竜王の娘には黄泉国へ行子供の死霊を守るクサンスンハルモニになるように言った。

　このようにして命長国の娘はサムスンハルモニになり西天の花畑の花・還生花を得、この花を持って帰り人間に妊娠・出産させ15歳まで育てた。一方、東海竜王の娘を罰として捕らえて黄泉国でその霊を支配する神とした。それで、命長国の娘はサムスンハルモニ・センプルハルモニ・人間ハルマンなどと呼ばれ、東海竜王の娘はクサムスンハルモニ・黄泉国ハルモニなどと呼ばれるようになった。

---

55) 韓国民族文化大百科事典編纂部『韓国民族文化大百科事典』11、韓国精神文化研究所(ソウル)1992年、350頁。論者訳

この話は花を咲かせる競争をして、勝った者が産神、つまり生の神に
なり、負けた者が死の神になったという事である。前者はこの世の神
で後者はあの世の神でもある。生の神は此の世で人間に子を生ませ、
死の神はあの世にいて、子供を殺して生命を取って行くが、生の神の
機能が優れているので、人間はますます増えていくのである。

　『古事記』のイハナガヒメとコノハナノサクヤビメという、山の神の
二人の娘達は、全く正反対の外見にも関わらず、実は二人で一組のよ
うな関係にあり、切り離すことを厳に憚らねばならぬ、表裏一体的な
結びつきを持っていたのではないかと思われ、これは豊饒な産育の女
神であり、醜貌と恐ろしさをもち黄泉国に住むイザナミとの二面性と
重なり合う56)。また済州島の本解は、花育ての競争で勝った神が産育
神すなわち「生の神」となり、負けた神は「死の神」となったという話で
ある。生の神は此の世の神であり、死の神はあの世の神であるという
対立的構成がとられ、生の神の勝利という結末を迎える産神神話であ
る57)。このように生と死、豊饒と破壊を有する母神は、縄文時代の中
期にまで遡る母神の神話からの要素を色濃く継承している58)。縄文中
期とは、水田耕作ではなく芋栽培のイエンゼンの言うところの「古栽培
民」の文化である、ニューギニアなどメラネシアの原住民の文化であ
る。つまり、この神話は南方海洋要素を色濃く持っていることとなる。

　先行研究においては韓国の巫俗神話、済州島の巫祖神話＜初公本解＞
が、古典神話である高句麗の始祖朱蒙神話にまで遡るばかりでなく、
日本の現行の奄美のユタの祭文である＜思松兼＞を代表とする日光感
精神話との関連性が立証されている59)。このように韓国神話の満蒙大

---

56) 吉田敦彦『昔話の考古学』、中公新書、1995年、66頁。
57) 前掲31、12頁では、「この世の神(イザナキ)とあの世の神(イザナミ)が競争
　　をして、前者が生を後者が死を司るようになるが、生の神の技能が優越で
　　あるという趣旨は一致する。」と述べているが、この対立的構成は、やはり
　　イザナミのもつ両面性と解釈しうるものと考える。更にこのモチーフが「両
　　国のこの神話は、同じ源から発した同一系統のものと考えるのに無理は無
　　かろう」とも述べられている。
58) 前掲54、187頁。

陸的要素と南方海洋要素との結合された複合現象の見うる[60]中で、韓国においては、産神神話が全国に分布しているものの、このような「生と死」の二面性を持つ産神神話は未だに済州島だけでしか採集されていない[61]点は、半島とは異なる古層文化としての済州島の独自性が改めて見直されるものと言える。

　以上、韓国における女性像の考察を母と子の視点より行った。まず、「婿屋」を置いたことは日本における「妻問い婚」のように、夫が妻のものに通うのであり、ここでの家族も「母子＋父」であろうと考えられる。これは「虵福不言」説話の父無くして生まれた子が母の死後「妣の国」へと向かうモチーフにも現れている。ここでの子の祈りにも母への追善意識が現れている。親の子への思いとしては、盲児の開眼を願う母の伝統的呪術と仏教的祈祷意識の重なりの祈りが見られる。

　また、母神は「産む」力の象徴として「生と死」を司り、コノハナノサクヤビメとサムスンハルマンの具有する二面性はこのことを如述に示している。なお、その山名や山神を聖母とすることにより、山と母性の重なりが充分に推測される。そして、「老媼」とは単なる老女ではなく、一種の力を有するものであった。それは御子達を育て教育する知恵ある女性であった。

　母と子の視点より女性像の比較考察を試みた。ここでの「母」も、母性愛の持ち主として表出されていると言うよりは、「産み育てる」という役割の担い手として表出されている。

59）依田千代子『朝鮮神話伝承の研究』瑠璃書房、1991年、167頁。
60）三品彰英「古事記と朝鮮」『古事記大成第五巻』平凡社、1957年、79頁。
61）前掲54

第5章　結　論

　古代文学に現われた女性像の研究は、これ迄は主に女流作家や女性の持つ霊的優位性に注目しての巫女的側面によりなされて来た。しかし、男性と女性の役割の唯一の違いは、子を「産む」ことができるかどうかという点であると言っても過言ではない。母と父の役割や家族との絆の差異もおそらくそこに関わってくると見通すことができる。本論文では『古事記』や『万葉集』の文学作品に現れた女性像への接近の一つとして、母と子の視点による再考察及び韓国資料との一部比較を試みた。

　妻問い婚とは「ヨバフ」という男女の意志表示から「マグアフ」という目を合わせる婚姻の承諾となり、やがて男は女の家に「ツマドフ」のであった。このような形態により生じた家族は、父・母・子の結合と言うよりは、現在の概念より見るならば「母子＋父」という、片親との同居であったと言える。なお、共同体のレベルにおいては、厳格な世代区分があった。例えば、髪型や服装によりその成長過程が明示されていることは、その厳密さを反映していると共に、世代が存在そのものを左右していることを示すからである。

　このような中での家族の絆を『古事記』の「御祖」と『万葉集』の父・母・父母の用例の再分析から実態を明らかにした。先行研究においては、「御祖」を単に「母」としているものの、その殆どは、通過儀礼、特に成人儀礼を司る出雲系の母に限り用いられている。このことは、特

に婚姻を為す「大人」への移行の時期に、母が重大な役割を担っていることを示す。『万葉集』では、親という語はあまり用いられず、父と母の組み合わせという認識はなされてはいなかった。母の用例は、結婚における母・挽歌と母・防人歌と母・その他に分類される。先ず、婚姻の監督者としての母とその娘は、女性の生業と共に描かれ、これは日常生活を支える女性の役割の反映であるとも言える。一方、当然あるべきはずの子の誕生の喜びが表現されていないのは、歌の世界であるからとも言い得るかもしれないが、この時代における「誕生」とは、此方の世界の範疇には属さないという子どものリミナリティの認識によるものであろう。

　次ぎに「別れ」の場での家族の絆を「死」と「旅」を通して考察した。律令導入という大変革期下での新旧の思想の渦巻く中で、母子の心の隙間を斉明女帝と天智天皇から見出した。しかし、巫女的な呪力の持ち主である母と中国や朝鮮半島からの新思想の導入を推し進める息子との政治上での葛藤はあるものの、母の子への想いは不変であった。『万葉集』には仏教的影響が殆ど見いだせないと言われているが、歌の世界では、唯一の母への挽歌である天智天皇の歌の中には、仏教の「母性尊重」による追善意識が垣間見られる。このような母子の絆のある一方、天智天皇の御子である志貴皇子は、母が采女であった。新しい詔では卑母への拝賀は禁じられていた。しかし、その母への想いは断ち切ることはできず、彼は風に翻る袖に託してその儚さを歌い上げた。

　幼な子にとり母の死とは、その生が尋常ではないことを予測させる。スサノヲが「哭きいさつ」子であったように、垂仁天皇の御子であるホムチワケ皇子も語らない子であった。それは母が子を産むと同時に、同母兄との死を選んだが故であった。このような母の死によって此の世に一人残された幼な子は、柿本人麻呂の亡妻挽歌での「緑児」として詩の世界に現れた。後の亡妻挽歌にもこの詩語は踏襲された。人麻呂における「緑児」とは槻木に込められた再生への想いの象徴である。また、この妻が軽の里に居なければならなかった必然性は、ホムチワケ皇子の物語の火中誕生と母の死、母胎回帰としての軽池での二俣船

による「霊振り」という神話のモチーフを踏まえた上での表現であるからであり、中国文学からの影響のみとは言いきれない。このことは人麻呂が皇子たちへの公的挽歌に『古事記』の神話を取り入れていたことからも充分に推測しうる。

　このような母と子の強い絆のある一方、『古事記』においてもまた『万葉集』の歌においても、親から子への想いの現されているものは僅かである。しかも、父と母のそれには異なりが見られる。防人などの男親の愛の対象は「妻子」であり、妻と子供が共にあり、それは依存し保護されるべきこの世の中の道理であり、時としてそれは「かからはしきもの」でさえあった。これに対し、女親は遣唐使として旅立つ子への想いを静かに空を飛ぶ鳥に託したり、大事に守り育てた娘の結婚後の安堵感と老いの悲しみを歌っている。作者としては数人しか見当たらないことは、親としての立場から子の存在を自覚対象化し、それを表現し得る時期が、万葉の三・四期に入ってからであることをも意味する。

　なお、万葉中ただ一人、子の死を取りあげている山上憶良の歌では、幼子があの世へ渡りきれないのではないかと嘆く。子どもがこの世へ渡るには母の力が不可欠であったように、あの世への移行も幼な子であるが故に不安をかきたてるのであり、ここでも子のリミナリティとの関わりが現れている。行路死人歌においてもまだ大人にはなれなかった青年や乙女の死は、母の見守りの中であるべきことが繰り返し語られている。「御祖」が子の成年式を司っていたように、まだ第二の世代に入らない子供たちの死も母が掌握すべきものであったからである。

　古代人にとっては死と同様に旅も家族との別れを意味していた。遣新羅使歌には海辺で働く「アマヲトメ」の姿が多い。これは新しい世界への驚嘆というだけではなく、家に残してきた家族との絆を浮上させ、郷愁を慰めたが故であろう。この故郷の家族への想いの表出が、女性の成業の姿と重なり合っていることは、結婚を牛耳った母の姿がそうであったように、正に女性の日常性の反映であると言える。一方、防人歌では「アマヲトメ」とは対照的に母が多く歌われている。これらは

「袖で撫づ」などと表現され、これまで産み育てくれた母の加護があっ
てこそ旅の安全が守られると固く信じていたが故であろう。しかし、
律令体制の確立は逆に親子の絆を危機に陥れ、家は崩壊して行くので
あった。

　このように妻問い婚においては、母と子が強い絆で結ばれていた
が、母のもつ「産み」の力は、神話の世界では、まず「母神」として現れ
ている。縄文時代の土偶は古栽培民の「生と死」の再生を司る母神信仰
の現れであり、このような母なるものの象徴としての「山神」と母神と
の重なりが見られる。水稲栽培民の農耕時代に入ると、生成発展して
いる幼児こそが最も偉大な神聖を持つと考えられるようになり、母子
信仰が生まれる。

　なお、山と母性との重なりは雄略天皇の「山ほめ歌」においては「宜
しき」うらぐはし」と表現されている「宜しき」は「寄ろしき」で、近寄り
たい帰依したい意であり「うらぐはし」とは美的感覚を覚えるものを所
望する意である。ここでの山とは泊瀬山のことで、ここは「隠り国」へ
の入り口として古代人にとっては「山＝母」という母胎回帰を意味する
場であったと言える。また、雄略天皇の父である允恭天皇紀には新羅
人の山ほめの話がある。ここでは「ハヤ」という語に「極限的な状況にあ
る対象への強い感動」が山への思いとして表出されている。このような
山への思いは、新羅においては山神とは母神であるという認識が、そ
の基調に流れていたからであると言える。これは「老嫗」と山との関わ
りへとその繋がりを見せる。

　「老い」と「死」を忌避しようとする近現代社会とは異なり、古代文学
に表出された「老い」とは正に知恵そのものであり、「生」へと繋がるも
のである。顕宗記の老女置目にまつわる話では、この老女が「本つ国」
へ帰る時の天皇との問答歌がある、「本つ国」とは「浅茅原」のことで、
この地は神話の世界においては、神聖不可侵の山にある標野として認
識されている。山から訪れてきた神は、やがて山へ帰るという山姥の
極めて古い姿を示唆し、そこへの回帰とは「再生」を意味している。老
嫗が山に入るのは、彼女がその母なる存在と重なり合うからである。

更にそれは後世の「山姥」として文学作品に現れてくる。

　次に母なるものイメージの象徴として、「鶴」「手」「蚕」「白玉」「斎瓮」に注目した。「鶴(タヅ)」は母の願望を託した飛翔の象徴であり、此の世とあの世を結びつける鳥である。女性に特に備わっている分身感を飛躍的に持てる力と繋がる。後世の物語の中でも「母一人子一人」の結合で人柱となる母の名としてしばしば用いられている。

　「手」を詩語としてみると、正述心緒でも、「たらちねの母が手離れ」(万11・2368)と、子供の成長が母の手元を離れると表現され「大切に守り育てる」という母のイメージと重なる。これはまた「仏像における手」として具象化されている。前述の如く確かに『万葉集』が仏教的美術作品と仏教それ自身からほとんど影響を受けなかったということを、どのように説明するかという問題点はあるが、当時の写経文献によると、奈良時代の寺院や貴族の私宅には多数の密教経典が所蔵され、観音経典にみれば千手観音関係の経典が最も多いのであった。この「千手観音」とは正に、母のイメージの象徴であると言える。

　「タマ」は古代における霊魂観念を現す言葉の最も代表的なものである。中でも真珠は正に受胎のシンボルであり復活を意味し、更に水性と生殖力の力の象徴である。歌の世界では、母と娘の愛情をつなぎ合うものは、海深く海神の守る真珠であった。「繭隠り」の「隠り」とは外界から遮断された空間の中に身を置く状態を意味し、その空間は一種の聖空間であった。蚕が若い女性、乙女を象徴するものとしてとして「ヒメ」または「ヒメコ」と呼ばれている。白玉も繭も共に命を隠したものなのである。

　神祭りの用に供するために、木綿を取り垂でて神化した物が「斎瓮」である。「瓮」とは中が虚ろな物で短頸又は長頸の壷のことである。女を肉体＝容器と見ることは、子供を自分の「内」で育み、また男が性行為においてその「中」に入る女についての人間経験の自然な表現である。そしてこのような「斎瓮」は枕元や床の辺に据えることが多かった、「辺」は家の中で神と交感する為の特殊な空間だったのである。このような交流の機会をより多く持ったのは女性であった。タマをはじめとして、

母のイメージの象徴は母性と深い関わりを有するのみならず、女性の担う「生業」との重なりが見られる。つまり、女性の「生」そのもを反映しているが故にこそ、母なるもの象徴となり得たのだと言える。

韓国における古代の婚姻形態も、夫が妻の下に通い、そこでの家族とは「母子＋父」であり、「蛇福不言」説話の父無くして生まれた子が母の死後「妣の国」へと向かうモチーフにも現れている。蛇福の母への挽歌は、天智天皇のそれと同じように「母への追善」として歌われている。また「千手大悲歌」の盲目の娘への母の祈りには、伝統的呪術と仏教的祈祷意識の重なりが見られる。

母神は「産む」力の象徴として「生と死」を司るが、コノハナノサクヤビメとサムスンハルマンの具有する両面性はこのことを如述に示している。なお、その山名や山神を聖母とすることにより、山と母性との重なりも見られる。「老媼」とは一種の力を有する者であった。それは、御子達を育て教育する知恵ある女性であり、その「語り」を通じて共同体の中に永遠に生き続けたのである。皇子たちの教育を担う役割を持っていたことも、このような生と死の繰り返しを司る者としての彼女たちであったが故であろう。

以上、古代文学に現れた女性像の考察を母と子の視点により試みた。古代の婚姻形態である「妻問い婚」が「ヨバフ」という呼ぶ行為と「マグアフ」という目を合わせるという行為により始まっている点は、「死」を通じての母と子の絆が「呼ぶ」ことと「目を合わせる」ことにより表現されている点とも重なる。古代人にとってはこれこそが自己の存在を確認しうる感覚であったと思われる。それは、母を亡くした子供たちの姿が「音」つまり「声」に焦点を当てて表現されている点や、母への挽歌、行路死人歌での母への思いが「見る」ことを繰り返し所望していることからも、「聴覚」と「視覚」は、正に母を体感させ得るものであったのであろう。しかし、これらは、その母の霊的能力やいわゆる母性愛に基づくものであるというよりは、「産み育くむ」という日常生活の中で、生業を担う女性の生の表出なのであると言える。

今後の課題は、女性の観点による生産叙事歌や女性の担った生業な

どでの女性像と共に歌垣的な恋愛における女性像の再照明であり、こ
れまでの神聖性に覆われていた女性像からの離脱であるといえる。

参 考 文 献

和文・翻訳文は著者名の五十音順
韓国語文はハングル順。

＜一般資料＞

日本古典文学全集『万葉集』1〜4 小学館
　　　　　　　　　『古事記上代歌謡』
日本古典文学大系『万葉集』1〜4 岩波書店
　　　　　　　　　『古事記祝詞』
　　　　　　　　　『日本書紀』上下
　　　　　　　　　『風土記』
　　　　　　　　　『日本霊異記』
　　　　　　　　　『愚管抄』
日本思想大系『律令』岩波書店
全釈漢文大系『山海経・列仙伝』(集英社)
宇治谷孟『続日本紀全現代語訳』上中、講談社、1992年
契沖『万葉集代匠記』早稲田大学出版部、1925年
伊藤博校注『万葉集』上下、角川書店、1985年
中西進校注『万葉集』1〜4、講談社、1978年
金富軾著、金思燁訳『完訳三国史記』六興出版、1980年
一然著、金思燁訳『完訳三国遺事』六興出版、1980年

＜参考論文＞

・青柳まちこ「忌避された女性」『日本民俗文化大系10家と女性』桜楓社、1988年
・秋間俊夫「死者の書ー斉明天皇の歌謡と遊部」日本文学研究資料叢書『古代歌
　　　　謡』有精堂、1985年
・アンヌ・マリ・ブッシイ「母の力」『母性を問う』人文書院、1985年
・犬養孝「万葉の鶴ーしほひ・しほみち」『関西大学国文学』5
・井沢正俊「行路死人歌唱和論ー再死の呪歌」『上代文学』1989年・4

・井上秀雄「高句麗の祭祀儀礼」『古代東アジア史論集(上巻)』吉川弘文館、1978年
・伊藤延子「泣血哀慟歌＜緑児＞の文芸性」『日本文学研究』第59冊、国学院大学
　　　　　国分学会
・梅原猛「柿本人麻呂論」『梅原著作集』集英社
・遠藤宏「防人の歌ーその発想の基点」『文学』40、岩波書店、1972年・9
・大久保広行「子等を思ふ歌」『万葉集を学ぶ』第四集、有斐閣、1978年
・大久保正司「万葉の春」日本古典鑑賞講座3．1958年・3
・大隅和雄「史料としての文学作品」『岩波講座日本通史』別巻3、岩波書店、1995年
・大浜厳比古「志貴皇子」『万葉集講座ー作家と作品1』有精堂、1975年
・大林大良「日本神話と中国の民話ーイザナキ・イザナミ神話をめぐって」『ユ
　　　　リイカ』17
・小川勝治「万葉における親子のかかはり、『明治学院論集』346号
・小野寛「大伴家持の母をめぐって」『駒沢国文』20、1983年
・折口信夫「国文学の発生(第四稿)」『折口信夫全集』第二巻中央公論社、1966年
　　　　　「花の話」『折口信夫全集』第二巻
　　　　　「オニの話」「鉢巻きの話」『折口信夫全集』第三巻
　　　　　「万葉集と民俗学」『折口信夫全集』第九巻
　　　　　「若水の話」「霊魂の話」『折口信夫全集』第2、3巻、
・鍵谷明子「母性の多義性」『母性を問う』人文書院、1985年
・勝浦令子「古代における母性と宗教」『日本思想史』22．ぺりかん社1984年
・久富木原玲「女歌的なるもの」『国文学』1987年・1
・倉石あつ子「産屋・産神」『日本民俗研究大系第四巻ー老少伝承』桜楓社、1983年
・黒田達也「オシサカノオオホナカツヒメと雄略天皇についての系譜的考察」
　　　　　『日本書紀研究』第17冊、塙書房
・玄容駿「日本神話と韓国神話」大林太良編『日本神話の比較研究』法政大学出版
　　　　　局、1974年
・神野志隆光「行路死人の歌」『万葉集を学ぶ』第六集、有斐閣、1978年
・佐々木孝次「母からの脱出の心理学」『国文学』1980年・4
・佐佐木行綱「万葉集＜女歌＞考」『上代文学』96、4第76号
・佐野大和「佐奈伎・奴利弓」私考」斉藤忠編『日本考古学論集3(呪法と祭祀・信
　　　　　仰)』吉川弘文館、1986年
・品田悦一「万葉和歌における呼称の表現性」『万葉集研究第16集』塙書房、1987年
・鈴木日出男「記紀万葉と万葉和歌の叙情ー鳥の歌をめぐって」
　　　　　日本文学研究資料叢書『古代歌謡』有精堂60
・高野正美「憶良と鳥」『万葉の発想』桜楓社、1997年
・高木市之助「山」『高木市之助全集』第一巻、講談社、1976年
・張竜妹「古代の鳥ー心の遊離」『国語と国文学』1997年、6月号

・土井清民「憶良の＜家＞」
・直木孝次郎「倭はくにのまほろば」『日本文学の歴史』1角川書店、1967年
・中川幸広「万葉集 巻十一・十二試論」日本文学研究資料業書『万葉集Ⅱ』有精
　　　　堂、1979年
・西野悠紀子「律令制下の母子関係」倭脇田晴子編『母性を問う』人文書院、1985年
・ネリー・ナウマン「縄文時代の若干の宗教的観念について」『哭きいさちる神
　　　　＝スサノヲ』桧枝陽一郎他訳、言叢社、1989年
・萩原千鶴「文学の中の女性、女性による文学」『日本文学史第一巻』岩波書店、
　　　　1995年
・橋本達雄「めおとの嘆き」『解釈と鑑賞』至文堂、35巻8号、1970年
・馬場あき子「女流歌人の特質」『短歌』1986年・11
・原田貞義「酒と子等と－大伴旅人の「讃酒十三首」めぐって－」
　　　　『国語国文』1992年
・平野仁啓「万葉批評としての詩的経験の変遷－契沖から西郷信綱へ－」
　　　　『万葉集Ⅱ』大東急記念文庫、1973年
・服藤早苗「古代の母と子」森浩一編『女性の力』中央公論社、1981年
・堀一郎「民間信仰」『堀一郎著作集』第五巻
・三品彰英「古事記と朝鮮」『古事記大成第五巻』平凡社、1957年
・三角洋一「歌まなびと歌物語」『国語と国文学』1983・5
・宮田登「宗教民俗論(王権論)を中心に」『国文学』学灯社、1997年・1
・村武精一「家の中の女性原理」『日本民俗文化大系第十巻－家と女性』小学館、
　　　　1985年。
・村山七郎「日本語の系統と語彙」『日本語の語彙の特長』明治書院
・毛利正守「古事記に於ける＜御祖＞と＜祖＞について」芸林、1968年・2
・山田永「泣くこと」『上代文学』第64号、1990年・4
・義江明子「イへの重層性と“家族”－万葉集にみる帰属性、親愛感をめぐっ
　　　　て」『家族と女性の歴史』古代・中世編、吉川弘文館。
・義江明子「古代の村の生活と女性」『日本女性生活史』1、東京大学出版会、1990年
・和田萃「市・女・チマタ」『日本の古代12 女性の力』中央公論社、1987年
・渡辺護「泣血哀慟歌二首－柿本人麻呂の文芸性－」『万葉』第77号
・渡部和雄「時々の花は咲けども－防人歌と家持」『万葉集Ⅲ』日本文学研究資料
　　　　刊行会編

＜参考著書＞

・青木生子『万葉挽歌論』塙書房、1981年
・秋葉隆『朝鮮民俗誌』民俗苑、1983年

・飯島吉晴『子供の民俗学』新曜社、1991年
・池田弥三郎『万葉人の一生』講談社
・依田千百子『朝鮮神話伝承の研究』、瑠璃書房、1991年
・伊藤博『万葉集の歌人と作品 上』塙書房、1981年
　　　　『万葉集の構造と成立 上』塙書房、1983年
　　　　『万葉集の構造と成立 下』塙書房、1983年
　　　　『万葉集の表現と方法 下』塙書房、1984年
　　　　『万葉の心』塙書房、1983年
・稲岡耕二編『万葉集必携』学灯社、1979年
　　　　　　『万葉集必携Ⅱ』学灯社、1981年
　　　　　　『万葉の歌ことば辞典』有斐閣、1985年
・犬養孝『万葉の人びと』新潮社、2
・井原昭『万葉の色』笠間書院、1989年
・今西竜『新羅史研究』図書刊行会、1970年
・上田正昭『日本の女帝』講談社1989年
・エーリッヒ・ノイマン『女性の深層』松代洋一訳、人文書院、1966年
　　　　　　　　　　　『グレートマザー』福島章・町沢静夫・大平建・渡辺寛
　　　　　　　　　　　　美・矢野昌史訳、ナツメ社、1982年
・袁珂『中国古代神話(下)』伊藤敬一訳、みすず・ぶっくす、1960年
・大林大良『死と生と月と豊饒』評論社、1978年
　　　　　『神話の系譜』講談社、1993年
・荻野恕三郎『古代日本の遊びの研究』南窓社、1982年
・小畑喜一『古代文学序説』桜楓社、1968年
・金子武雄『上代の呪術信仰』
・川副武胤『古事記考証』、至文堂、1994年
・川村幸次郎『万葉人の美意識』笠間選書111、1978年
・岸本英夫『宗教学』大明堂、1979年
・喜多路『母神信仰』錦正社、1994年
・北山茂夫『壬申の内乱』岩波書店、1990年
・久米常民『万葉集の文学的研究』桜楓社、1972年
・倉野憲司『日本神話』日本文学大系第七巻、河出書房、1952年
・倉塚曄子『古代の女』平凡社、1986年
　　　　　『巫女の文化』、平凡社、1987年
・古代語誌刊行会編『古代語誌Ⅱ』桜楓社、1989年
　　　　　　　　　　『古代語を読む』桜楓社、1988年
・小松和彦『異人論(民俗社会の心理)』筑摩書房、1995年
　　　　　『神隠しー異界からのいざない』弘文堂、1991年

・五味智英『増補古代和歌』笠間書院、1987年
・西郷信綱『古事記の世界』岩波新書、1995年
　　　　　『壬申紀を読む』平凡社、1993年
　　　　　『古代人と夢』平凡社、1992年
・斉藤茂吉『万葉秀歌』岩波書店、1968年
・G・P・マードック『社会構造－核家族の社会人類学』内藤莞爾監訳　新泉社、
　　　　　　1978年
・高崎正秀『文学以前』桜楓社、1958年
・高群逸枝『高群逸枝全集第一巻－母系制の研究』理論社、1996年
・　　　　『招婿婚の研究』講談社.
・辰巳正明『万葉集と中国文学』笠間書院、1989年
・谷川健一『常世論－日本人の魂のゆくえ』平凡社選書、1983年
・　　　　『日本の地名』岩波新書、1997年
・津田左右吉『文学に現はれたる吾が国民思想の研究Ⅰ』岩波書店、1980年
・土橋寛『万葉集の文学と歴史』塙書房、1988年
　　　　『日本古代の呪祷と説話』塙書房1989年
・直木孝次郎『古代史からみた万葉集、夜の船出』
・中西進『山上憶良』河出書房　1973年
　　　　『万葉の歌びとたち』角川書店、1980年
　　　　『万葉の長歌(下)』教育出版、1982年
・中山太郎『万葉集の民俗学的研究』パルトス社、1983年
・西村亮編『折口信夫事典』大修館書店、1988年
・ネリー・ナウマン『山の神』野村伸一・桧枝陽一郎訳、言叢社、1994年
・服部喜美子『万葉女流歌人の研究』桜楓社、1985年
・速水侑『日本仏教史古代』吉川弘文館、1986年
　　　　『観音信仰』塙書房、1982年
・服藤早苗『平安朝の母と子』中公新書、1991年
・古橋信孝編『ことばの古代生活誌』、河出書房新社、1989年
　　　　　　『古代の恋愛生活』日本放送協会、1990年
・堀田吉雄『山の神信仰の研究』伊勢民族学会、1966年
・松前健『日本神話と古代生活』有精堂、1972年
・マンフレート・ルルカー『シンボルとしての樹木』林捷訳、法政大学出版局、
　　　　　　1994年
・三浦佑乃『万葉人の「家族」誌－律令国家成立の衝撃』講談社、1996年
・三品彰英『新羅花朗の研究』三品彰英論文集、平凡社
・水野正好『日本の原始美術5土偶』講談社、1979年
・三谷栄一『記紀万葉集の世界』有精堂、1984年

・宮田登『ヒメの民俗学』青土社、1987年
・ミルチャ・エリアーデ『大地・農耕・女性』堀一郎訳、未来社、1968年
　　　　　　　　　　『イメージとシンボル』前田耕作訳、せりか書房、1971年
・村武精一『家と女性の民俗誌』、新曜社、1992年
・森脇一夫『万葉の歴史と風土』桜楓社、1976年
・柳田国男『山の人生』岩波文庫、1994年
・湯浅泰雄『日本古代の精神世界』名著刊行会、1990年
・義江明子『古代の祭祀と女性』吉川弘文館、1986年
・吉田敦彦『日本神話の成り立ち』青土社、1992年
　　　　　『神話と近親相姦』青土社、1993年
　　　　　『昔話の考古学』中公新書、1995年
・和歌森太郎『日本の女性史ー古代女性のたくましさ』創美社、1974年
・脇田晴子編『母性を問うー歴史的変遷(上)』人文書院、1985年
・和田吉男『泊瀬小国ー記万葉の世界』桜楓社、1991年
・渡瀬昌忠『柿本人麻呂研究　歌集編上』桜楓社、1977年
・和辻哲郎『古寺巡礼』岩波書店、1981年

韓国資料

＜参考論文＞

・姜英卿「新羅伝統信仰政治・社会的機能研究」博士学位論文淑明女子大学　1991
　　　　年・12(ソウル)
・金東旭「新羅観音信仰　祷千手大悲歌」
・金英淑「韓国女俗史」『韓国文化史大系 Ⅳ』
・金映遂「智異山聖母祠에 就하여」『韓国民族研究論文選』1、一潮閣(ソウル)、198
　　　　2年
・李恩奉「天神配偶者로서의 地母神信仰의 構造」『韓国古代宗教思想』集文堂
・孫普泰「朝鮮古代山神의 性에 就하여」『民族文化論叢』第二冊、民族文化社、
　　　　1981年
・辛鍾遠「新羅初期仏教史研究」高麗大博士論文、(ソウル)1988年
・池俊模「新羅漢詩의 発展過程」『新羅文学의 新研究』書景文化社(ソウル) 1991年
・李亨淑「新羅郷歌祈願的構造研究」誠信女子大学大学院、1981年(ソウル)
・黄唄江「福説話試論」『韓国叙事文学研究』檀国大学出版部、(ソウル) 1982年
・洪淳昶「新羅三山・五岳에 대하여」『新羅民俗 新研究』4、書景文化社(ソウル)
　　　　1991年

・依田千代子「朝鮮の山神信仰1ー狩猟民の神及び朝鮮の狩猟文化」『一然 と三国
　　　遺事』16、中央僧伽大学仏教史学研究所

＜参考著書＞

・石宙善『韓国服飾史』宝晋斎(ソウル)、1971年
・宋唄来『韓日古代歌謡の比較研究』学文社、1983年
・林基中『新羅歌謡와 記述物의 研究』二友出版社、1981年
・崔淑卿『韓国女性史』古代ー朝鮮時代・梨大出版部(ソウル)、1993年

Summary

A Study on Women's Images in the Japanse Classic Literature

Saito Asako

The preceding studies on the women's image appeared in the Japanese classic literature have mainly focused on female writers and their writings as well as "miko", a virgin consecrated to a deity, who has feminine spiritual superiority. However, the distinct sexual difference between men and women, regardless of the ancient or modern times, has been the reproductive ability of women to deliver a child rather than their spiritual superiority. The difference between "mother and child" and "father and child" may have arisen from the biological difference between men and women. This paper thus attempted to examine the relationship between mother and child, appeared in the Japanese classic literature as an approach to analyze the women's images in earlier days.

The Chapter 2 clarifies the changing process of the matrilineal marriage pattern form "yobafu" to "tsumadou". It is worth noting that "yobu" was a starting point for the union consisted of one-parent family considing of "mother and child" plus father, rather than "father, mother and child" living together. Further, the generation distinction was clear in the communal life. For example, hair style and clothes to wear symbolized the stages of child's growth, which specified the strict distinction by life stage. The geographical distribution of the examples of "mioya" (the parent meaning mother) appeared in the "Kojiki" tells the significance of the relationship between mother and child to play in the process of the transitional ritual, especially when the child grows into adult who is allowed to get married. Also, according to the situations and the themes, the relationship between the mother and child appeared in "Manyoshu" can be mainly classified into four categories, namely, mother and child in marriage songs, in "banka"(the funeral songs), in "sakimori uta"(soldiers garrisoned at strategic posts in Kyushu) and others. This tells that a woman as mother had strong socio-cultural influence over the marriage and death of child.

In this Chapter, the union of family was also examined through the "death" and "travel", when separation between mother and child occurs. First, the Emperor Tenchi expressed his sorrow over the death of his mother, Empress Saimei, while expressing also the universal love to a mother in his funeral songs for her. One can also find in his songs the respect for motherhood, which was apparently influenced by Bhudism. Forther, by focusing on the "midorigo" firstly appeared in the "Kyuketsu-aidoka"(funeral songs for the past wife) written by Kakinomotono-Hitomaro, the deep desire for returning to the mother's womb through the mythological trees and water will be clarified by the overlapped motives of the mother's death and the child's birth as appeared in the story of "Sahohime" and "Homuchiwake".

On the other hand, regarding the union between mother and child as seen from the death incident of the child, it is repeatedly mentioned that the death of the young boys and girls who had not grown up as adult should be in the guardianship of mothers. Just as the "Mioya" is responsible for the child's coming of age ceremony, the small children's death who have not yet entered the second stage of their life must be in the hands of the mother. In ancient times, travel meant the separation from family just like the death. The "Ken Shiragika" and "Sakimorika" were both songs for separation for central concern for the latter is the mother whom the "sakimori" has left behind.

The Chapter 3 pays special attention to the double dimension of the birth and death of "boshin", the maternal deity, and examined the motherhood in th "yamahome-uta". The feeling towards the mountains symbolizes the relationship between old women and mountains. Different from the modern society which tends to evade the aging and death, the aging expressed in the classic literature is connected to birth. "Omina", the aged women, continues to live eternally through the "katari", the story telling, in community. The aged women have been responsible for educating the Crown Prince Because of the role they play to control the recurrence of life and death. The same phenomena are found in the Korean literature about the aged women. The mountain is considered as mother and returning to mountain means to return to life. Both cases should mean that women have been responsible for the child birth and growth.

Finally, "tazu" meaning the unification with child, "te" meaning the hands for raising child and "kaiko(silkworms)", "shiratama(pearl)" and "ihahibe(sacred pot used for rituals)" meaning inserting soul to people, are all related with the mother's images. In particular, all of these maternal images are related with the daily works the women are actually responsible and the reflection of the life of women itself.

In short, the women appeared in the Japanese classic literature were meant for "mother" who had double roles of mother and father for the child. The women's power to give a birth to child, in other words the life and death, was recognized solely as is the hands of mother. It used to be recognized that the women's livelihood and daily works were sacred deed to sustain the community life in earlier days.

日本古代文学における女性像の研究

著 者
斉 藤 麻 子

· 青山学院大学 文学部史学科 卒業
· 漢陽大学大学院 日語日文学科 卒業(文学博士)
· 明知大学 日語日文学科 教授

【論文】
· 「『万葉集』巻二「相聞」歌小考」(日本学報, 2003)
· 「怨恨歌考」(日語日文学研究, 2004)
· 「万葉の 女性像‒여성의 사랑가에 보이는[늙음]」(東아시아古代学, 2004)

【著書】
· 共著『문학속의 여성』(도서출판 월인, 2002)
· 共著『키워드로 읽는 일본 문학1 모노가타리에서 하리쿠까지』(글로세움, 2003)

· 저자와의 협의 하에 인지는 생략합니다.

初版印刷 2005年 9月 26日 | 初版發行 2005年 10月 7日

著 者   斉藤麻子
發行處   (주)제이앤씨
登 錄   第7-270號

132-031 서울市 道峰區 雙門洞 358-4 晟周 B/D 6F
TEL (02)992-3224(代) FAX (02)991-1285
jncbook@hanmail.net | www.jncbook.co.kr | 한글인터넷주소://제이앤씨북

· 저자 및 출판사의 허락없이 이 책의 일부 또는 전부를 무단복제 · 전재 · 발췌할 수 없습니다.
· 잘못된 책은 구입하신 서점이나 본사에서 바꾸어 드립니다.

ISBN 89-5668-267-4 93830   정가 15,000원